LIVRO 8
DAS
EVIDÊNCIAS

O LIVRO DAS EVIDÊNCIAS

LIVRO 8 DAS EVIDÊNCIAS

John Banville

Tradução
Fábio Bonillo

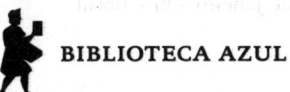
BIBLIOTECA AZUL

Copyright © John Banville 1989
Copyright da tradução © 2018 Editora Globo S.A.

Todos os direitos reservados. Nenhuma parte desta edição pode ser utilizada ou reproduzida — em qualquer meio ou forma, seja mecânico ou eletrônico, fotocópia, gravação etc. — nem apropriada ou estocada em sistema de banco de dados sem a expressa autorização da editora.

Texto fixado conforme as regras do Acordo Ortográfico da Língua Portuguesa (Decreto Legislativo nº 54, de 1995).

Título original: *The Book of Evidence*

Editora responsável: Erika Nogueira
Editora assistente: Luisa Tieppo
Revisão: Tomoe Moroizumi
Diagramação: Gisele Baptista de Oliveira
Capa: Tereza Bettinardi
Foto de capa: Erich Hartmann/ Magnum Photos/ Latinstock

1ª edição, 2018

CIP-BRASIL. CATALOGAÇÃO-NA-FONTE
SINDICATO NACIONAL DOS EDITORES DE LIVROS, RJ

B16L
Banville, John
O livro das evidências / John Banville ; tradução Fábio Bonillo. - 1. ed. - Rio de Janeiro : Biblioteca Azul, 2018.
240 p. ; 21 cm.

Tradução de: The book of evidence
ISBN 978-85-250-6007-5

1. Romance irlandês. I. Bonillo, Fábio. II. Título.

17-42814	CDD: 828.99153
	CDU: 821.111(415)-3

Direitos de edição em língua portuguesa para o Brasil adquiridos por Editora Globo S.A.
Rua Marquês de Pombal, 25 – 20230-240 – Rio de Janeiro – RJ – Brasil
www.globolivros.com.br

I

Meritíssimo, quando me pedir para que eu conte ao tribunal usando minhas próprias palavras, isto é o que irei dizer. Sou mantido trancafiado aqui como algum animal exótico, último sobrevivente de uma espécie que pensaram estar extinta. Deviam permitir que pessoas viessem me ver, o devorador de moças, esbelto e perigoso, palmilhando para cá e para lá pela minha jaula, meu terrível olhar esverdeado reluzindo por entre as grades; deviam dar-lhes algo com que sonhar, metidos aconchegadamente em suas camas à noite. Após minha captura, eles se arranharam uns aos outros para dar uma olhada em mim. Teriam pagado pelo privilégio, creio eu. Eles gritaram injúrias e sacudiram os punhos para mim, exibindo os dentes. Foi irreal, de certo modo, assustador embora cômico, vê--los lá, tumultuando a calçada como figurantes de um filme, jovens homens em capas de chuva baratas, e mulheres com sacolas de compras, e um ou dois personagens mudos, grisalhos, que apenas se quedavam ali de pé, fulminando-me avidamente, desfigurados pelo despeito. Então um guarda jogou uma coberta sobre minha cabeça e me despachou dentro de uma viatura. Eu ri. Havia algo irresistivelmente engraçado na maneira como a realidade, banal como sempre, realizava minhas piores fantasias.

A propósito, aquela coberta. Trouxeram-na especialmente, ou eles sempre mantêm uma ao alcance da mão? Tais questões me atormentam agora, eu medito sobre elas. Que interessante figura devo ter feito, ao ser visto ali, sentado no banco de trás como uma espécie de múmia, conforme o carro acelerava pelas ruas molhadas, banhadas pelo sol, balindo enfatuado!

E depois, esse lugar. Foi o ruído que me impressionou sobretudo. Uma terrível algazarra, gritos e apitos, pios de risos, discussões, soluços. Mas há momentos de quietude, também, como se um grande medo, ou uma grande tristeza, tivesse caído subitamente, deixando mudos a todos nós. O ar paira imóvel nos corredores, como água estagnada. Vem ornado com um leve fedor de fenol, que pressagia o jazigo. No princípio achei que era eu, quero dizer, pensei que esse cheiro era meu, contribuição minha. Talvez seja? A luz do dia também é estranha, mesmo lá fora, no pátio, como se algo houvesse acontecido com ela, como se algo lhe tivesse sido feito, antes de ser autorizada a chegar até nós. Tem um matiz ácido, cítrico, e nos chega em duas intensidades: ou não é suficiente para se ver através dela ou cresta a vista. Sobre os vários tipos de escuridão não irei falar.

Minha cela. Minha cela é. Por que prosseguir com isso.

Os prisioneiros em detenção preventiva recebem as melhores celas. Isso é conforme deveria ser. Afinal de contas, eu posso ser considerado inocente. Oh, não devo rir, dói demais, vem-me uma tremenda pontada, como se algo estivesse pressionando meu coração — o fardo da minha culpa, suponho eu. Tenho uma mesa e o que eles chamam de poltrona. Há até mesmo um aparelho de televisão, embora eu raramente a veja, agora que meu caso está *sub judice* e não há nada sobre mim nas manchetes. As instalações sanitárias deixam algo a desejar. Esvaziar o penico: bem adequados, esses termos. Preciso ver se consigo arranjar um catamito, ou seria um neófito? Um rapazinho, ligeiro e solícito, e não muito requintado. Não deve ser difícil. Preciso ver se consigo arranjar um dicionário, também.

Acima de tudo, protesto contra o cheiro de sêmen por toda a parte. O lugar recende a isso.

Confesso que tinha expectativas incorrigivelmente românticas acerca de como as coisas seriam aqui dentro. De alguma forma imaginei-me como uma espécie de celebridade, mantida apartada dos outros prisioneiros numa ala especial, onde eu receberia comitivas de pessoas solenes e importantes e lhes predicaria sobre os grandes assuntos do dia, impressionando os homens e encantando as senhoras. Que perspicácia!, exclamariam eles. Que largueza! Foi-nos dito que você era um animal, facínora, cruel, mas agora que o vimos, que o ouvimos... ora! E lá estou eu, posando de elegante, meu perfil ascético nivelado à luz na janela gradeada, dedilhando um lenço perfumado e afetando um sorrisinho, Jean-Jacques, o assassino culto.

Muito longe, muito longe disso. Mas tampouco semelhante a outros clichês. Onde estão as revoltas no refeitório, as fugas em massa, esse tipo de coisa tão familiar da tela de prata? E quanto à cena no pátio de exercícios em que o dedo-duro perde a vida na ponta da faca enquanto uma dupla de pesos-pesados com a barba por fazer encena uma luta distrativa? Quando é que começam as curras coletivas? O fato é que aqui dentro é como lá fora, só que ainda mais. Somos obcecados por conforto físico. O lugar está sempre superaquecido, bem podíamos estar numa estufa, contudo há intermináveis queixas de aragens e calafrios súbitos e pés resfriados à noite. A comida também é importante, nós examinamos nossas bandejas de gororoba, cheirando e suspirando, como se estivéssemos numa convenção de gourmets. Após a entrega de um embrulho, o rumor se propaga como um incêndio. *Psiu! Ela mandou bolo xadrez pra ele! Caseiro!* É como na escola, na verdade, aquela mistura de angústia e aconchego, a ânsia anestesiada, o ruído, e por toda a parte, sempre, aquele peculiar bafio masculino fedido e cinza.

Era diferente, disseram-me, quando havia políticos aqui. Costumavam marchar a passo de ganso pelos corredores acima e abaixo, latindo um para o outro em mau irlandês, provocando muita farra entre os criminosos ordinários. Mas depois todos eles entraram em greve de fome ou algo assim, e foram transferidos a um lugar só deles, e a vida retornou ao normal.

Por que somos tão complacentes? Será por causa da substância que, dizem, põem em nosso chá para embotar a libido? Ou serão as drogas? Vossa Excelência, sei que ninguém, nem mesmo a acusação, gosta de delatores, mas penso que é meu dever participar ao tribunal o expedito comércio de substâncias prescritas que se dá nessa instituição. Há carcereiros, digo, sentinelas envolvidas nesse comércio, posso fornecer-lhes os números caso me seja assegurada proteção. Encontra-se de tudo, rebite ou barbitúrico, sossega-leão, pico, pedra, o que quiser — não que você, é claro, Vossa Reverendíssima, seja passível de estar familiarizada com esses termos da escória, eu mesmo apenas os conheci depois de vir para cá. Como pode imaginar, são principalmente os rapazes os que a elas se entregam. Pode-se identificá-los, tropeçando nos corredores como sonâmbulos, com aquele pequeno, melancólico, atordoado sorriso dos verdadeiramente chapados. Há alguns, no entanto, que não sorriem, que de fato parecem que nunca irão sorrir novamente. Estes são os extraviados, os casos perdidos. Eles se quedam contemplando, com uma expressão vazia e preocupada, da maneira como aqueles animais feridos desviam o olhar da gente, caladamente, como se fôssemos meros fantasmas para eles, cuja dor ocorre num mundo diferente do nosso.

Mas não, não são só as drogas. Algo de essencial se perdeu, nosso estofamento nos foi arrancado de dentro de nós. Não somos mais exatamente homens. Velhos detentos, colegas que cometeram uns crimes realmente impressionantes, pavoneiam-se pelo lugar como matronas, pálidos, moles, com peitos de pombo, com ancas largas. Disputam os livros da biblioteca, alguns até mesmo tricotam. Também os jovens têm seus passatempos, eles se abeiram de mim na sala de recreação, seus olhos de novilho praticamente transbordando, e timidamente mostram-me seu artesanato. Se eu tiver que admirar mais um navio dentro de uma garrafa, vou berrar. Contudo, eles são tão tristes, tão vulneráveis, esses assaltantes, esses estupradores, esses agressores de bebês. Quando penso neles sempre imagino, não sei bem por que, aquela faixa de restolhos de relva e aquela única árvore que consigo vislumbrar de minha janela quando pressiono minha bochecha contra as barras e espreito diagonalmente, transpondo o arame e o muro.

Levante-se, por favor, pouse sua mão aqui, declare seu nome nitidamente. Frederick Charles St. John Vanderveld Montgomery. Jura dizer a verdade, toda a verdade e nada além da verdade? Não me faça rir. Quero logo de cara chamar minha primeira testemunha. Minha esposa. Daphne. Sim, esse era, é, o nome dela. Por algum motivo as pessoas sempre o julgaram levemente cômico. Penso que combina muito bem com sua beleza prostrada, obscura, míope. Posso vê-la, minha dama de louros, reclinando-se numa clareira ofuscada pelo sol, um pouco vexada, olhando para longe com o cenhozinho fechado, enquanto algum deus inferior em forma de fauno, com uma flauta de junco, empina e cabriola, inutilmente exprimindo no instrumento o seu ardor por ela. Foi este seu quê abstraído, moderadamente insatisfeito, que primeiro me chamou a atenção a ela. Ela não era agradável, ela não era boa. Ela me convinha. Talvez eu estivesse já pensando num tempo por vir no qual eu precisaria ser perdoado — por alguém, qualquer um —, e quem melhor para fazer isso que alguém da minha laia?

Quando digo que ela não era boa não quero dizer que era perversa, ou corrupta. As falhas que havia nela não eram nada quando comparadas às rachaduras pontiagudas que percorrem minha alma de través. O pior de que se poderia acusá-la era uma espécie de preguiça moral. Havia coisas que não se conseguia levá-la a fazer, sejam quais fossem os imperativos que as impeliam à sua enfastiada atenção. Ela negligenciava nosso filho, não porque não gostasse dele, à sua maneira, mas simplesmente porque as necessidades dele de fato não a interessavam. Eu a flagrava, sentada a uma cadeira, observando-o com uma expressão remota nos olhos, como se ela estivesse tentando recordar quem ou exatamente o que ele era, e como sucedera de ele se encontrar ali, rolando no chão aos seus pés durante uma de suas inúmeras bagunças. Daphne! eu murmurava, pelo amor de Deus!, e então não raro ela me olhava da mesma maneira, com o mesmo olhar inexpressivo, curiosamente alheado.

Noto que pareço ser incapaz de parar de falar nela no tempo pretérito. Parece certo, de alguma maneira. Contudo, ela me visita frequentemente. Da primeira vez que veio perguntou como era aqui dentro. Oh, minha querida! disse eu, o barulho — e as pessoas! Ela só assentiu um pouco e sorriu acabrunhadamente, e olhou indolente para os outros visitantes ao redor. Nós nos entendemos, percebem.

Em climas meridionais sua indolência transformava-se numa espécie de langor voluptuoso. Lembro-me de um quarto específico, com persianas verdes e uma cama estreita e uma cadeira Van Gogh, e um meio-dia mediterrâneo pulsando lá fora nas ruas brancas. Ibiza? Ísquia? Mykonos talvez? Sempre uma ilha, por favor registre isso, escrivão, pode significar alguma coisa. Daphne conseguia se livrar de suas roupas com uma agilidade mágica, com apenas um mexer de ombros, como se saia, blusa, calças, tudo, fosse uma única peça. Ela é uma mulher grande, não gorda, não pesada, tampouco, mas ainda assim encorpada, e belamente balanceada: sempre que eu a via nua eu a queria acariciar, tal como eu quereria acariciar uma escultura, contrapesando as curvas no oco da minha mão, descendo um polegar pelas compridas linhas suaves, sentindo o frescor, a aveludada textura da pedra. Escrivão, risque essa última frase, pode parecer significar coisa demais.

Aqueles meios-dias ardentes, naquele quarto e noutros incontáveis tais como aquele — meu Deus, estremeço ao pensar neles agora. Eu não conseguia resistir à sua nudez despreocupada, ao peso e à densidade daquela pele reluzente. Ela se deitava a meu lado, uma *maya* abstraída, mirando por cima de mim o teto ensombrado, ou aquela greta de intensa luz branca entre as persianas, até que por fim eu conseguia, nunca entendi exatamente como, pressionar-lhe um nervo secreto, e então ela se virava para mim pesadamente, rapidamente, com um gemido, e unia-se a mim como se estivesse caindo, sua boca na minha garganta, a ponta dos seus dedos de homem cego nas minhas costas. Ela sempre conservava os olhos abertos, sua opaca e suave mirada cinza vagando impotentemente, vacilando ao terno dano que eu lhe infligia. Não posso expressar o quanto isso me excitava, aquele olhar dolorido, indefeso, tão incomum nela em quaisquer outros momentos. Eu costumava tentar fazê-la usar seus óculos quando estávamos na cama desse jeito, para que ela então parecesse ainda mais perdida, mais indefesa, mas eu nunca conseguia, sejam quais fossem os meios ardilosos que eu empregasse. E é claro que eu não podia lhe pedir. Depois era como se absolutamente nada tivesse acontecido, ela se levantava e passava até o banheiro, uma mão nos cabelos, deixando-me prostrado no lençol encharcado, convulso, ofegante, como se eu tivesse sofrido um ataque cardíaco, o que suponho que sofria, de certo modo.

Ela nunca soube, creio eu, o quão profundamente me afetava. Eu cuidava para que ela não o soubesse. Oh, não me levem a mal, não é que eu temesse entregar-me à sua mercê, ou algo assim. Acontece apenas que tal conhecimento teria sido, bem, inapropriado entre nós. Existia uma reticência, um tato, que desde o princípio tacitamente concordamos em preservar. Entendíamos um ao outro, sim, mas isso não significa que conhecíamos um ao outro, ou que o desejássemos. Como teríamos conservado aquele encanto desacanhado que era tão importante para nós dois, caso não tivéssemos também conservado o essencial sigilo de nossos eus interiores?

Como era bom então levantar-se no frescor da tarde e perambular porto abaixo através da nítida geometria de sol e sombra nas ruas estreitas! Eu gostava de observar Daphne caminhar à minha frente, seus ombros fortes e seus quadris se movendo num ritmo abafado, complexo, debaixo do leve revestimento de seu vestido. Eu também gostava de observar os homens da ilha, arqueados sobre seus pastis e seus dedais de café turvo, girando seus olhos de lagarto quando ela passava. É isso mesmo, seus desgraçados, almejem, almejem.

No porto havia sempre um bar, sempre o mesmo fosse qual fosse a ilha, com algumas mesas e cadeiras de plástico do lado de fora, e guarda-sóis tortos anunciando Stella ou Pernod, e um proprietário trigueiro, gordo, encostado à soleira palitando os dentes. Havia sempre as mesmas pessoas, também: uns poucos tipos esguios, rudes, em jeans lavados, mulheres inclementes esturricadas pelo sol, um gordo velho com um boné de iatismo e costeletas grisalhas, e é claro que um veado ou dois, com braceletes e sandálias transadas. Eram eles nossa turma, nosso grupo, nossos amigos. Raramente sabíamos os seus nomes, ou eles os nossos, chamávamos uns aos outros de camarada, chapa, capitão, querido. Bebíamos nossos brandies ou nossos ouzos, seja lá qual fosse o veneno local mais barato, e falávamos em voz alta sobre os outros amigos, todos eles personagens, que se encontravam em outros bares, em outras ilhas, o tempo todo fitando uns aos outros detidamente, mesmo conforme sorríamos, olhando para sabe-se lá o que, uma abertura, talvez, um tenro flanco deixado momentaneamente desguarnecido no qual pudéssemos afundar nossas presas. Senhoras e senhores do júri, vocês nos viram, fazíamos parte do colorido local dos seus pacotes de férias, vocês passaram por nós dando espiadas melancólicas, e nós os ignoramos.

Presidimos a essa turba, Daphne e eu, com uma espécie de magnífica isenção, como um rei e uma rainha exilados aguardando diariamente notícia dos contrarrevolucionários e as convocatórias do palácio para retornar. As pessoas em geral, eu percebia, tinham um pouco de medo de nós, de vez em quando eu detectava esse medo nos olhos delas, um olhar preocupado, apaziguador, canino, ou então uma mirada ressentida, furtiva e sombria. Ponderei esse fenômeno, ocorre-me que ele seja significativo. O que é que havia em nós — ou melhor, o que é que havia *a respeito de* nós — que os impressionava? Oh, somos grandes, bem-feitos, eu sou bonito, Daphne é linda, mas só isso decerto não bastava. Não, após muito considerar, a conclusão à qual cheguei é esta, de que eles imaginavam reconhecer em nós uma coerência e uma unidade, uma autenticidade essencial, da qual careciam, e da qual sentiam não ser inteiramente merecedores. Nós éramos — ora, sim, nós éramos heróis.

Julguei tudo isso ridículo, é claro. Não, espere, estou sob juramento aqui, devo dizer a verdade. Eu bem que gostava. Eu gostava de me sentar à vontade sob o sol, com minha resplendente, minha desonrosa consorte ao meu lado, tranquilamente recebendo os tributos de nosso heterogêneo cortejo. Havia um sorrisinho especial, débil, que eu ostentava, calmo, tolerante, com somente o mais leve toque de desprezo, que eu concedia em particular aos mais imbecis, os pobres tolos que matraqueavam, pinoteando diante de nós com seus chapéus de guizos, fazendo seus truques patéticos e rindo tresloucadamente. Olhava-os nos olhos e neles me via enobrecido, e assim conseguia por um momento me esquecer do que eu era, uma coisa irrisória, trêmula, assim como eles o eram, cheios de anseios e aversões, solitários, amedrontados, atormentados por dúvidas e moribundos.

Foi assim que acabei nas mãos dos vigaristas: permiti que me acalentassem na crença de que eu era inviolável. Não busco, meritíssimo, justificar minhas ações, mas apenas explicá-las. Aquela vida, vagando de ilha a ilha, encorajava ilusões. O sol, o ar salgado, coavam a significância das coisas, de modo que perdiam seu verdadeiro peso. Meus instintos, os instintos de nossa tribo, essas molas helicoidais temperadas nas florestas negras do norte, lá embaixo se afrouxaram, Vossa Excelência, de fato, elas se afrouxaram. Como poderia algo ser perigoso, ser perverso, num clima tão terno, azul, aquarelado? Além disso, coisas ruins são sempre coisas que acontecem noutro lugar, e as pessoas ruins nunca são as pessoas que conhecemos. O Americano, por exemplo, não parecia nem um pouco pior do que qualquer um dos outros que havia na turma daquele ano. Na verdade, ele não me parecia nem um pouco pior do que eu mesmo o era — quero dizer, do que eu imaginava ser, pois isso, é claro, aconteceu antes de eu descobrir de que coisas eu era capaz.

Refiro-me a ele como Americano porque eu não sei, ou não consigo recordar, seu nome, mas não estou nem um pouco certo de que ele fosse americano. Ele falava com uma nasalação que pode ter sido aprendida nos filmes, e ele tinha uma maneira de olhar com olhos apertados ao próprio redor enquanto conversava que me fazia lembrar uma ou outra estrela do cinema. Eu não conseguia levá-lo a sério. Eu tinha uma esplêndida imitação dele — sempre fui um bom mímico — que fazia as pessoas rirem alto pela surpresa e identificação. A princípio achei que ele era um homem bastante jovem, mas Daphne sorriu e perguntou se eu tinha olhado para as mãos dele. (Ela notava esse tipo de coisa.) Ele era esguio e musculoso, tinha um rosto afiado e cabelos ameninados e cortados rentes. Ele curtia jeans apertados e botas de salto alto e cintos de couro com enormes fivelas. Definitivamente havia um quê de caubói nele. Vou chamá-lo de, deixe-me ver, vou chamá-lo de — Randolph. Era Daphne quem ele queria. Eu o vi abeirar-se dela, as mãos metidas nos bolsos apertados, e começar a farejar o seu entorno, a um só tempo imodesto e exasperado, tal como muitos outros antes dele, seu anseio, tal como o dos outros, evidente em certa brancura esticada que havia entre os olhos. A mim ele tratava com vigilante afabilidade, tratando-me por amigo, e até mesmo — será que imagino? — por *parcêro*. Recordo a primeira vez que ele se sentou à nossa mesa, enroscando suas pernas aracnídeas ao redor da cadeira e inclinando-se para a frente, apoiado num cotovelo. Eu esperava que ele apanhasse uma bolsa de tabaco e enrolasse um cigarro com uma só mão. O garçom, Paco, ou Pablo, um jovem homem com olhos calorosos e pretensões aristocráticas, cometeu um erro e nos trouxe as bebidas erradas, e Randolph aproveitou a oportunidade para arrasá-lo. O pobre rapaz lá ficou, os ombros arqueados sob os açoites das injúrias, e foi o que ele sempre fora, o filho de um camponês. Quando ele se afastou aos tropeços, Randolph olhou para Daphne e sorriu, exibindo uma fileira de dentes longos e fulvos, e eu pensei num cão de caça se sentando, orgulhoso como só ele, após entregar um rato morto aos pés de sua dona. Malditos hispânicos, disse ele descuidadamente, e fez um barulho de cusparada com o canto da boca. Eu saltei e agarrei a borda da mesa e a revirei, arremessando as bebidas em seu colo, e gritei para que ele se levantasse e fosse buscá-las, seu filho da puta! Não, não, é claro que não fiz isso. Por mais que eu tivesse gostado de derrubar uma mesa cheia de vidro partido sobre aquela virilha ridiculamente recheada, essa não era a maneira como eu fazia as coisas, não naqueles tempos. Além disso, eu gostara tanto quanto qualquer um de ver Pablo ou Paco receber seu castigo, aquele trouxa, com suas olhadelas emotivas e suas mãos delicadas e aquele horrível e púbico bigode.

Randolph gostava de dar a impressão de ser um personagem muito perigoso. Falava de tenebrosas proezas perpetradas num país remoto que ele chamava de Stateside. Eu encorajava as narrativas dessas suas audácias, secretamente me regalando com o jeito capiau, ora-num-foi-é-nada, com que ele as contava. Havia algo maravilhosamente ridículo naquilo tudo, no olhar ardiloso e na inflexão ardilosamente modesta daquele rapaz gabola, seu ar de eufórico amor-próprio, a maneira como ele se abria como uma flor sob o calor de minha reação silenciosamente aprobatória, reverente. Eu sempre obtive satisfação das pequenas perversidades dos seres humanos. Tratar um tolo e mentiroso como se eu o considerasse a essência da probidade, pactuar com suas afetações e suas lorotas, esse é um prazer peculiar. Ele alegava ser um pintor, até que fiz umas poucas e inocentes perguntas acerca do assunto, então ele subitamente tornou-se um escritor. Na verdade, conforme me confidenciou uma noite em um de seus pileques, ele fazia dinheiro traficando drogas entre os ricos em trânsito pela ilha. Fiquei chocado, é claro, mas nisso reconheci uma valiosa informação, e depois, quando —

Mas estou cansado disso, deixe-me livrar o caminho. Pedi-lhe emprestado algum dinheiro. Recusou-se. Lembrei-o daquela noite ébria e disse estar certo de que a *guardia* teria interesse em ouvir o que ele havia me dito. Ficou chocado. Ele pensou sobre o assunto. Não tinha o tanto de grana que eu pedia, ele disse, teria que me arranjá-lo nalgum lugar, talvez com algumas pessoas que ele conhecia. E mastigou o lábio. Eu disse que tudo bem, a mim não fazia diferença a origem. Estava me divertindo, e muito contente comigo mesmo, representando um chantagista. Eu de fato não esperava que ele me levasse a sério, mas aparentemente eu tinha subestimado sua covardia. Ele arranjou o dinheiro, e por algumas semanas Daphne e eu nos divertimos como nos bons tempos, e tudo foi sublime exceto por Randolph acossando meus passos aonde quer que eu fosse. Ele tinha um raciocínio aflitivamente literal quando interpretava palavras tais como *emprestar* e *devolver*. Não tinha eu guardado seu segredinho imundo, eu disse, não era já uma devolução justa? Essas pessoas, ele disse, numa horrível e estorcida menção de sorriso, essas pessoas não estão de brincadeira. Eu disse que ficava feliz de ouvir isso, ninguém gostaria de pensar que se está fazendo negócio, mesmo que em segunda mão, com reles frívolos. Então ele ameaçou entregar-lhes o meu nome. Ri na cara dele e fui embora. Eu ainda não conseguia levar nada daquilo a sério. Alguns dias depois um pequeno pacote embrulhado em papel pardo chegou, endereçado a mim numa caligrafia semiletrada. Daphne cometeu o erro de abri-lo. Dentro havia uma lata de fumo — Balkan Sobranie, conferindo-lhe um toque estranhamente cosmopolita — forrada com algodão cru, na qual se aninhava um pedaço de carne curiosamente convoluto, lívido, cartilaginoso, incrustado de sangue seco. Levei um momento para identificá-lo como uma orelha humana. Quem quer que a tenha cortado fora havia feito um serviço porco, com alguma coisa parecida com uma faca de pão, a julgar pelo serrilhado desigual. Doloroso. Suponho ter sido esta a intenção. Lembro-me de ter pensado: Que apropriado, uma orelha, nesta terra de toureiros! Muito jocoso, realmente.

Saí em busca de Randolph. Ele estava usando uma larga almofada de gaze pressionada contra o lado esquerdo da cabeça, mantida no lugar por uma atadura arrojadamente inclinada e não muito limpa. Ele não me fazia mais pensar no Velho Oeste. Agora, como se o destino tivesse decidido apoiar sua pretensão de artista, ele trazia uma impressionante parecença com o pobre, louco Vincent naquele autorretrato feito após ter se desfigurado por amor. Quando me viu pensei que ele fosse chorar, ele parecia tão desgostoso consigo próprio, e tão indignado. Lide você mesmo com eles agora, disse ele, você deve para eles, não eu, eu paguei, e ele sombriamente tocou com a mão a cabeça enfaixada. Então me xingou com um nome abjeto e deu no pé beco abaixo. Apesar do sol do meio-dia, um calafrio percorreu minhas costas, como um vento cinza se formando sobre a água. Tardei lá por um momento, naquela esquina branca, devaneando. Um velho em cima dum burro me cumprimentou. Perto, um metálico sino de igreja soava rapidamente. Por que, eu me perguntei, por que estou levando uma vida assim?

Essa é uma pergunta que sem dúvida o tribunal também quer ver respondida. Com meu histórico, minha educação, minha — sim — minha cultura, como poderia eu viver uma vida assim, associar-me a tais pessoas, meter-me em tais apuros? A resposta é — eu não sei a resposta. Ou sei, mas é grande demais, emaranhada demais, para que eu a exponha aqui. Eu costumava acreditar, como todo mundo, que eu estava determinando o curso de minha própria vida, segundo minhas próprias decisões, mas gradualmente, conforme eu acumulava mais e mais passado para o qual olhar, percebi que eu havia feito as coisas que fiz porque eu não poderia ter feito outras. Por favor, não pense, meritíssimo, apresso-me em dizê-lo, não pense detectar aqui a insinuação de uma apologia, ou até mesmo de uma defesa. Desejo reivindicar plena responsabilidade pelos meus atos — afinal de contas, eles são as únicas coisas que posso chamar de minhas —, e eu de antemão declaro que irei aceitar sem objeção o veredicto da corte. Meramente desejo indagar, com todo o respeito, se é viável ater-se ao princípio da culpabilidade moral uma vez que se abandonou o conceito de livre-arbítrio. É, admito, uma pergunta capciosa, o tipo de coisa que adoramos discutir aqui à noite, debruçados sobre nosso chocolate quente e nossos cigarros, quando o tempo está muito arrastado.

Conforme eu disse, nem sempre pensei em minha vida como uma prisão em que todas as ações são determinadas de acordo com um padrão aleatório imposto por uma autoridade desconhecida e inanimada. De fato, quando eu era jovem via a mim mesmo como um mestre-construtor que um dia iria armar um maravilhoso edifício ao meu redor, um tipo de grandioso pavilhão, arejado e leve, que me abarcaria completamente e dentro do qual, ainda assim, eu seria livre. Vejam, diriam eles, divisando essa eminência de longe, vejam como é consistente, como é sólido: é ele mesmo, sim, não há dúvida sobre isso, é o homem em si. Enquanto isso, contudo, desabrigado, eu me sentia ao mesmo tempo exposto e invisível. Como irei descrever isso, essa percepção de mim próprio como algo sem peso, sem ancoragens, um fantasma flutuante? As outras pessoas pareciam ter uma densidade, uma presença, de que eu carecia. Entre elas, essas grandes e despreocupadas criaturas, eu era como uma criança entre adultos. Eu as observava, os olhos arregalados, admirando sua tranquila confiança em face a um mundo desconcertante e absurdo. Não me entenda mal, eu não era nenhum murcho, eu ria e apupava e alardeava com os melhores entre elas — mas por dentro, naquela sombria e ensombrecida galeria que chamo de coração, eu me quedava sofregamente, com uma mão na boca, calado, invejoso, inseguro. Elas entendiam os assuntos, ou os aceitavam, pelo menos. Elas sabiam o que pensavam sobre as coisas, elas tinham opiniões. Elas assumiam uma visão abrangente, como se não percebessem que tudo é infinitamente divisível. Elas falavam em causa e efeito, como se acreditassem ser possível isolar um evento e submetê-lo a escrutínio num espaço puro, atemporal, fora do louco turbilhão das coisas. Elas falavam de povos inteiros como se falassem de um único indivíduo, ao passo que até falar de um indivíduo com qualquer mostra de certeza parecia-me algo temerário. Ah, elas não conheciam limites.

E como se não bastassem as pessoas do mundo externo, eu também levava dentro de mim um exemplar de mim mesmo, um tipo de bedel, de quem eu devia esconder minha falta de convicção. Por exemplo, se eu estava lendo alguma coisa, uma argumentação num ou noutro livro, e com ela concordando entusiasticamente, e em seguida eu descobria, ao terminar, que eu compreendera completamente errado o que o escritor estava dizendo, que eu na verdade entendera tudo de ponta-cabeça, eu me sentia compelido a imediatamente executar um salto mortal, rápido como um raio, e dizer a mim mesmo, digo, ao meu outro eu, aquele austero sargento interior, que aquilo que estava sendo dito era verdadeiro, que eu nunca realmente tinha pensado de outra forma, e, ainda que eu tivesse, que mostrava uma mente aberta, que eu deveria ser capaz de passar de uma opinião a outra sem nem mesmo perceber. Então eu enxugava minha testa, limpava a garganta, endireitava os ombros e seguia adiante delicadamente, em asfixiante consternação. Mas por que o tempo pretérito? Teria alguma coisa mudado? Apenas que o observador de dentro deu um passo adiante e assumiu o controle, enquanto o confuso de fora acovardou-se lá dentro.

Percebe a corte, eu me pergunto, o que esta confissão está me custando?

Dediquei-me ao estudo da ciência a fim de encontrar certeza. Não, não foi isso. É melhor dizer: dediquei-me à ciência a fim de tornar a falta de certeza mais manejável. Seria uma maneira, pensei, de erigir uma estrutura sólida nas próprias areias que estavam por toda a parte, sempre, se alternando debaixo de mim.

E eu era bom nisso, tinha certo talento. Ajudava, isso de não ter convicções acerca da natureza da realidade, da verdade, da ética, todas essas grandes questões — de fato, descobri na ciência uma visão de um mundo imprevisível, fervilhante, que era sinistramente familiar para mim, para mim que sempre achara que a matéria era um turbilhão de colisões fortuitas. Estatísticas, teoria da probabilidade, essa era a minha área. Já de coisas esotéricas, não entrarei nesse mérito aqui. Eu tinha certo dom impassível que não era de se desprezar, mesmo para os inacreditáveis padrões da disciplina. Minhas dissertações estudantis eram modelos de clareza e concisão. Meus professores me adoravam, aqueles velhuscos obsoletos tresandantes a fumaça de cigarro e com dentes ruins, que em mim identificavam aquele traço raro e impiedoso cuja falta os condenara a uma vida de labuta diante do púlpito. E foi então que os americanos me avistaram.

Como eu amava a América! A vida lá naquela costa oeste cor pastel, embebida em sol, me acostumou mal para toda a vida. Ainda a vejo em sonhos, todas lá, invioladas, as colinas ocres, a baía, a grande e delicada ponte vermelha envolta em névoa. Sentia como se eu tivesse ascendido a algum elevado e fabular platô, uma espécie de Arcádia. Tanta riqueza, tanta tranquilidade, tanta inocência. De todas as memórias que guardo do lugar seleciono uma a esmo. Um dia de primavera, no refeitório da universidade. É hora do almoço. Lá fora, na praça, perto do chafariz, as maravilhosas garotas se entretêm ao sol. Ouvimos naquela manhã uma palestra de um sábio visitante, um dos grão-mestres do arcano, que agora se senta conosco à nossa mesa, bebendo café de um copo de papel e quebrando pistaches nos dentes. É uma pessoa esguia, desengonçada, com uma bravia grenha de cabelo crespo se agrisalhando. Seu olhar é engraçado, com uma chispa de malícia; dardeja incansável para cá e para lá como se procurasse por algo que o faça rir. O fato, meus amigos, ele está dizendo, é que a porra toda se trata de acaso, puro acaso. E ele arreganha subitamente um sorriso de tubarão e pisca para mim – seu colega forasteiro. Os funcionários da universidade sentados em torno da mesa assentem e nada dizem, grandes, bronzeados, sérios homens em camisas de manga curta e sapatos com solas largas. Um coça a mandíbula, outro consulta indolentemente um robusto relógio de pulso. Um garoto trajando bermuda e sem camisa passa por nós lá fora, tocando uma flauta. As garotas lentamente se levantam, de duas em duas, e lentamente se vão embora, por sobre a relva, os braços cruzados, os livros pressionados contra o peito como armaduras. Meu Deus, é possível que eu estivesse lá, realmente? Esse local, agora, parece-me mais um sonho que memória; a música, as meigas mênades, e nós à nossa mesa, figuras esvaídas, imóveis, os sábios, presidindo detrás de um vidro refletor de folhas.

Deixavam-se fascinar por mim lá, pelo meu sotaque, pelas minhas gravatas-borboleta, pelo meu charme ligeiramente sinistro, do velho mundo. Eu tinha vinte e quatro anos; entre eles sentia-me na meia-idade. Lançavam-se para cima de mim com fervor solene, como se empreendessem uma forma de autoaperfeiçoamento. Uma de suas guerrinhas estrangeiras estava em pleno andamento na época, todos eram manifestantes, exceto eu — eu é que não ia me meter com suas passeatas, suas greves, com a ecolalia de rachar os ouvidos que eles assumiam como argumento — mas nem mesmo minhas ideias políticas, ou a falta delas, eram impedimento, e filhos das flores* de todos os formatos e cores tombavam em minha cama, as pétalas tremulando. Recordo de poucos deles com certa exatidão, quando penso neles vejo uma espécie de híbrido, com as mãos deste aqui, e os olhos daquele ali, e também os soluços de outrem. Daqueles dias, daquelas noites, só restaram

---

* A expressão *flower children* refere-se aos seguidores do movimento *flower power*. (Todas as notas deste livro são do tradutor)

um sabor esvaído, agridoce, e um vestígio, o mais desadornado remanescente, daquele estado de flutuante tranquilidade, de, como irei dizer, de graça bálana, ataráxica — sim, sim, eu consegui um dicionário — em que me deixavam, meus músculos doendo devido aos seus enérgicos cuidados, minha pele banhada pelo bálsamo de seu suor.

Foi na América que conheci Daphne. Numa festa na casa de algum professor certa tarde, eu estava parado no alpendre com um gim triplo na mão quando ouvi debaixo de mim, no gramado, a voz do lar: suave ainda que límpida, como o som de água caindo num copo, e com aquele toque de letargia que é o inconfundível tom de nosso grupo. Eu olhei, e lá estava ela, num vestido florido e sapatos deselegantes, os cabelos penteados ao estilo boneca-crioula então em voga, franzindo o cenho por sobre o ombro de um homem de jaqueta espalhafatosa que respondia com gestos aéreos a algo que ela perguntara, enquanto ela assentia seriamente, sem ouvir uma palavra que ele dizia. Tive somente aquele vislumbre dela e virei-me para longe, não sei bem por quê. Eu estava num dos meus maus humores, e quase bêbado. Vejo aquele momento como um emblema de nossa vida conjunta. Eu passaria os quinze anos seguintes virando-me para longe dela, de uma ou outra forma, até aquela manhã quando me quedei no parapeito do navio a vapor da ilha, fungando o ar lodoso do porto e acenando esmorecidamente para ela e para a criança, elas duas minúsculas logo abaixo de mim na beira da doca. Naquele dia foi ela quem se virou para longe de mim, com o que hoje me parece uma lenta e infinitamente triste definitividade.

Eu tanto sentia imbecilidade quanto medo. Eu me sentia ridículo. Era irreal, esse embaraço em que eu me metera: um desses sonhos tresloucados que algum homenzinho gordo e improdutivo poderia transformar num filme de terceira categoria. Eu descartava o embaraço por longos períodos, assim como alguém descarta um sonho, por mais horrível que seja, mas dentro em pouco ele voltava coleando, aquela coisa hedionda, cheia de tentáculos, e de dentro me brotava um jorro quente de pavor e vergonha — vergonha, quer dizer, por minha própria estupidez, minha brutal falta de presciência, que me fizera aterrissar em tamanho lodaçal.

Desde que eu parecera, com Randolph, ter topado com um recurso coadjuvante, eu imaginara que aquilo seria representado por um cômico elenco de rufiões, camaradas escarificados com testas baixas e bigodezinhos ralos que se disporiam em círculo ao meu redor, com as mãos metidas nos bolsos, sorrindo repulsivamente e mastigando palitos. Em vez disso, fui convocado para uma audiência com um *hidalgo* de cabelos prateados e terno branco, que me cumprimentou com um firme e demorado aperto de mão e disse-me que seu nome era Aguirre. Sua conduta era cortês e levemente triste. Ele se ajustava mal ao seu entorno. Eu escalara uma escada estreita até uma sala suja, baixa, acima de um bar. Havia uma mesa coberta com oleado, e um par de cadeiras de vime. Embaixo da mesa, no chão, sentava-se um infante imundo, sugando uma colher de madeira. Uma televisão exorbitante acocorava-se num canto, em cuja tela vazia, perniciosa, vi a mim mesmo refletido, imensamente alto e magro, e curvado como um arco. Sentia-se um cheiro de fritura. Señor Aguirre, com um esgarzinho de desgosto, examinou o assento de uma das cadeiras e sentou-se. Serviu-nos vinho, e tocou sua taça num brinde amistoso. Ele era um homem de negócios, disse, um simples homem de negócios, não um grande professor — e sorriu para mim e gentilmente fez uma mesura —, mas a despeito disso sabia que havia certas regras, certos imperativos morais. Ele estava pensando num deles especificamente: talvez eu conseguisse adivinhar qual? Mudo, balancei a cabeça. Sentia-me como um rato sendo manipulado por um lustroso e entediado gato velho. A tristeza dele se intensificou. Empréstimos, ele disse suavemente, empréstimos devem ser devolvidos. Era esta a lei sobre a qual se fundara o comércio. Ele esperava que eu entendesse sua posição. Fez-se um silêncio. Um tipo de divertimento horrorizado apossou-se de mim: este era o mundo real, o mundo de medo e dor e retribuição, um lugar sério, não aquele parquinho de diversões ensolarado no qual eu esbanjara mancheias de dinheiro alheio. Eu teria que voltar para casa, disse eu por fim, numa voz que não parecia ser a minha, lá haveria pessoas que poderiam me ajudar, amigos, família, eu poderia pedir emprestado deles. Ele ponderou. Eu iria sozinho? perguntou ele. Por um segundo eu não vi aonde ele queria chegar. Então desviei o olhar dele e disse lentamente sim, sim, minha mulher e filho provavelmente ficarão por aqui. E ao dizê-lo pensei ter ouvido um horrível cacarejar, um pio silvestre de escárnio, logo atrás do meu ombro. Ele sorriu e serviu cuidadosamente outro dedo de vinho. A criança, que estivera brincando com meus cadarços, começou a ganir. Eu estava agitado, não tivera a intenção de chutar a criatura. Señor Aguirre franziu o cenho e gritou algo por sobre seu ombro. Uma porta atrás dele se abriu e uma mulher jovem enormemente gorda, de aparência enraivecida, meteu a cabeça e grunhiu para ele. Ela usava um vestido preto, sem mangas, com bainha torta, e uma peruca preta acetinada tão alta quanto uma colmeia, com cílios falsos para combinar. Ela requebrou adiante e, com esforço, inclinou-se e apanhou o infante e estapeou-o forte no rosto. Sobressaltou-se surpreso e, engolindo um potente soluço, solenemente cravou seus olhos arredondados em mim. A mulher olhou para mim também e tomou a colher de madeira e jogou-a sobre a mesa na minha frente com estrépito. Então, instalando a criança firmemente numa tremenda anca, marchou sala afora e bateu a porta atrás dela. Señor Aguirre meneou os ombros ligeiramente, culposamente. De novo ele sorriu, piscando os olhos. Qual era a minha opinião sobre as mulheres da ilha? Eu hesitei. Ora, vamos, disse ele risonhamente, certamente eu tinha opinião sobre um assunto tão importante. Eu disse que eram adoráveis, certamente adoráveis, certamente os mais adoráveis espécimes que eu já havia encontrado. Ele assentiu alegremente, era o que ele esperava que eu dissesse. Não, disse ele, não, são muito escuras, em toda parte são muito escuras, até naqueles lugares onde o sol não bate. E ele inclinou-se para a frente com seu sorriso enrugado, prateado, e deu um piparote ligeiro em meu pulso. Já as mulheres do norte, ah, aquelas pálidas mulheres do norte. Que pele alva! Que delicadeza! Que fragilidade! A sua esposa, por exemplo, disse ele. Fez-se outro silêncio sem fôlego. Pude ouvir levemente os metálicos trechos de música vindos de um rádio no bar no andar térreo. Música de tourada. Minha cadeira fez um som crepitante debaixo de mim, como um aviso murmurado. Señor Aguirre uniu suas mãos de El Greco e me olhou por cima do ápice da ponta de seus dedos. Sua *hesposa*, disse ele, aspirando a palavra, sua bela *hesposa*, você vai voltar rápido para ela? Não era bem uma pergunta. O que eu podia lhe dizer, o que poderia eu fazer? Tampouco essas são perguntas de verdade.

    Contei a Daphne tão pouco quanto me foi possível. Ela pareceu entender. Não opôs dificuldades. Aquela sempre fora a melhor coisa em Daphne: ela nunca opunha dificuldades.

Foi uma longa viagem para casa. O vapor desembarcou no porto de Valencia no crepúsculo. Eu odeio a Espanha, um país bestial, entediante. A cidade cheirava a sexo e cloro. Tomei o trem noturno, atochado num vagão de terceira classe com meia dúzia de tresandantes camponeses em ternos módicos. Não consegui dormir. Estava quente, minha cabeça doía. Podia sentir o maquinário subindo a toda força a longa encosta até o planalto, as rodas tamborilando seu único fraseado de novo e de novo. Uma alvorada azul-lavado irrompia em Madri. Fiz uma parada fora da estação e observei um bando de pássaros manobrando e despencando a uma altura imensa, e, coisa mais estranha, uma lufada de euforia, ou algo feito euforia, percorreu-me inteiro, fazendo-me tremer, e levou lágrimas aos meus olhos. Era devido à privação de sono, suponho eu, e ao efeito do ar elevado, rarefeito. Por que, eu me pergunto, eu me recordo tão claramente de ter estado parado lá, da cor do céu, daqueles pássaros, daquele calafrio de febricitante otimismo? Eu estava num momento de reviravolta, vocês vão me dizer, logo ali o futuro se bifurcou diante de mim, e eu tomei o caminho errado sem perceber — é isto o que vocês vão me dizer, não é, vocês, que querem ver significados em tudo, que ambicionam significados, com palmas grudentas e rostos ardentes! Mas calma, Frederick, calma. Perdoe-me este acesso, Vossa Excelência. É só que não acredito que tais momentos tenham qualquer significado — ou que quaisquer outros momentos tenham, aliás. Eles têm importância, aparentemente. Eles podem até ter algum tipo de valor. Mas não significam nada.

Aí está, acabo de declarar a minha fé.

Onde eu estava? Em Madri. Indo embora de Madri. Tomei outro trem, viajando ao norte. Fizemos paradas a cada estação no caminho, pensei que nunca sairia daquele país terrível. Uma vez estacamos por uma hora no meio do nada. Permaneci sentado naquele silêncio tiquetaqueante e fitei apalermado pela janela. Depois dos trilhos emporcalhados da linha metropolitana havia um campo enorme, alto, amarelo, e à distância uma cordilheira de montanhas azuis que a princípio confundi com nuvens. O sol brilhava. Um corvo cansado passou esvoaçando. Alguém tossiu. Eu pensei como era estranho estar ali, digo, estar justamente ali e não em outro lugar qualquer. Não é que estar em qualquer outro lugar fosse parecer menos estranho. Quero dizer — oh, eu não sei o que quero dizer. O ar no vagão era denso. Os assentos exalavam seu cheiro de pó, seu cheiro de uso contínuo. Um homem pequeno, trigueiro, inculto, defronte a mim, captou meu olhar e não desviou a vista. Naquele instante ocorreu-me que eu estava a caminho de fazer algo muito mau, algo realmente espantoso, algo para o qual não haveria perdão. Não era uma premonição, esta é uma palavra muito hesitante. Eu sabia. Eu não sei explicar como, mas eu sabia. Eu estava chocado comigo mesmo, minha respiração se acelerou, meu rosto latejava como se de constrangimento, mas, tanto quanto o choque, havia uma espécie de contentamento grotesco, que escalou até a minha garganta e me fez engasgar. Aquele camponês ainda estava a me observar. Ele sentou-se enviesado um pouquinho para a frente, as mãos repousando calmamente sobre os joelhos, a testa abaixada, ao mesmo tempo concentrado e remoto. Elas encaram dessa forma, essas pessoas; elas têm tão pouca noção de si que parecem pensar que suas ações não se manifestarão aos outros. Bem poderiam estar observando a partir de um mundo diferente.

    Eu sabia muito bem, é claro, que eu estava fugindo.

Eu esperara chegar com chuva, e em Holyhead, de fato, caía uma garoa fina, morna, mas quando saímos para o canal o sol irrompeu de novo. Era chegada a noite. O mar estava calmo, um menisco lubrificado e retesado, cor de malva e curiosamente alto e curvado. Do salão dianteiro onde eu estava sentado a proa parecia subir mais e mais, como se todo o navio estivesse se esforçando para alçar voo. O céu diante de nós era um borrão carmesim no mais pálido dos azuis-pálidos e do verde-prateado. Ergui meu rosto contra a tranquila luz marinha, transido, expectante, sorrindo como um bobo. Confesso que eu não estava inteiramente sóbrio, eu já usara minha cota de descontos nas bebidas isentas de imposto, e a pele em minhas têmporas e ao redor dos meus olhos se esticava preocupantemente. Não era só a bebida, no entanto, que estava me deixando feliz, mas a ternura das coisas, a simples bondade do mundo. O pôr do sol, por exemplo, quão prodigamente ele se punha, as nuvens, a luz no mar, aquela comovente extensão azul-esverdeada, tudo isso se punha como que para consolar algum viajante perdido, padecedor. Eu nunca de fato me acostumei a estar neste planeta. Às vezes penso que nossa presença aqui se deve a um deslize cósmico, que tínhamos sido designados para outro planeta, com outros arranjos, e outras leis, e outros e severos céus. Tento imaginá-lo, nosso lugar verdadeiro, distante lá na outra ponta da galáxia, redemoinhando e redemoinhando. E os que tinham sido designados para cá, estariam eles por aí, desconcertados e com saudades de casa, como nós? Não, eles teriam se extinguido há muito. Como poderiam sobreviver, esses amáveis terráqueos, num mundo que foi feito para comportar a *nós*?

As vozes, foram elas que me surpreenderam sobretudo. Pensei que estivessem forçando esse sotaque, soava caricaturesco demais. Dois estivadores de rosto macilento com cigarros na boca, um alfandegário de boné: meus colegas conterrâneos. Caminhei através de um barracão amplo, de ferro corrugado, e saí no cansado ouro da tarde de verão. Passaram um ônibus e um trabalhador numa bicicleta. Na torre do relógio, seu relógio carcomido ainda mostrava o horário errado. Era tudo tão tocante, fiquei surpreso. Eu gostava daqui quando era criança, do píer, do passeio público, do coreto verde. Havia sempre uma doce sensação de melancolia, de moderado remorso, como se alguma música pitoresca, alegre, a última da estação, tivesse acabado de desvanecer no ar. Meu pai nunca se referia ao lugar com qualquer nome que não fosse "Kingstown": ele não tinha tempo para o palavreado nativo. Costumava me trazer aqui nas tardes de domingo, às vezes também em dias úteis nos feriados escolares. Ficava a uma boa corrida de Coolgrange. Ele estacionava na estrada acima do píer e me dava um xelim e se escafedia, deixando-me com os meus próprios expedientes, conforme ele dizia. Consigo ver-me, o príncipe sapo, entronado na alta cadeirinha traseira do Morris Oxford, consumindo um cone de sorvete, lambendo a decrescente protuberância de gosma para lá e para cá com aplicação científica, e encarando de volta os pedestres de passagem, que empalideciam à vista de meu olho pernicioso e minha língua pincelante, cremosa. A brisa do mar era um suave e salgado muro de ar na janela aberta do carro, com um quê de fumaça vinda do navio-correio atracado abaixo de mim. As bandeiras no telhado do iate clube tremulavam e estalavam, e um matagal de mastros no porto oscilava e tinia como uma orquestra oriental.

Minha mãe nunca nos acompanhava nesses passeios. Estes eram, agora eu sei, apenas uma desculpa para meu pai ir visitar um xodó que ele mantinha lá. Não me recordo dele se comportando furtivamente, pelo menos não muito mais do que o habitual. Ele era um homem franzino, bem-feito, com sobrancelhas pálidas e olhos pálidos, e um bigode pequeno, claro, que era levemente indecente, tal qual um bocado de pelo corporal, macio e pubescente, que tivesse distraidamente trilhado caminho até o seu rosto, vindo de uma outra parte, secreta, de sua pessoa. O bigode deixava sua boca admiravelmente vívida, uma coisa faminta, violenta, rubra, que triturava e rosnava. Ele estava sempre mais ou menos irritado, fervendo de ressentimento e indignação. Por trás dessa bravata, contudo, ele era um covarde, penso eu. Sentia pena de si. Convencera-se de que o mundo o havia aproveitado mal. Em compensação ele se mimava, dava-se regalos. Usava sapatos feitos à mão e gravatas Charvet, bebia clarete fino, fumava cigarros importados especialmente em latas herméticas de uma loja no Burlington Arcade. Eu ainda tenho, ou tinha, sua bengala de passeio feita de madeira de Malaca. Ele era enormemente vaidoso dela. Gostava de demonstrar-me como fora feita, a partir de quatro ou será que eram oito peças de vime preparadas e montadas por um mestre artesão. Eu mal conseguia manter o rosto sério; ele era tão risivelmente grave. Ele cometia o erro de imaginar que suas posses eram uma medida de seu próprio valor e se pavoneava e cocoricava, alardeando suas coisas como se fosse um estudante com um estilingue premiado. De fato, havia algo de eterno garoto nele, algo hesitante e púbere. Quando penso em nós dois juntos, vejo-o impossivelmente jovem e eu já um adulto, fatigado, amargurado. Eu suspeito de que ele tinha um pouquinho de medo de mim. Aos doze ou treze anos eu era tão grande quanto ele, ou tão pesado quanto, enfim, pois embora eu tenha sua tez castanho-clara, no formato eu puxei à minha mãe, e já naquela idade eu tinha inclinação à flacidez. (Sim, Excelência, você tem diante de si um homem mediano dentro do qual mora um gordinho tentando não escapar. Pois foi deixá-lo escapulir uma vez, o Bunter, uma só vez, e olhe no que deu.)

Espero não passar a impressão de que eu não gostava do meu pai. Nós não conversávamos muito, mas nos fazíamos companhia perfeitamente, à maneira de pais e filhos. Se ele me temia um pouco, eu também era sábio o bastante para ser cauteloso com *ele*, uma relação facilmente confundida, até mesmo por nós às vezes, com estima mútua. Ele nutria grande desgosto pelo mundo em geral, isso era comum em nós dois. Percebo que eu lhe herdei a risada, aquele riso atenuado, nasalado, que era seu único comentário diante dos grandes acontecimentos de seu tempo. Cisões, guerras, catástrofes, que lhe importavam tais assuntos? — o mundo, o único mundo que valia a pena, terminara com a partida do último vice-rei destes litorais, após o que tudo não passava de uma altercação entre camponeses. Ele realmente tentou acreditar nesta fantasia de uma terra excelente que fora tomada de nós e de nossa casta — sendo a nossa casta os católicos ocidentais, como ele costumava dizer, sim senhor, católicos ocidentais, e com orgulho! Mas eu acho que havia menos orgulho que mortificação. Acho que secretamente se envergonhava de não ser protestante: ele teria tanto menos a explicar, tanto menos a justificar. Retratava-se como uma figura trágica, um cavalheiro da velha escola, deslocado no tempo. Eu o imagino naquelas tardes de domingo com sua amante, uma jovenzinha fornida, pressuponho eu, com cabelos displicentemente encaracolados e um generoso decote, diante de quem ele se ajoelha, equilibrando-se trêmulo num joelho, contemplando extasiado aquele rosto, seu bigode se estorcendo, sua boca vermelha e molhada aberta em súplica. Ah, mas não devo zombar dele desse jeito. É verdade, é verdade, eu não pensava nele cruelmente — apesar, quer dizer, de lá no fundo desejar matá-lo, para que eu pudesse desposar minha mãe, um conceito original e convincente que meu advogado me empurra frequentemente, com uma expressão sugestiva no olho.

Mas estou divagando.

O encanto que eu sentira em Kingstown, quero dizer, Dun Laoghaire, não continuou quando cheguei na cidade. Meu assento na frente da cobertura do ônibus — meu velho assento, meu favorito! — mostrava-me cenas que eu mal reconhecia. Nos dez anos desde que eu estivera aqui pela última vez alguma coisa ocorreu, alguma coisa acometeu o lugar. Ruas inteiras desapareceram, as casas foram derrubadas e substituídas por assustadores blocos de aço e vidro fumê. Uma antiga praça onde Daphne e eu vivemos por um tempo fora demolida e transformada num vasto e cinzento estacionamento. Vi uma igreja à venda — uma igreja, à venda! Oh, algo medonho acontecera. O próprio ar em si parecia estragado. Apesar da hora tardia, um leve brilho da luz do dia perdurava, denso, carregado de pó, como a neblina que sucede uma explosão ou uma grande conflagração. As pessoas nas ruas tinham a chocante aparência de sobreviventes, elas não pareciam caminhar mas sim cambalear. Desci do ônibus e tomei meu rumo entre elas com o olhar baixado, receando ver horrores. Pivetes descalços corriam ao meu lado, choramingando por um trocado. Havia bebuns por toda a parte, titubeando e xingando, abandonados em triste atabalhoamento. Um casal incrível prorrompeu de um pulsante porão, um rapaz cominatório, bexigoso, com um penacho de cabelo laranja, e uma garota de rosto cru, em botas de gladiador e roupas esfarrapadas, preto-fuligem. Eles estavam cobertos de cordas e correntes e o que pareciam ser cartucheiras, e ostentavam rebites dourados nas narinas. Eu nunca tinha visto tais criaturas, pensei que deveriam ser integrantes de alguma seita fantástica. Diante deles eu fugi e mergulhei no Wally's. "Mergulhei" é a palavra.

    Esperava que ele tivesse mudado, como todo o resto. Eu gostava do Wally's. Costumava beber no pub quando era estudante, e mais tarde, também, quando trabalhei para o governo. No lugar havia um toque de sordidez que eu achava agradável. Sei que muito se insinuou a partir do fato de que era frequentado por homossexuais, mas creio que a corte irá descartar as implicações que foram tacitamente extraídas disso, especialmente na imprensa marrom. Eu não sou veado. Nada tenho contra os que são, a não ser que eu os desprezo, é claro, e acho desprezível imaginar as coisas que eles aprontam, seja lá o que eles façam. Mas a presença deles emprestava uma alegria desmazelada à atmosfera do Wally's e um ligeiro traço de ameaça. Eu gostava daquele calafrio de constrangimento e alegre pavor que me subia pela coluna como uma gota de mercúrio quando uma caterva deles subitamente explodia em papagueados chios de risada, ou quando se embebedavam a uivar injúrias e quebrar coisas. Hoje à noite, quando corri a me abrigar da cidade arrasada, a primeira coisa que vi foi uma meia dúzia deles a uma mesa perto da porta com as cabeças juntas, a cochichar e a rir e a apalpar alegremente um ao outro. O Wally em pessoa estava atrás do balcão do bar. Ele engordara, o que eu não pensava ser possível, mas afora isso ele não mudara nada em dez anos. Cumprimentei-o calorosamente. Suspeitei de que ele se lembrava de mim, embora, é claro, ele não o reconhecesse: Wally se gabava do azedume de sua conduta. Pedi um gargantuano gim-tônica, e ele relutantemente suspirou e guindou-se do banco alto em que estava escorado. Movia-se muito lentamente, como se dentro d'água, dilatando-se em sua gordura, feito uma medusa. Eu já me sentia melhor. Contei-lhe sobre a igreja que eu vira à venda. Ele deu de ombros, não estava surpreso, essas coisas eram lugar-comum hoje em dia. Enquanto ele punha o drinque diante de mim, o apinhado círculo de bichas perto da porta debandou subitamente com um alto jorro de risadas, e ele franziu o cenho para eles, comprimindo sua boquinha de maneira que quase desaparecia nas dobras de seu queixo gordo. Simulava desprezo por sua clientela, embora se dissesse que ele mesmo mantinha consigo uma caterva de garotos, sobre quem ele governava com grande severidade, ciumento e terrível como uma rainha beardsleyana.*

Bebi meu drinque. Há algo no gim, o seu travo de madeira silvestre, talvez, que sempre me põe a pensar em crepúsculos e em brumas e em donzelas mortas. Hoje à noite isso tiniu na minha boca feito riso secreto. Olhei ao meu redor. Não, Wally não havia mudado, não havia mudado em absoluto. Este era o meu lugar: a murmurejante penumbra, os espelhos, as garrafas perfiladas atrás do balcão, cada uma com sua pérola de luz rubi. Sim, sim, a cozinha da bruxa, com uma horrenda rainha gorda e um risonho bando de seres mágicos. Ora, havia até mesmo um ogro — Gilles, o Terrível, c'est moi. Eu estava feliz. Aprecio o inapropriado, o desonroso; admito. Em profundas baixezas como esta, o fardo do berço e da educação se desprende de mim e eu sinto, eu sinto — eu não sei o que eu sinto. Eu não sei. De qualquer forma, o tempo verbal está errado. Eu me voltei para Wally e ergui meu copo, e observei numa espécie de entorpecida euforia enquanto ele dosava para mim uma nova poção num calicezinho de prata. Aquele lampejo azul quando acrescentou o gelo, no que é que estou pensando? Olhos azuis. Sim, é claro.

---

* Referência a Aubrey Beardsley (1872-1898), artista de estilo art noveau.

Eu falei em donzelas mortas, não falei? Ai de mim.

Então eu me sentei no pub do Wally e bebi, e falei a Wally sobre isto e aquilo — sua parte na conversa restringia-se a meneios de ombros e grunhidos estúpidos e o velho e malevolente risinho abafado — e gradualmente o zumbido que as viagens sempre acarretam na minha cabeça se aquietou. Sentia como se, em vez de viajar por navio e trem, eu tivesse de alguma forma sido jogado no ar para por fim aterrissar nesse lugar, sentindo-me grogue e feliz, e prazerosamente, quase voluptuosamente vulnerável. Aqueles dez anos que eu passara em incansável perambulação eram como nada, uma jornada onírica, insubstancial. Quão distante tudo aquilo parecia, aquelas ilhas num mar azul, aqueles meios-dias escaldantes, e Randolph e o Señor Aguirre, até mesmo minha esposa e meu filho, quão distantes. Foi assim então que Charlie French entrou e eu o cumprimentei como se tivesse acabado de vê-lo no dia anterior.

Eu sei que Charlie insiste em que ele não me encontrou no pub do Wally, que nunca nem passou perto do lugar, mas tudo que estou preparado para admitir é a possibilidade de que não foi naquela noite específica que eu o vi lá. Lembro-me do momento com perfeita clareza, as bichas cochichando, e Wally lustrando um copo com um trabalho de munheca versado e inimitavelmente desdenhoso, e eu sentado ao balcão empunhando um copão de gim e com a minha velha valise de couro de porco aos meus pés, e Charlie se detendo lá em seu terno risca de giz e seus sapatos desgastados, um esquecido Eumeu, sorrindo desconfortavelmente e fitando-me com vaga suspeição. Todavia, é possível que minha memória tenha acoplado duas ocasiões diferentes. É possível. Que mais posso dizer? Espero, Charles, que essa concessão abrande, mesmo que só um pouquinho, sua noção de ofensa.

As pessoas me acham impiedoso, mas eu não sou. Tenho grande simpatia por Charlie French. Causei-lhe muita aflição, não há dúvida disso. Humilhei-o perante o mundo. Que dor não deve ter sido, para um homem como Charlie! Ele se comportou muito bem quanto àquilo. Ele se comportou às maravilhas, na verdade. Naquela última, espantosa e espantosamente cômica ocasião, quando eu estava sendo levado algemado, ele olhou para mim não a me culpar, mas com uma espécie de tristeza. Quase sorriu. E fui-lhe grato. Ele agora me é uma fonte de culpa e aborrecimento, mas ele era meu amigo, e —

Ele era meu amigo. Uma frase tão simples, e contudo tão tocante. Acho que nunca a usei antes. Ao escrevê-la tive que fazer uma pausa, sobressaltado. Algo me brotou na garganta, como se eu estivesse prestes a, sim, a chorar. O que está acontecendo comigo? É isto que entendem por reabilitação? Talvez eu deixe este lugar com um caráter reformado, afinal de contas.

O pobre Charlie não me reconheceu a princípio e ficou manifestamente desconfortável, eu pude perceber, por ser abordado neste lugar, desta maneira familiar, por uma pessoa que lhe parecia ser um estranho. Eu estava me divertindo, era como estar disfarçado. Ofereci pagar-lhe um drinque, mas ele recusou, com elaborada polidez. Ele envelhecera. Estava no começo dos seus sessenta anos, mas parecia mais velho. Ele estava encurvado e tinha uma pancinha em formato de ovo, e suas bochechas acinzentadas estavam incrustadas com uma filigrana de veias rebentadas. Ainda assim passava uma impressão de, como posso dizê-lo, de equilíbrio, que parecia nova a ele. Era como se estivesse finalmente preenchendo perfeitamente o espaço que lhe fora alocado. Quando eu o conheci ele era um pífio negociante de pinturas e antiguidades. Agora tinha presença, quase um ar de Império, ainda mais acentuada entre os espalhafatosos adereços do bar do Wally. É verdade, havia ainda aquela expressão familiar em seu olhar, ao mesmo tempo maldosa e encabulada, mas tive que olhar a fundo para encontrá-la. Ele começou a se arredar para longe de mim, ainda sorrindo enjoadamente, porém por sua vez deve ter captado algo familiar no meu olhar, e por fim me reconheceu. Aliviado, soltou um riso resfolegado e relanceou o olhar ao redor do bar. Disso eu me lembro, desse relance, como se ele tivesse acabado de descobrir que sua braguilha estava aberta e averiguasse que ninguém percebera. Freddie!, disse ele. Ora, ora! Ele acendeu um cigarro com uma mão não de todo firme e soltou uma grande baforada de fumaça em direção ao teto. Eu estava tentando recordar quando fora que eu o encontrara pela primeira vez. Ele costumava descer até Coolgrange quando meu pai estava vivo e zanzar furtivo e culposo pela casa. Eles foram jovens juntos, ele e meus pais, em seus pileques rememoravam bailes de caça de antes da guerra, e as disparadas até Dublin para o Show, e tudo o mais. Eu ouvia essas coisas todas com ilimitado desprezo, torcendo meu viloso lábio de adolescente. Soavam como atores surrando alguma batida comédia de costumes, declamando loucamente, especialmente minha mãe, com suas unhas carmesim e sua permanente metálica e aquela voz dela de rachar, de gim e fumaça. Mas para ser justo com Charles, eu não penso que ele realmente aderia a essa fantasia dos doces dias defuntos. Ele não conseguia ignorar o miúdo trinado de histeria que fazia a garganta com bócio da minha mãe vibrar, tampouco a maneira como meu pai olhava para ela às vezes, postado na beira de sua poltrona, retesado como um cão whippet, pasmo e pálido, com uma expressão de incrédulo asco. Quando prosseguiam assim, eles dois, esqueciam-se de todo o resto, de seu filho, de seu amigo, de tudo, trancados juntos numa espécie de transe macabro. Isso significava que Charlie e eu éramos com frequência atirados à companhia um do outro. Ele lidava comigo a tento, como se eu fosse algo que pudesse explodir em seu rosto a qualquer momento. Eu era muito feroz naqueles tempos, transbordante de impaciência e desdém. Devíamos fazer um par peculiar, contudo prosseguíamos, a uma profundidade considerável.

Talvez eu lhe parecesse ser o filho que ele nunca viria a ter, talvez ele me parecesse ser o pai que eu nunca tive. (Esta é outra das ideias estimuladas pelo meu advogado. Eu não sei de onde você as tira, Maolseachlainn.) Que dizia eu? Charlie. Ele me levou às corridas certo dia, quando eu era garoto. Ele estava todo paramentado para a ocasião, trajando tweeds e calçando brogues marrons e usando um chapeuzinho de feltro inclinado sobre um olho num ângulo ladino. Tinha até mesmo um par de binóculos, embora não parecesse capaz de focalizá-los corretamente. Parecia talhado para aquele papel, exceto por um quê refreado em sua conduta que era como se o tempo todo ele estivesse prestes a irromper em desarmadas risadinhas diante de si e de suas pretensões. Eu tinha quinze ou dezesseis anos. Na barraca de bebidas ele virou-se para mim brandamente e perguntou-me o que eu iria tomar, irlandês ou scotch — e me levou para casa à noite ruidosamente e truculentamente bêbado. Meu pai enfureceu-se, minha mãe riu. Charlie conservou um silêncio imperturbável, fingindo que nada havia de errado, e me passou uma nota de cinco, conforme eu tropicava em direção à cama.

Ah, Charles, eu sinto muito, eu realmente sinto.

Agora, como se também estivesse recordando aquele tempo, ele insistiu em me pagar um drinque, e comprimiu os lábios em desaprovação quando pedi gim. Ele era um homem de uísque, particularmente. Era parte de seu disfarce, assim como o terno listrado e os sapatos deteriorados, feitos à mão, e aquele maravilhoso e alado capacete que era o seu cabelo, agora prateado por toda a parte, o qual, assim minha mãe gostava de dizer, destinava-o a grandezas. Sempre conseguira esquivar-se de seu destino, todavia. Eu lhe perguntei o que ele estava fazendo atualmente. Oh, disse ele, estou administrando uma galeria. E relanceou o olhar ao seu redor com um sorriso abstraído, admirado, como se ele próprio estivesse surpreso com tal ideia. Eu assenti. Então era isso o que tinha lhe dado uma animada, o que tinha lhe dado aquele ar de autossuficiência. Pude vê-lo nalguma sala empoeirada, um esquecido fim de mundo, com umas poucas pinturas lúgubres na parede e uma frígida solteirona como secretária, que regateava com ele sobre o dinheiro para o chá e lhe dava uma gravata embrulhada em papel de seda todo Natal. Pobre Charlie, finalmente forçado a se levar a sério, com um negócio para tomar conta, e pintores atrás dele em busca de seu dinheiro. Aqui, disse eu, permita-me, saquei uma cédula do meu maço que diminuía cada vez mais rápido e a espalmei sobre o balcão do bar.

Para ser franco, no entanto, eu estava pensando em pedir-lhe um empréstimo. O que me impedia era — bem, haverá riso no tribunal, eu sei, mas o fato é que eu senti que seria de mau gosto. Não é que eu seja suscetível a esses assuntos, em meu tempo eu me meti em casos mais tristes que o de Charlie por uma gorjeta, mas havia algo nas circunstâncias atuais que me detinha. Poderíamos de fato ser pai e filho — não o meu pai, é claro, e certamente não este filho — se encontrando por acaso num bordel. Constrangidos, tristes, obscuramente envergonhados, nós bravateamos e blefamos, batendo nossos copos e brindando aos bons e velhos tempos. Mas de nada adiantou, dentro em pouco esmorecemos e caímos melancolicamente em silêncio. Então subitamente Charlie olhou para mim, com o que quase parecia ser um lampejo de dor, e numa voz baixa, exaltada, disse, Freddie, o que foi que você fez com você? Imediatamente transtornado, ele se endireitou em pânico, sorrindo desesperadamente, e baforou uma envolvente nuvem de fumaça. Primeiro fiquei furioso, e depois deprimido. Realmente, eu não estava no clima para esse tipo de coisa. Mirei o relógio atrás do balcão e, entendendo-o errado propositalmente, disse sim, é verdade, tinha sido um longo dia, eu estava exagerando, e terminei meu drinque e cumprimentei sua mão e peguei minha sacola e saí.

* * *

Lá estava de novo, sob outra forma, a mesma pergunta: por que, Freddie, por que você está vivendo dessa maneira? Ruminei-a na manhã seguinte a caminho de Coolgrange. O dia estava como eu me sentia, cinza e achatado e pesado. O ônibus mergulhava laboriosamente nas estreitas estradas interioranas, lançando-se e chafurdando-se, com um zunido e um rugido que pareciam o som de meu próprio sangue bombeando meu cérebro. A miríade de possibilidades do passado jazia atrás de mim, uma aspersão de destroços. Haveria ali, naquilo tudo, algum estilhaço em particular — uma decisão alcançada, uma estrada tomada, uma sinalização obedecida — que me mostraria como eu justamente tinha chegado à minha atual situação? Não, é claro que não. Minha jornada, como a de todo mundo, até a sua, Vossa Excelência, não havia sido questão de postes de sinalização e de um marchar resoluto, mas apenas de um vagar, de um tipo de lenta sedimentação, meus ombros se curvando debaixo do gradativo acúmulo de todas as coisas que eu não tinha realizado. Contudo posso ver que a alguém como Charlie, visto do chão, eu devo ter parecido uma criatura fabular escalando os cimos distantes, subindo mais e mais, por fim saltando do pináculo em voo admirável e incandescente, minha cabeça coroada de chamas. Mas eu não sou Eufórion. Eu nem mesmo sou seu pai.

A pergunta está equivocada, esse é o problema. Ela assume que ações são determinadas pela volição, pensamento deliberado, um cuidadoso sobrepesar de fatos, todo aquele contorcionismo de espetáculo de marionetes que entendemos por "consciência". Eu estava vivendo daquela maneira porque eu estava vivendo daquela maneira, não há outra resposta. Quando vejo em retrospectiva, não importa o quanto eu tente, não consigo ver um intervalo nítido entre uma fase e outra. É um fluir contínuo — embora "fluir" seja uma palavra forte demais. É mais como uma espécie de estase atarefada, uma espécie de correr parado. Mesmo isso era rápido demais para mim, contudo; eu estava sempre um pouco para trás, trotando na retaguarda da minha própria vida. Em Dublin eu ainda era o garoto crescendo em Coolgrange, na América eu era o imberbe rapaz dos tempos de Dublin, nas ilhas me tornei um tipo de americano. E nada bastava. Tudo estava vindo, estava a caminho, estava prestes a acontecer. Preso no passado, eu estava sempre espreitando além do presente na direção de um futuro infinito. Agora, suponho eu, pode-se dizer que o futuro chegou.

Nada disso significa alguma coisa. Alguma coisa de significativo, quero dizer. Estou apenas me divertindo, refletindo, me abandonando num rebuliço de palavras. Pois as palavras aqui são uma forma de luxo, de sensualidade, elas são tudo o que nos foi permitido preservar do mundo rico, devastador, do qual fomos vedados.

Ó Deus, Ó Cristo, libertai-me deste lugar.

Ó Alguém.

Devo parar, estou sentindo uma de minhas dores de cabeça. Elas me ocorrem com frequência crescente. Não se preocupe, Vossa Senhoria, não é preciso convocar o meirinho ou o sargento de armas, ou seja lá como é que se chame — são apenas dores de cabeça. Não vou subitamente entrar em parafuso, pressionar as têmporas e berrar por minha — e por falar no diabo, ei-la aqui, a própria Ma Jarrett* em pessoa. Venha, suba no banco da testemunha, mãe.

---

* Personagem de *Fúria sanguinária* [*White Heat*], filme *noir* de Raoul Walsh, pela qual seu filho, Cody Jarret, interpretado por James Cagney, nutre uma fixação doentia.

Era começo de tarde quando cheguei a Coolgrange. Desci no cruzamento e observei o ônibus arrastar-se, com sua traseira parecendo de certo modo debochada. O ruído do motor se extinguiu, e o latejante silêncio do verão tornou a instalar-se sobre os campos. O céu ainda estava encoberto, mas o sol estava se firmando em algum lugar, e a luz que havia sido baça e rala era agora um brilho macio, cinza-perolado. Parei e olhei ao meu redor. Como sempre nos surpreende aquilo que é familiar! Tudo estava lá, o portão quebrado, o acesso da entrada, o vasto prado, o bosque de carvalhos — o lar! —, tudo perfeitamente no lugar, esperando por mim, um pouco menor do que eu me lembrava, como uma maquete. Eu ri. Não foi realmente uma risada, mas antes uma exclamação de assombramento e reconhecimento. Diante de cenas como essa — árvores, os campos tremeluzentes, aquela luz branda, suave —, sempre me sentia como um viajante a ponto de partir. Mesmo quando chegava eu parecia dirigir-me para a partida, dedicando um prolongado relance de olhos à terra perdida. Tratei de passar ao acesso com minha capa de chuva por sobre o ombro e minha valise surrada na mão, um clichê ambulante, embora fosse verdade que eu estivesse já um tanto gagá e gorducho demais para representar o papel de filho pródigo. Um cão se esgueirou por entre a cerca viva e me lançou um rosnado gutural, os dentes arreganhados até as gengivas. Eu estaquei. Não gosto de cães. Este era uma criatura preta e branca com olhos matreiros, movia-se para cá e para lá em meio-círculo diante de mim, ainda rugindo, mantendo a barriga próxima ao chão. Sustive a mala contra meus joelhos, como um escudo, e falei rispidamente, como se com uma criança desobediente, mas minha voz saiu num falsete rachado, e por um momento houve uma sensação de farra geral, como se houvesse rostos escondidos entre as folhas, rindo. Então um apito soou, e a besta ganiu e voltou-se culposamente em direção à casa. Minha mãe estava de pé nos degraus. Ela riu. Subitamente o sol saiu, com uma espécie de notícia silenciosa. Meu bom Deus, disse ela, é você, eu pensei estar vendo coisas.

Eu hesito. Não porque eu esteja sem palavras, mas pelo contrário. Há tanto a se dizer, que não sei por onde começar. Sinto-me cambaleando lentamente para trás, agarrando com meus braços estirados um fardo imenso, exagerado e, contudo, leve. Minha mãe é muita coisa e, ao mesmo tempo, não é nada. Devo prosseguir com cuidado, estou em terreno perigoso. É claro, eu sei que qualquer coisa que eu diga será recebida com um sorrisinho malicioso pelos psicólogos amadores que apinham o tribunal. Quando se trata do assunto materno, não se permite a simplicidade. Todavia, tentarei ser honesto e claro. O nome dela é Dorothy, embora todos sempre a tenham chamado de Dolly, não sei por que, pois de *doll* ela não tem nada. Ela é uma mulher grande, vigorosa, de rosto largo e cabelo denso como os da esposa de algum funileiro. Ao assim descrevê-la eu não pretendo ser desrespeitoso. Ela é impressionante, à sua maneira, ao mesmo tempo majestosa e desleixada. Recordo-me dela em minha infância como uma presença constante mas remota, estatuesca, de olhos inexpressivos, inacreditavelmente bela a uma maneira romana antiga, como uma figura de mármore postada na extremidade de um jardim. Mais tarde, no entanto, ela ficou afunilada, com um grande traseiro e pernas finas, um contraste que, quando eu era adolescente e morbidamente interessado em tais coisas, levou-me a especular sobre a complicada arquitetura que devia ser necessária para preencher a lacuna debaixo de sua saia entre aqueles joelhos bem-feitos e aquela cintura grossa. Oi, mãe, disse eu, e desviei o olhar dela, zangado, projetando meu olhar ao redor em busca de algo neutro em que me concentrar. Eu já estava aborrecido. Ela produz esse efeito em mim, basta que eu me ponha diante dela para que instantaneamente a irritação e o ressentimento comecem a ferver dentro do meu peito. Fiquei surpreso. Havia pensado que depois de dez anos haveria ao menos um estado de graça entre nosso encontro e o primeiro ataque de azia filial, mas nem sinal dele, e eis-me ali, a mandíbula cerrada, mirando venenosamente um tufo de erva daninha brotando de uma fenda nos degraus de pedra onde ela estava. Ela não havia mudado muito. Seu busto, que implora para ser chamado de amplo, despencara até logo acima de seu diafragma. Havia-lhe crescido um bigodinho, também. Ela usava calças de veludo cotelê folgadas e um cardigã com bolsos caídos. Desceu os degraus em minha direção e riu de novo. Você ganhou peso, Freddie, disse ela, você ficou gordo. Então ela estendeu o braço e — isso é verdade, eu juro — pinçou um pedaço da minha barriga e balançou-a brincalhona entre um dedo e o polegar. Essa mulher, essa mulher — o que posso dizer? Eu estava com trinta e oito anos, um homem multiengenhoso, com uma mulher e um filho e um bronzeado mediterrâneo impressionante, portava-me com solenidade e certo ar fraco de ameaça, e ela, o que ela fazia? — ela pinçava minha barriga e ria sua risada fleumática. Terá sido alguma surpresa eu ter ido parar na cadeia? Terá? O cão, vendo que eu estava prestes a ser aceito, se abeirou de mim e tentou lamber-me a mão, o que me deu uma oportunidade para lhe desferir um belo de um chutão em suas costelas. Isso me fez sentir melhor, mas não muito, e não por muito tempo.

Haveria alguma coisa tão poderosamente e pungentemente evocativa quanto o cheiro da casa onde se passou a infância? Eu tento evitar generalizações, como sem dúvida o tribunal já notou, mas seguramente este é um universal, este espasmo involuntário de reconhecimento que surge com a primeira lufada daquele cheiro humilde, enfadonho, embaciado, que está longe de ser um cheiro, mas antes uma emanação, um tipo de suspiro exalado pelas milhares de conhecidas mas não reconhecidas coisinhas que na coletividade constituem o que se chama lar. Adentrei no saguão e por um instante foi como se eu tivesse adentrado silenciosamente através da membrana do próprio tempo. Eu vacilei, cambeteei para o interior. O cabideiro com guarda-chuva quebrado, aquele ladrilho, ainda solto. Cai fora, Patch, maldito!, minha mãe disse atrás de mim, e o cão ganiu. O sabor de maçãs inundava minha boca inexplicavelmente. Senti vagamente como se algo momentoso tivesse ocorrido, como se num piscar de olhos tudo ao meu redor tivesse sido varrido e substituído instantaneamente com uma réplica exata, perfeita em todo detalhe, até a última partícula de pó. Caminhei adiante, avançando neste mundo substituto, diplomaticamente preservando uma expressão impassível, e julguei ouvir uma respiração contida e desencarnada soltando-se em alívio de ver que o difícil truque funcionara mais uma vez.

Fomos à cozinha. Parecia o covil de alguma enorme e carniceira criatura. Meu Deus, mãe, disse eu, você está *morando* aqui? Peças de roupa, uns trapos anônimos de mulher velha, estavam socados entre os pratos na cômoda. As biqueiras de três ou quatro pares de sapatos espiavam de debaixo de um armário, uma visão enervante, como se suas usuárias estivessem acotoveladas lá embaixo, seus braços atarracados enganchados ao redor dos ombros arqueados umas às outras, a ouvir. Peças de mobília haviam migrado para cá vindas de toda a casa, a estreita escrivaninha do escritório do meu pai, o gabinete de bebidas da sala de estar feito de nogueira, a espreguiçadeira forrada de veludo com os apoios de braço calvos na qual minha tia-avó Alice, uma mulher minúscula e terrível, havia morrido sem nenhum murmúrio numa tarde de domingo no verão. O imenso rádio antigo que costumava dominar a sala agora se encontrava numa inclinação bêbada no escorredor de pratos, cantarolando suavemente para si mesmo, o olho verde único pulsando. O lugar se achava longe de estar limpo. Um livro-razão estava aberto sobre a mesa, e faturas e objetos se derramavam por entre os pratos besuntados e as xícaras por lavar. Ela estivera cuidando das contas. Por um breve momento considerei trazer à tona o assunto principal — ou seja, dinheiro —, mas julguei melhor aguardar. Como se tivesse um indício do que me ia na mente, ela olhou para mim e para os papéis e de novo para mim, divertida. Desviei dela, para a janela. Fora, na grama, uma garota parruda em calças de montaria conduzia em círculo uma fila de pôneis Connemara. Eu me lembrei vagamente de minha mãe me dizer, em uma de suas cartas infrequentes e quase iletradas, sobre um imprudente empreendimento envolvendo esses animais. Ela veio e parou ao meu lado. Observamos em silêncio os pôneis marcharem dando voltas e voltas. São uns bichos feios, não são?, disse ela alegremente. O aborrecimento cauterizante que eu sentia desde que chegara foi agora acrescido por uma sensação de futilidade geral. Eu sempre tive pendor para a acídia. É um estado, ou, poderia até dizer, é uma força cuja importância nas relações humanas os historiadores e quejandos não parecem apreciar. Acho que eu faria qualquer coisa para evitá-lo — qualquer coisa. Minha mãe estava falando sobre seus fregueses, majoritariamente japoneses e alemães, ao que parecia. Os desgraçados estão tomando conta do país todo, Freddie, ouça o que lhe digo. Eles compravam os pôneis como bichos de estimação para as suas proles mimadas, a preços que ela alegremente admitia serem ultrajantes. Aloprados, todos eles, disse ela. Nós rimos, e depois tornamos a cair ociosamente em silêncio. O sol ia sobre a grama, e uma vasta nuvem branca lentamente se desfraldava acima das faias abafadas. Eu estava pensando em como era estranho ficar aqui ensombrecendo o dia dessa forma, entediado e irritadiço, mãos nos bolsos, enquanto o tempo todo, nalgum lugar dentro de mim, dificilmente reconhecido, o pesar gotejava mais e mais, uma espécie de icor prateado, puro e estranhamente precioso. O lar, sim, o lar é sempre uma surpresa.

 Ela insistiu para que eu viesse e desse uma avaliada na casa, conforme ela se expressou. Afinal de contas, meu menino, disse ela, algum dia tudo isto será seu. E ela riu seu cacarejo cavernoso. Eu não me lembrava dela se divertindo tão facilmente no passado. Havia algo quase insubmisso em sua risada, uma espécie de abandono. Fiquei um pouco incomodado com ela, achei que não fora decorosa. Ela acendeu um cigarro e saiu a andar pela casa, com o maço de cigarros e os fósforos presos na garra esquerda, e comigo seguindo sombriamente o seu rastro de fumaça. A casa estava apodrecendo, tão feia e rapidamente em alguns lugares, que até mesmo ela ficou surpresa. Ela falava e falava. Eu assentia estupidamente, olhando para paredes úmidas e assoalhos vergados e molduras de janela arruinadas. Em meu velho quarto a cama estava quebrada, e havia algo crescendo no meio do colchão. A vista da janela — árvores, uma nesga de campo íngreme, o telhado vermelho de um celeiro — era exata e familiar como uma alucinação. Eis ali o armário que eu tinha construído, e de imediato veio-me uma visão de mim mesmo, um garotinho pequeno com uma carranca feroz, de serra cega em punho, atacando uma ripa de compensado, e meu coração pesaroso oscilou, como se eu não estivesse me lembrando de mim mesmo, mas de algo como um filho, querido e vulnerável, de mim perdido para sempre nas profundezas de meu próprio passado. Quando me virei de volta, minha mãe não estava lá. Encontrei-a nas escadas, com o entorno dos olhos parecendo um pouco estranhos. Ela saiu a andar de novo. Eu devia ver os terrenos, exclamou ela, os estábulos, o bosque de carvalhos. Ela estava determinada a que eu visse tudo, tudo.

Fora, meus ânimos se reanimaram um pouco. Como era suave o ar do verão aqui! Eu estivera por muito tempo sob os rigorosos céus meridionais. E as árvores, as grandes árvores! Aquelas criaturas pacientes, que padecem tranquilamente, plantadas lá completamente imóveis como se estivessem constrangidas, seus olhares trágicos de alguma forma nos evitando. Patch, o cão — já posso ver que vou ficar preso a essa fera —, Patch, o cão, surgiu, revirando seus olhos tresloucados e se contorcendo. Seguiu-nos silenciosamente pelo gramado. A garota de estrebaria, olhando de esguelha conforme nos aproximávamos, pareceu espantada a ponto de pôr sebo nas canelas. Chamava-se Joan, ou Jean, ou algo assim. Bundão, peitão — obviamente minha mãe tinha sentido alguma afinidade. Quando me dirigi a ela, a pobre garota ruborizou-se e estremecida me estendeu uma patinha calejada como se estivesse com medo de que eu fosse pegá-la para mim. Eu lhe dei um de meus sorrisos especiais, vagarosos, e vi-me nos olhos dela, um homenzarrão bronzeado e de terno de linho, inclinado sobre ela num gramado de verão, murmurando palavras sombrias. Ei, Cigano!, ganiu ela, saia daí! O pônei à frente, uma besta atrofiada, de olhos truculentos, estava se desencaminhando lateralmente daquela maneira estupidamente determinada que eles têm, empurrando-me pesadamente. Pus minha mão no seu flanco para afastá-lo, e fui surpreendido pela solidez, pela palpabilidade do animal, a grosseira pele seca, a densa e inflexível carne abaixo, a quentura do sangue. Chocado, rapidamente desvencilhei minha mão e recuei. Subitamente tinha uma percepção vívida, nauseante, de mim mesmo, agora não do homem bronzeado atraente, mas algo diferente, algo pálido e indolente e suave. Fiquei cônscio das unhas dos meus artelhos, do meu ânus, da minha virilha úmida, comprimida. Eu estava envergonhado. Não consigo explicar. Quer dizer, eu conseguiria, mas não vou. Então o cão começou a latir, disparou até os cascos do pônei, e o pônei resfolegou, retraindo o focinho e estalando seus dentes alarmantes. Minha mãe chutou o cão, e a garota rebocou a cabeça do pônei para o lado. O cão uivou, a fila de pôneis se precipitou e relinchou. Que algazarra! Tudo, sempre, caminha para a farsa. Lembrei-me de minha ressaca. Eu precisava de um drinque.

Primeiro gim, depois algum tipo de xerez terrível, depois sucessivos cálices do excelente Bordeaux do meu falecido pai, o último, infelizmente!, da caixa. Eu já estava meio encharcado quando desci à adega para pegar o clarete. Sentei-me num engradado em meio ao mofo e às trevas, respirando as emanações de gim pelas narinas dilatadas. Um jorro de luz, fervilhante de pó, lancinou a janela baixa cheia de teias de aranha que havia acima de minha cabeça. Coisas se aglomeravam ao redor de mim nas sombras — um cavalinho de pau surrado, uma velha bicicleta alta, um feixe de raquetes de tênis obsoletas —, com seus contornos borrados, pálidos, apagados, como se este lugar fosse uma parada onde o passado se detivera em seu caminho rumo ao esquecimento. Eu ri. Velho desgraçado, eu disse em voz alta, e o silêncio ressoou como um peteleco num vidro. Ele sempre ficava por aqui naqueles últimos meses antes de sua morte. Havia se tornado um diletante, ele, que em toda sua vida fora movido por energias ferozes, obsessivas. Minha mãe me mandava procurá-lo aqui embaixo, no caso de que houvesse acontecido algo com ele, conforme ela delicadamente expressava. Eu o encontrava remexendo nos cantos, fuçando as coisas, ou simplesmente de pé, inclinado num ângulo esquisito, encarando o nada. Quando eu lhe falava, ele tinha um grande sobressalto e se virava para mim raivosamente, bufando, como se tivesse sido flagrado fazendo algo vergonhoso. Mas esses arroubos de ânimo não duravam muito, após um momento decaía de novo em vaguidão. Era como se não estivesse morrendo de uma doença, mas sim de uma espécie de distração geral: como se um dia, no meio de seus feitos veementes, algo lhe tivesse prendido a atenção, lhe acenado das trevas, e, arrebatado, ele houvesse se virado para o lado e caminhado na direção daquilo, com a concentração dorida e confusa de um sonâmbulo. Eu tinha o quê?, vinte e dois, vinte e três anos. O longo processo de sua morte exauriu e exasperou-me em igual medida. É claro que eu me apiedava dele, também, mas acho que a piedade, para mim, é sempre e somente a versão permissiva de um afã para dar uma forte sacudida nas coisas fracas. Ele começou a definhar. Subitamente os colarinhos de suas camisas eram grandes demais para aquele abanante pescoço de tartaruga com suas duas cordas de harpa flácidas. Tudo lhe era grande demais, suas roupas tinham mais substância do que ele, ele parecia chacoalhar dentro delas. Seus olhos eram imensos e assombrados, turvos já. Mas também estávamos no verão. A luz deixara de ser o seu meio, ele preferia ficar aqui embaixo, na musgosa penumbra, entre as sombras crescentes.

Eu me aprumei de pé e recolhi uma braçada de garrafas empoeiradas e cambaleei com elas pelos degraus de pedra úmidos acima.

No entanto, ele morreu lá em cima, no amplo quarto da frente, o quarto mais arejado da casa. Fez muito calor toda aquela semana. Eles escancaram a janela, e ele os fez transferir a cama adiante até que seu pé estivesse exatamente na varanda. Jazia com as cobertas reviradas, o peito minguado desnudo, entregue ao sol, ao vasto céu, morrendo no esplendor azulado e dourado do verão. Suas mãos. O acelerado ritmo de sua respiração. Sua...

Basta. Eu estava falando sobre a minha mãe.

Eu pusera as garrafas na mesa e delas raspava o pó e as teias de aranha, quando ela me informou que parara de beber. Isso foi uma surpresa — nos bons tempos ela enxugava todas. Eu a encarei, e ela deu de ombros e desviou o olhar. Ordens médicas, disse ela. Examinei-a com renovada atenção. Havia algo errado com o seu olho esquerdo, e sua boca caía um pouco daquele lado. Lembrei-me da maneira esquisita como ela apanhara o maço de cigarros e os fósforos na mão esquerda ao me conduzir por toda a casa. Ela deu de ombros novamente. Um leve derrame, disse ela, ano passado. Eu pensei como era esquisito aquele termo: um leve derrame. Tal como se um poder benevolente mas desengonçado lhe tivesse desferido um golpe carinhoso e brincalhão e ferido-a acidentalmente. Ela me fitou de esguelha agora com um hesitante sorrisinho melancólico, quase de menininha. Ela bem poderia estar confessando alguma coisa, algum pecadilho, trivial mas constrangedor. Lamento ouvir isso, minha velha, disse eu, e instei-a a continuar: tome uma gota de vinho, que se danem os médicos. Ela pareceu não me ouvir. E então uma coisa realmente surpreendente aconteceu. A garota, Joan ou Jean — vou entrar num acordo e chamá-la de Jane —, levantou-se subitamente de seu lugar, com um engasgo de aflição, e lançou o braço ao redor da cabeça de minha mãe estranhamente, aprisionando-a numa espécie de imobilização de lutador e pousando-lhe uma mão sobre a testa. Esperei que minha mãe lhe desse um belo empurrão e lhe dissesse para se afastar, mas não, ela permaneceu sentada lá, sofrendo calmamente o enlace da garota e olhando para mim imóvel com aquele sorrisinho. Eu a encarei de volta sobressaltado, segurando a garrafa de vinho suspensa acima de minha taça. Foi a coisa mais estranha. O grande quadril da garota estava ao lado do ombro de minha mãe, e foi irresistível não pensar no pônei me pressionando no gramado, com aquele olhar teimoso, bruto. Fez-se silêncio. Então a garota, quero dizer, Jane avistou meu olhar e empalideceu, e removeu seu braço e sentou-se de novo apressadamente. Aqui vai uma pergunta: se o homem é um animal doente, um animal insano, como tenho razões para crer, então como é possível explicar esses pequenos, esses espontâneos gestos de gentileza e cuidado? Teria lhe ocorrido, Vossa Excelência, que pessoas do nosso tipo — se me permite galgar e unir-me a você no seu banco por um instante —, que nós deixamos passar algo, quero dizer, algo em geral, um princípio universal, que é tão simples, tão óbvio, e por isso ninguém jamais pensou em nos falar sobre ele? Todos eles sabem do que se trata, meu erudito amigo, este conhecimento é a insígnia da irmandade deles. E eles estão por toda a parte, a vasta, triste, experiente multidão. Do poço do tribunal eles nos olham e nada dizem, apenas sorriem um pouquinho, com aquela mistura de compaixão e ironia complacente, da mesma forma como agora minha mãe sorria para mim. Ela alcançou o outro lado e afagou a mão da garota e disse-lhe que não se importasse comigo. Eu as encarei. O que eu havia feito? A criança sentou-se com olhos fixos em seu prato, tateando às cegas em busca de faca e garfo. Suas bochechas estavam abraseadas, eu quase podia ouvi-las apitar. Teria um único olhar meu provocado aquilo tudo? Eu suspirei, pobre ogro, e comi uma batata. Estava crua e seu interior era como cera. Mais bebida.

Você não está tendo um daqueles seus humores, está, Freddie?, disse minha mãe.

Pergunto-me se já mencionei meus maus humores. Muito negros, muito negros. Como se o mundo subitamente ficasse ofuscado, como se algo turvasse o ar. Mesmo em criança minhas depressões assustavam as pessoas. Ele está tendo aquilo de novo, não está?, diziam as pessoas, e gargalhavam, mas incomodadas, e se afastavam de perto de mim. Na escola eu era um terror — mas não, não, eu lhe pouparei dos dias de escola. Notei que minha mãe não estava mais muito impressionada com minha melancolia. Seu sorriso, com aquele leve caimento na extremidade, estava ficando positivamente sardônico. Eu disse que vira Charlie French na cidade. Oh, Charlie, disse ela, e meneou a cabeça e riu. Eu assenti. Pobre Charlie, ele é o tipo de pessoa sobre quem as pessoas dizem, Oh, desse jeito, e riem. Fez-se outro silêncio apático. Por que diabos eu tinha voltado para cá? Peguei a garrafa e fiquei surpreso por encontrá-la vazia. Abri outra, segurando-a entre os joelhos e balançando e grunhindo conforme eu arrancava a rolha. Ah! e assim ela saiu com um estouro divertido. Fora, na grama, a última luz do sol engrossava brevemente, depois sumia. Minha mãe estava perguntando sobre Daphne e a criança. Ao pensar nelas, algo como um grande soluço, lúgubre, levemente cômico, inflou-se debaixo do meu osso esterno. Jane — não, eu não posso chamá-la assim, não combina — Joan limpou a mesa, e minha mãe trouxe, dentre todas as coisas, um decantador de vinho do porto e empurrou-o para mim por cima da mesa. Você não quer que a gente se abstenha, não é?, disse ela, com aquele sorriso arreganhado. Pode me tratar como a um homem, de qualquer forma, estou senil o bastante. Comecei a contar-lhe seriamente sobre meus apuros financeiros, mas fiz uma trapalhada e tive que parar. Ademais, suspeito que ela não estivesse ouvindo de fato. Ela permanecia sentada com o rosto meio virado para a luz niquelada da tarde vinda da janela, os olhos reumáticos e velha, exibindo a larga testa e as altas maçãs do rosto herdadas de seus antepassados holandeses, os capangas do rei Guilherme III. Você deveria usar uma gola, mãe, eu disse, e uma touca rendada. Eu ri alto, depois franzi o cenho. Meu rosto estava ficando anestesiado. Jean ofereceu-me zelosamente uma xícara de café. Não, obrigado, querida, disse eu solenemente, com minha voz insigne, indicando minha taça de porto, a qual, percebi, estava inexplicavelmente vazia. Reabasteci-a, admirando a firmeza da mão que segurava o decantador. O tempo passou. Os pássaros cantavam em meio ao crepúsculo azul-pálido. Eu me quedei perplexo, empertigado, em alegre tormento, ouvindo-as. Então, bufando e arfando, eu me levantei e olhei ao meu redor, estalando os lábios e piscando. Minha mãe e a garota se haviam ido.

Ele morreu de noite. O quarto estava ainda carregado do calor daquele longo dia. Sentei-me numa cadeira ao lado de sua cama à janela aberta e segurei-lhe a mão. A sua mão. A sensação de cera que transmitia. Quão límpido o céu acima das árvores, límpido e azul, tal como os céus ilimitados da infância. Pus meu braço em volta dele, pousei uma mão sobre sua testa. Ele me disse: não se importe com ela. Ele me disse...

Pare com isso, pare. Eu não estava lá. Eu nunca estive presente na morte de ninguém. Ele morreu sozinho, fez a passagem enquanto ninguém observava, deixando-nos com nossos próprios expedientes. Assim que cheguei da cidade eles já o haviam enroupado, pronto para o caixão. Ele jazia na cama com as mãos cruzadas sobre o peito e os olhos muito fechados, como uma criança sendo boazinha. Seu cabelo tinha sido escovado com uma esmerada lambida ao longo da testa. Suas orelhas, recordo-me, estavam muito brancas. Extraordinário: toda aquela raiva e ressentimento, toda aquela furiosa e desfocada energia — desaparecidas.

Peguei o que sobrara do porto e cambaleei escada acima. Meus joelhos tremeram, senti como se estivesse carregando um corpo nas costas. Os interruptores de luz pareciam ter sido movidos, na semiescuridão eu ficava topando com as coisas, amaldiçoando e rindo. Então por engano entrei no quarto de Joanne. (Joanne: é isso!) Ela devia estar acordada, ouvindo-me tropicar, eu mal havia aberto a porta quando ela acendeu seu abajur. Parei cambaleando na soleira da porta, mirando-a embasbacado. Ela jazia numa cama ampla e afundada, com o lençol puxado até seu queixo, e por alguma razão eu estava convencido de que ela ainda usava suas calças de montaria e seu pulôver folgado, e até mesmo suas botinas. Ela não disse nada, apenas sorriu para mim de susto, e por um louco momento eu considerei subir ao lado dela, de sapatos e tudo, para que agora ela pudesse ninar a *minha* pobre cabeça turbilhonante em seu roliço e jovem braço confortador. Antes eu de fato não havia notado seu extraordinário cabelo vermelho-labareda, a visão dele esparso sobre o travesseiro à luz do abajur quase me fez chorar. Então o momento se foi, e com um solene aceno eu me retirei silenciosamente, tal qual um velho, triste e grisalho fantasma evanescente, e marchei a um passo cuidadoso e digno pelo patamar até o quarto onde uma cama me fora preparada. Lá descobri que em algum ponto ao longo do caminho eu perdera o porto.

Sentei-me na beira da cama, os braços pendendo entre os joelhos, e subitamente fiquei exausto. Minha cabeça efervescia, meus olhos ardiam, mas ainda assim eu não conseguia me fazer deitar para dormir. Eu poderia ter sido uma criança de volta à casa após um dia de loucas excursões. Eu viajara para longe. Lentamente, com movimentos subaquáticos, desamarrei meus cadarços. Primeiro caiu um sapato, depois —

Acordei num sobressalto terrível, meus ouvidos zumbiam, como se tivesse havido uma explosão dentro de minha cabeça. Um sonho: algo relacionado a carne. Havia luz, mas se era a alvorada ou ainda o crepúsculo, não tenho certeza. Cinza. Tampouco eu sabia onde estava. Mesmo quando percebi que era Coolgrange, não reconheci o quarto logo de início. Muito alto e comprido, com janelas elevadas que iam até o chão. Deteriorado, também, de uma maneira peculiar, ofendida, como se tivesse consciência de ter um dia sido um lugar importante. Levantei-me cuidadosamente da cama e caminhei e olhei para o gramado lá embaixo. A grama estava cinza, e havia sombras cor de pombo sob as árvores. Meu cérebro baqueou. Devia ser a alvorada: no bosque de carvalhos, sob um céu férreo, um pássaro solitário testava o ar iluminado repetindo uma única nota aflautada. Pressionei minha testa contra a vidraça da janela e estremeci com o toque pegajoso e frio do vidro. Eu estivera viajando durante boa parte da semana, com comida parca e álcool até demais, e agora tudo isso estava me alcançando. Senti-me doente, encharcado, arregaçado. Minhas pálpebras estavam escaldantes, meu cuspe tinha gosto de cinzas. Pareceu-me que o jardim me olhava com sua maneira disfarçada, em surdina, ou que de alguma forma tinha ciência de mim, emoldurado aqui na janela, espremendo as mãos, um afetado bisbilhoteiro — quantos outros não devem ter existido, ao longo dos anos! — com a escuridão sem peso pressionando minhas costas. Eu dormira vestido.

O sonho. (O tribunal precisará ouvir sobre meus sonhos.) Ele me voltou subitamente. Nele não aconteceu nada de mais. Meus sonhos não são aquela caótica confusão de eventos que os outros alegam desfrutar, mas sim estados de sentimento, ou melhor, de ânimos, humores específicos, arroubos de emoção, acompanhados com frequência por efeitos físicos extremos: eu choro, ou esmurro meus membros, ranjo os dentes, rio, berro. Nesta ocasião senti uma seca ânsia de vômito, a dor em minha garganta quando acordei foi o que me fez lembrar do sonho. Eu sonhei que roía o osso esterno arrancado de alguma criatura, possivelmente humana. Parecia ter sido fervida, pois a carne nele estava macia e branca. Já morna agora, ela se desintegrou na minha boca feito sebo, fazendo-me engasgar. Creia-me, Vossa Excelência, não aprecio narrar essas coisas, tanto quanto o tribunal não aprecia ouvi-las. E há coisa pior por vir, como sabem. De qualquer forma, lá estava eu, remoendo aqueles assustadores bocados de carne, meu estômago arfando mesmo enquanto eu dormia. Foi tudo o que houve, é verdade, exceto por uma subjacente sensação de forçada transgressão, ainda que horrivelmente prazerosa. Espere um momento. Quero registrar isso direito, é importante, não sei por quê. Alguma autoridade anônima estava me forçando a fazer aquela coisa terrível, de pé sobre mim, implacável, com os braços cruzados enquanto eu chupava e babava; contudo, a despeito disso — ou talvez até por causa disso —, a despeito do horror também e da náusea — lá no fundo eu me sentia exultante.

A propósito, folheando meu dicionário sou acometido pela pobreza da linguagem quando se trata de nomear ou descrever a maldade. Mal, perversidade, crueldade, estas palavras implicam um agente, a consciente ou ao menos ativa prática da injustiça. Elas não significam o mal em seu estado inerte, neutro, autossuficiente. Ainda há os adjetivos: terrível, hediondo, execrável, vil, e assim por diante. Eles não são tanto descritivos quanto julgadores. Carregam um peso de censura associado a medo. Não são circunstâncias curiosas? Faz-me pensar. Pergunto-me se talvez a coisa em si — a *maldade* — não existe em absoluto, se essas palavras estranhamente vagas e imprecisas não passariam de um ardil, uma espécie de elaborado acobertamento do fato de que não há nada ali. Ou quem sabe então as palavras são uma tentativa de fazer haver algo ali? Ou, de novo, quem sabe *haja* algo, mas as palavras é que o inventaram. Tais considerações me deixam tonto, como se por um breve momento se houvesse aberto um buraco no mundo. Do que eu estava falando? Dos meus sonhos, isso. Havia o sonho recorrente, o sonho em que — mas não, não, deixemos este para outra hora.

Estou de pé na janela, no quarto dos meus pais. Sim, eu tinha percebido que era deles, ou costumava ser. O cinza da alvorada dava lugar a uma pálida demão de luz solar. Meus lábios estavam pegajosos por causa do porto da noite anterior. O quarto, a casa, o jardim e os campos, tudo me era estranho, eu não o reconhecia hoje — estranho, e ainda assim conhecido, também, como se fosse um lugar — sim — dentro de um sonho. Quedei-me lá em meu terno amarrotado, com minha cabeça latejando e minha boca encardida, os olhos arregalados mas não exatamente desperto, encarando fixamente aquele trecho de jardim ensolarado com o maravilhamento anestesiado de um amnésico. Mas pensando bem, não sou sempre mais ou menos assim? Quando penso sobre isso, eu pareço ter vivido a maior parte de minha vida assim, suspenso entre o sono e a vigília, incapaz de distinguir entre o sonho e o mundo da aurora. Em minha mente há lugares, momentos, eventos, que são tão imóveis, tão isolados, que não tenho certeza de que possam ser reais, mas os quais, se tivesse recordado naquela manhã, teriam me atingido com mais vividez e força do que as coisas reais que me cercavam. Por exemplo, há o corredor de um sítio aonde eu costumava ir em criança para comprar maçãs. Vejo o chão de pedra polido, vermelho-encarnado. Consigo sentir o cheiro do polimento. Há um gerânio nodoso num vaso e um grande relógio de pêndulo ao qual falta o ponteiro dos minutos. Consigo ouvir a mulher do fazendeiro falando nas apagadas profundezas da casa, perguntando algo sobre alguém. Consigo sentir os campos em todo o redor, a luz sobre os campos, o vasto e lento dia de verão tardio. Eu estou lá. Em momentos assim recordados estou lá tal como nunca estive em Coolgrange, como eu nunca pareço ter estado, ou estar, em qualquer outro lugar, a qualquer momento, assim como eu (ou alguma parte essencial de mim) não estive lá nem mesmo naquele dia que estou recordando, o dia em que fui comprar maçãs da mulher do fazendeiro, naquela fazenda no meio dos campos. Nunca totalmente em nenhum lugar, nunca com ninguém, também, aquele era eu, sempre. Mesmo em criança eu parecia a mim mesmo um viajante que fora atrasado no meio de uma viagem urgente. A vida era uma espera desproposidada, era andar pela plataforma acima e abaixo, esperando o trem. As pessoas me entravam no caminho e bloqueavam-me a visão, eu tinha que me empinar para ver por entre elas. Sim, com certeza, esse era eu.

Atravessei a casa silenciosa rumando até a cozinha. Sob a luz matutina o aposento apresentava um aspecto asseado, ávido. Por ali eu me movi cautelosamente, relutante em perturbar aquela atmosfera de calada expectativa, sentindo-me como um novato em alguma cerimônia, grandiosa e extasiante, de luz e clima. O cão repousava num tapete sujo e velho ao lado do fogão, o focinho entre as patas, me observando, o branco de cada olho exibindo-

-se em meia-lua. Eu fiz um bule de chá e estava sentado à mesa, aguardando que ele descansasse, quando Joanne entrou. Ela vestia um vestido cinza-rato acinturado com aperto em redor do diafragma. Os cabelos estavam presos para trás num penacho espesso, adequadamente equino. Tinham uma cor realmente notável, um fulgor vernal castanho-avermelhado. Imediatamente, e não pela primeira vez, peguei-me imaginando como é que ela arrumava os cabelos de outro lugar, e em seguida me envergonhei, como se eu tivesse desencaminhado a pobre criança. Ao me ver, ela estacou, é claro, pronta para fugir. Ergui o bule num gesto amistoso e a convidei a juntar-se a mim. Ela fechou a porta e contornou-me com um sorriso assolado pelo pavor, mantendo a mesa entre nós, e pegou xícara e pires do armário. Tinha os calcanhares vermelhos e as panturrilhas muito brancas, grossas. Pensei que ela devia ter seus dezessete anos. Através da névoa da minha ressaca, me ocorreu que ela estava fadada a saber alguma coisa sobre a circunstância das finanças de minha mãe — se, por exemplo, aqueles pôneis estavam rendendo dinheiro. Eu lhe dei o que eu pretendia que fosse um sorriso juvenil, encorajador, embora suspeite que tenha saído como um xaveco infeliz, e lhe pedi para se sentar, porque precisávamos ter uma conversa. O chá, contudo, não era para ela, mas para minha mãe — para Dolly, disse ela. Ora! pensei eu, para Dolly, veja só! Ela saiu de imediato, com o pires agarrado com ambas as mãos e o sorriso irrequieto fixado no trêmulo líquido da xícara.

Quando ela se foi eu fucei taciturno ao redor por um tempo, procurando pelos papéis que estiveram na mesa ontem, as contas e os livros-razão e os canhotos de talões de cheque, mas nada encontrei. Uma gaveta da pequena escrivaninha do escritório do meu pai estava fechada. Considerei arrombá-la, mas me contive: no meu humor de ressaca eu poderia ter feito a coisa toda em pedaços.

Vaguei pela casa, levando comigo a minha xícara. Na sala de estar o carpete fora removido, e uma das vidraças de uma das janelas estava quebrada, e havia vidro no chão. Percebi que eu estava sem sapatos. Abri a porta do jardim e adentrei, de meias. Havia um cheiro de grama aquecida pelo sol e um leve travo de bosta no ar enxaguado e acetinado. A sombra negra da casa se projetava no gramado como se fosse uma tábua de cenário de teatro caída. Arrisquei um ou dois passos no relvado transigente, com o orvalho se imiscuindo entre os meus artelhos. Sentia-me como um idoso, andando bambo, com xícara e pires trepidando na mão e as barras das minhas calças molhadas e amarrotadas em redor dos tornozelos. Os roseirais debaixo da janela não tinham sido cuidados havia anos, e um emaranhado de sarças se amotinava nos peitoris. As rosas murchas pendiam em cachos, pesados como pano. Aquele matiz peculiar de rosa fenecido e o claro-escuro da cena em geral me fizeram pensar numa coisa. Eu estaquei, franzindo o cenho. As pinturas — é claro. Voltei à sala de estar. Sim, as paredes estavam vazias, e aqui e ali havia uma moldura quadrada onde o papel de parede não estava tão desbotado quanto em toda a parte. Certamente ela não...? Pus calmamente a minha xícara sobre o apoio da lareira, respirando devagar e profundamente. Que vaca! eu disse alto, aposto que sim! Os meus pés tinham deixado pegadas molhadas e palmadas atrás de mim nas tábuas do assoalho.

 Passei de cômodo a cômodo, esquadrinhando as paredes. Então ataquei o andar de cima. Mas eu sabia que não haveria nada. Quedei-me no patamar do primeiro andar, amaldiçoando baixinho. Ouvia vozes por perto. Escancarei a porta de um quarto. Minha mãe e Joanne estavam sentadas lado a lado na grande cama da garota. Olharam para mim em moderado aturdimento, e por um momento eu vacilei quando algo passou voando pela minha consciência, num bater de asas de incrédula especulação. Minha mãe estava usando um casaquinho de dormir amarelo com pompons e minúsculos lacinhos de cetim, que a fazia parecer um monstruoso pintinho de Páscoa. Onde, disse eu, com uma calma que me surpreendeu, onde estão as pinturas, por gentileza? Então se seguiu um bocado de tagarelice cômica, com minha mãe dizendo O quê? O quê? e eu gritando As pinturas! As pinturas, caramba! No fim ambos tivemos que calar a boca. A garota estivera nos observando, girando os olhos lentamente de um para o outro, como uma espectadora numa partida de tênis. Agora ela pôs uma mão sobre a boca e riu. Eu a encarei, e ela corou. Houve um breve silêncio. Eu te vejo lá embaixo, mãe, disse eu, numa voz tão enregelada que quase rachou.

Assim que saí pela porta pensei ter ouvido as duas abafando um risinho.

Minha mãe chegou descalça à cozinha. Ver os seus joanetes e as suas unhonas amarelas me irritou. Ela tinha se envolvido num inconcebível penhoar de tafetá. Tinha a aparência floreada de uma das arrebatadas concubinas de Lautrec. Tentei não demonstrar muito o nojo que senti. Ela zanzou pela cozinha com uma pretensa despreocupação, me ignorando. E então? disse eu, mas ela apenas soergueu as sobrancelhas com malícia e disse, E então o quê? Ela estava quase sorrindo. Aquilo bastou. Gritei, agitei meus punhos no ar, bati o pé ao redor com a perna rija, fora de mim. Onde estavam as pinturas, exclamei, o que ela tinha feito com elas? Eu *exigia* saber. Eram minhas, a minha herança, o meu futuro e o futuro do meu filho. E assim por diante. Minha ira, minha sensação de afronta me impressionaram. Eu estava comovido. Poderia muito bem ter vertido lágrimas, sentia pena de mim mesmo. Ela me deixou continuar por um tempo, parada com uma mão no quadril e a cabeça jogada para trás, me contemplando com uma calma sardônica. Então, quando fiz uma pausa para recobrar o fôlego, ela principiou. Exigia, é? — eu, que havia ido embora e abandonado minha mãe enviuvada, eu que me mandara para a América e me casara sem sequer informá-la, que nunca havia trazido meu filho, o seu neto, para vê-la — eu, que durante dez anos havia mandriado mundo afora como se fosse um cigano, nunca pegando em trabalho, vivendo das poucas libras do meu pai morto e secando a herança até a última gota — que direito, estridulou ela, que direito eu tinha de exigir qualquer coisa aqui? Ela parou e aguardou, como se realmente esperasse uma resposta. Eu recuei um passo. Tinha me esquecido de como ela ficava quando se exaltava. Então eu me recobrei e voltei à carga. Ela levantou-se majestosamente para me confrontar. Era como nos velhos dias. O pau comeu, ah, como comeu! O alvoroço foi tanto que até o cão apareceu, latindo e ganindo e empinando sobre as patas dianteiras, até que minha mãe lhe deu um safanão e vociferou para que ele deitasse. Eu a xinguei de vaca e ela me xingou de bastardo. Eu disse: Se eu sou um bastardo, o que isso faz de você?, e rápida como um raio ela disse: Se eu sou uma vaca, o que isso faz de você? Um vira-lata! Oh, foi sublime, uma partida sublime. Éramos como crianças furiosas — não, crianças não, mas enormes criaturas primitivas, ensandecidas — mastodontes, ou algo do tipo — dilacerando e golpeando na clareira de uma selva em meio a uma tormenta de cipós fustigantes e vegetação desarraigada. O ar entre nós palpitava, turvo de sangue e denso. Havia uma sensação de que coisas se alinhavam à nossa volta, criaturinhas encolhidas na brenha rasteira, nos observando transidas de terror e reverência. Por fim, saciados, desprendemos nossas presas e nos separamos. Embalei minha cabeça latejante em minhas mãos. Ela permaneceu de pé ao lado da pia, agarrada a uma das torneiras e olhando o jardim através da janela, o peito arfando. Podíamos ouvir a respiração um do outro. O lavabo do andar de cima deu descarga, um ruído silencioso, hesitante, como se a garota estivesse discretamente nos lembrando da presença dela na casa. Minha mãe suspirou. Ela tinha vendido as pinturas para Binkie Behrens. Eu meneei a cabeça para mim mesmo. Behrens: é claro. Todas elas?, disse eu. Ela não respondeu. Algum tempo se passou. Ela suspirou de novo. Você usou o dinheiro, disse ela, o que restou dele — ele só me deixou dívidas. Subitamente, ela riu. É isso que dá, disse ela, casar com um irlandês. Ela olhou para mim por cima dos ombros e depois os encolheu. Agora era a minha vez de suspirar. Meu Deus, disse eu. Oh, meu Deus.

As coincidências saem estranhamente maçantes num testemunho ao tribunal — estou certo de que você já percebeu isso, meritíssimo, ao longo dos anos —, mais como piadas que deviam ter sido realmente engraçadas porém fracassaram em arrancar uma única risada. Relatos dos feitos mais bizarros dos acusados são ouvidos com perfeita equanimidade; contudo, no momento em que alguma simultaneidade trivial de eventos é mencionada, pés começam a se deslocar na galeria, e os advogados limpam suas gargantas, e os repórteres tratam de fitar oniricamente os bolores no teto. Não são sinais de incredulidade, penso eu, mas antes sinais de constrangimento. É como se alguém, o organizador oculto de todo este caso intrincado e maravilhoso, que até então não havia errado um passo, tivesse subitamente ido um pouco mais além, tivesse tentado ser um pouco esperto demais, e todos ficamos decepcionados e um tanto tristes.

Fico impressionado, por exemplo, com a frequente aparição que as pinturas têm nesse caso. Foi mediante a arte que os meus pais conheceram Helmut Behrens — bem, não exatamente pela arte, mas por colecioná-la. O meu pai se supunha um colecionador, eu já mencionei isso? É claro, ele não dava a mínima para as obras em si, apenas ao seu valor pecuniário. Ele usava a sua reputação de cavaleiro e outrora libertino para insinuar-se nas casas de decrépitos seus conhecidos, em cujas paredes, trinta ou quarenta anos antes, ele avistara uma paisagem, ou uma natureza-morta, ou um esfumado retrato de algum ancestral estrábico, que hoje podem valer um dinheirinho ou outro. Ele tinha uma inusitada noção de oportunidade, chegando com frequência apenas um passo à frente dos herdeiros. Posso imaginá-lo, ao lado de uma cama de armação, à luz de velas, ainda sem fôlego devido às escadas, inclinando-se e passando uma cédula de cinco libras com urgência a uma mão paralítica, amarfanhada. Ele acumulava muita porcaria, mas havia umas poucas obras que eu não julgava de todo más e que provavelmente valiam alguma coisa. Muitas dessas ele arrancara às lisonjas a uma velha senhora desatenta que seu pai havia brevemente cortejado quando era menina. Era imensamente orgulhoso desse fruto de chicanaria, que, suponho eu, o punha em pé de igualdade com os grandes barões salteadores do passado os quais ele tanto admirava, os Guggenheims e Pierpont Morgans e, aliás, os Behrens. Talvez estas tenham sido as exatas pinturas que o levaram a conhecer Helmut Behrens. Talvez tivessem se altercado em razão delas sobre o leito de morte da velha senhora, semicerrando os olhos um para o outro, as bocas comprimidas em furiosa resolução.

 Foi também mediante a pintura que eu conheci Anna Behrens — ou a conheci novamente, devo dizer. Já nos conhecíamos um pouquinho quando éramos jovens. Acho que consigo me lembrar de ter sido uma vez ordenado a brincar com ela nos terrenos da casa de Whitewater. Brincar! Essa é boa. Até mesmo naqueles dias ela tinha aquele ar de indiferença, de ligeira e remota diversão, que sempre achei enervante. Mais tarde, em Dublin, ela aparecia de quando em vez, e deslizava por nossas fanfarronadas de estudante, comportada, silenciosa, palidamente bonita. Era apelidada de Rainha do Gelo, é claro. Eu a perdi de vista, me esqueci dela, até que um dia, em Berkeley — é aqui que começam as coincidências —, eu a avistei numa galeria na Shattuck Avenue. Eu não sabia que ela estava na América, mas mesmo assim não houve nenhuma sensação de surpresa. Essa é uma característica de Anna, ela pertence exatamente ao lugar onde calha de estar, seja qual for. Fiquei parado um tempo na rua a observá-la — a admirá-la, suponho eu. A galeria era uma ampla sala branca e alta com uma fachada de vidro. Ela estava inclinada sobre uma mesa com um maço de papéis na mão, lendo. Trajava um vestido branco. O cabelo, prateado pelo sol, estava arrumado com um penteado complicado, com uma única trança pesada pendendo até o seu ombro. Ela bem poderia ser uma obra em exibição, ali parada tão imóvel sob aquela luz alta e sem sombra atrás do vidro que refletia o sol. Entrei e falei com ela, admirando novamente aquele rosto comprido, descentrado, melancólico, com aqueles olhos cinza pregados um ao outro e aquela boca florentina. Eu me lembrava dos dois pontinhos brancos que havia na ponte do seu nariz, onde a pele se esticava demais em cima do osso. Ela foi amistosa, à sua maneira distante. Observou os meus lábios enquanto eu falava. Nas paredes havia duas ou três telas vastas, feitas naquele estilo jocoso e minimalista da época, que em sua nudez pastel mal se distinguiam dos espaços em branco que as cercavam. Perguntei-lhe se ela estava pensando em comprar alguma coisa. Isso a divertiu. Eu trabalho aqui, disse ela, afastando do ombro a trança loura. Convidei-a para almoçar, mas ela balançou a cabeça. Deu-me o número de seu telefone. Quando saí à rua ensolarada, um avião a jato sobrevoava baixo acima de mim, fazendo o ar trepidar ante a passagem de seus motores, e havia um cheiro de ciprestes e escapamentos de carro e um fraco odor de gás lacrimogêneo vindo da direção do campus. Tudo isso aconteceu há quinze anos. Amassei a ficha de arquivo em que ela escrevera o seu número e fiz menção de jogá-la fora. Mas a guardei.

Ela morava nas colinas, numa casa de ripas de madeira à moda tirolesa que ela alugava de uma viúva doida. Mais de uma vez no caminho até lá eu me levantei para descer do ônibus e voltar para casa, entediado e já meio aborrecido só de pensar no olhar divertido e ajuizador de Anna, naquele sorriso impenetrável. Quando liguei, ela mal falara uma dúzia de palavras, e duas vezes pousou a mão sobre o bocal para falar com alguém que estava em seu quarto. No entanto, naquela manhã eu me barbeara com especial esmero e vesti uma camisa nova e selecionei um impressionante volume sobre teoria matemática para levar comigo. Agora, conforme o ônibus abria caminho por essas estradas estreitas, fui assaltado por uma sensação de revulsão; eu me sentia um objeto obscuramente vergonhoso, lascivo, exposto e encolhido, com minha pele apalpada e empoada, minha camisa azul-bebê, o livro mole preso com a mão como se fosse um embrulho de carne. O dia estava encoberto, e havia uma bruma nos pinheiros. Subi um zigue-zague de degraus úmidos até a porta, olhando ao meu redor com uma expressão de ameno interesse, tentando aparentar inocência, como sempre tento parecer quando me encontro em território desconhecido. Anna trajava bermudas, e seu cabelo estava solto. Vê-la subitamente ali na soleira, loura-platinada, à vontade, com as compridas pernas à mostra, causou uma dor na raiz da minha língua. Dentro, a casa estava um breu. Alguns livros, pinturas na parede, um chapéu de palha num gancho. Os gatos da viúva haviam deixado o seu rastro nos carpetes e nas cadeiras, uma fedentina áspera, cítrica, não de todo desagradável.

Daphne estava sentada de pernas cruzadas numa cadeira de lona, descascando ervilhas dentro de uma tigela niquelada. Usava um roupão de banho, e o seu cabelo estava embrulhado numa toalha. Mais uma coincidência, percebem.

Sobre o que conversamos aquele dia, nós três? O que foi que eu fiz? Sentei-me, suponho, bebi uma cerveja, estiquei as minhas pernas e recostei-me, brincando de relaxar. Não consigo me ver. Sou uma espécie de olho flutuante, a observar, a notar, a maquinar. Anna ia e vinha entre a sala de estar e a cozinha, trazendo queijo e laranjas e abacates fatiados. Era domingo. O lugar estava tranquilo. Pela janela observei a bruma se movendo entre as árvores. O telefone tocou e Anna o atendeu, voltando-se para outro lado e murmurando no bocal. Daphne sorriu para mim. A sua mirada era desfocada, uma espécie de tatear suave que ela aplicava nos objetos à sua volta. Levantou-se e me entregou a tigela e as ervilhas ainda por descascar, e subiu as escadas. Quando voltou dentro de um instante, ela estava vestida, o cabelo estava seco e ela usava óculos, e a princípio não a reconheci, e pensei que ela fosse outra inquilina da casa. Foi então que percebi que fora ela quem eu vira no gramado naquele dia na festa do professor Fulano de Tal. Pretendi contar isso para ela, isso de já tê-la visto, mas mudei de ideia, pela mesma e desconhecida razão pela qual eu fora embora sem falar com ela daquela primeira vez. Tirou-me a tigela de ervilhas e sentou-se de novo. Atendeu outro telefonema, murmurando, rindo calmamente. Ocorreu-me que a minha presença ali mal lhes afetava o cotidiano, que elas teriam feito exatamente essas mesmas coisas caso eu não estivesse lá. Foi um pensamento tranquilizante. Eu não fora convidado para o jantar, mas pareceu consentido que eu ficaria. Após comermos, ficamos por um longo tempo sentados à mesa. A névoa se adensou, fazendo pressão contra as janelas. Consigo ver as duas antepondo-se a mim naquele crepúsculo lácteo, a morena e a clara: têm um ar de cumplicidade, de secreto divertimento, como se estivessem dividindo uma piada, afável e não muito rude, à minha custa. Isso tudo parece tão distante, a eras de lonjura, quando ainda éramos inocentes, caso esta seja a palavra a se usar, do que duvido.

Eu fui, confesso, cativado por elas, por suas aparências, suas composturas, seu casual egoísmo. Elas personificavam um ideal que eu não pensava nutrir até então. Naqueles tempos, ainda estava trabalhando em minha ciência, eu iria ser um daqueles grandes e frios técnicos, os mestres secretos do mundo. Agora, subitamente, outro futuro se descortinava, como se essas duas tivessem feito cair diante de mim um penhasco, revelando através da poeira turbilhonante uma distância vasta, radiante. Elas eram esplêndidas, a um só tempo langorosas e impetuosas. Lembravam-me uma dupla de aventureiras saída do século passado. Haviam chegado a Nova York no inverno anterior, e pouco a pouco vagaram pelo país até chegar a este litoral fulvo, ensolarado, onde agora se estabilizaram, como se na ponta dos pés, com as mãos unidas e os braços estendidos, tendo diante de si todo o Pacífico. Embora estivessem já há quase metade de um ano nessa casa, suas marcas eram tão leves, tão fugazes, que os quartos mal haviam registrado a presença delas. Pareciam não ter pertences — até mesmo o chapéu de palha que pendia na porta fora abandonado por um inquilino anterior. Devia haver amigos, ou ao menos conhecidos — penso naqueles telefonemas —, mas eu nunca os conheci. Uma vez por outra a senhoria chegava de supetão, uma pessoa sombriamente dramática com olhos espirituosos e cabelos muito pretos bem torcidos num coque e espetados com um alfinete de madeira esculpida. Vestia-se como uma índia pele-vermelha, enfeitando-se com pérolas e lenços de cores brilhantes. Ela se precipitava pela casa distraidamente, falando por cima do ombro e deixando atrás de si um perfume denso, almiscarado, depois se atirava com um salto de balé no sofá da sala de estar e lá permanecia sentada por cerca de uma hora narrando seus infortúnios — os quais em sua maioria, com voz latejante, ela referia como o resultado de *problemas com homens* — enquanto se embebedava firme e lacrimosamente de calvados, cuja provisão ela guardava na cozinha num armário trancado. Uma mulher horripilante, eu não conseguia suportá-la, aquela pele coriácea e a boca borrada, aquela histeria toda, aquela solidão desalinhada. As meninas, no entanto, achavam-na verdadeiramente divertida. Gostavam de fazer imitações dela e criavam bordões a partir das coisas que ela falava. Às vezes, ouvindo-as imitá-la, eu me perguntava se porventura, quando eu não estava presente, elas *me* tratavam assim, tecendo comentários uma à outra com uma versão comicamente solene da minha voz e rindo suavemente, daquele jeito enfastiado que elas tinham, como se a piada não fosse de fato engraçada, mas apenas ridícula.

Elas achavam também que o país era uma comédia, especialmente a Califórnia. Nós nos divertíamos muito rindo dos americanos, que na época estavam justamente entrando naquele estágio da alegria hedonista amaldiçoada pelo qual nós, as crianças de ouro da pobre Europa esfrangalhada, já tínhamos passado, ou assim acreditávamos. Como nos pareciam inocentes com suas flores e seus incensos e sua religiosidade atrapalhada! É claro, eu sentia uma pontada de culpa, zombando deles assim. Fora cativado pelo país ao aqui chegar, mas agora era como se eu tivesse me juntado ao coro para troçar de alguma criatura feliz, de bom coração, a garota gorda na festa em quem eu estivera me roçando apenas um momento atrás, escondido debaixo da pândega geral, em mudo e intumescido êxtase.

Quem sabe o desprezo representasse para nós uma forma de nostalgia, ou até de saudades de casa? Viver lá, em meio àquelas cores brandas, saídas de um estojo de tintas, debaixo daquela cúpula de azul impecável, era como viver noutro mundo, num lugar de faz de conta. (Eu costumava sonhar com chuva — chuva real, diurna, irlandesa — como se ela se tratasse de algo de que eu ouvira falar, mas nunca havia visto.) Ou, quem sabe, rir da América fosse um meio de defesa? É verdade, às vezes vinha às nossas cabeças, ou vinha à *minha* cabeça, pelo menos, que nós sim éramos dignos de riso. Não havia um quê de absurdo em nós, com nossos tweeds e sapatos comportados, nossos sotaques extravagantes, nossas maneiras insolentemente polidas? Mais de uma vez pensei ter detectado um sorriso sufocado torcer os lábios de uma pessoa que supostamente era o desavisado alvo de nossa ridicularização. Mesmo entre nós havia momentos de silêncio, de embaraço, quando um reconhecimento malformado pairava entre nós, tal como um cheiro ruim, constrangedor. Um trio de expatriados reunindo-se neste sereno recreio — o que poderia ser mais novelesco do que isso? Éramos um triângulo, pelo amor de Deus!

Éramos um triângulo. Aconteceu — o inevitável — certa tarde cerca de um mês após nos conhecermos. Estávamos sentados no alpendre nos fundos da casa bebendo gim e fumando algo que tinha um gosto horrendo e efeitos dos mais estranhos. O dia estava quente e nublado. Acima de nós, um sol da cor de uma moeda estava emperrado no meio de um céu branco. Eu estava observando uma nuvem de colibris sorvendo num arbusto de madressilva que havia ao lado dos degraus do alpendre. Daphne, de bermudas, blusinha frente-única e sandálias de salto alto, levantou-se, um pouco vacilante, piscando, e entrou perambulando na casa. Eu a segui. Eu não estava pensando em nada — estava pegando mais gelo, algo assim. Depois daquela claridade lá fora, eu mal conseguia enxergar dentro da casa, para onde quer que eu olhasse havia um enorme buraco negro no meio do ar. Indolentemente eu procurei por Daphne, seguindo o som do gelo que tilintava no seu copo, desde a cozinha até a sala de estar e o quarto. A persiana estava baixada. Ela estava sentada na beira da cama, fitando à sua frente na âmbar meia-luz. Minha cabeça subitamente começou a doer. Ela sorveu a bebida num único longo gole e ainda segurava o copo quando nos deitamos juntos, e uma gota de gelo escorregou e caiu no oco do meu ombro. Os lábios dela estavam gelados e molhados. Principiou a dizer alguma coisa e riu suavemente dentro de minha boca. Nossas roupas pareciam apertadas como ataduras; agarrei-as, resfolegando. Então abruptamente estávamos nus. Houve uma pausa sobressaltada. Em algum lugar ali perto algumas crianças brincavam. Daphne pôs a mão no meu quadril. Seus olhos estavam fechados, e ela sorria com as sobrancelhas soerguidas, como se estivesse à escuta de uma distante, onírica e ligeiramente engraçada melodia. Eu ouvi um barulho e olhei por cima do meu ombro. Anna estava parada na soleira. Tive um vislumbre da visão que ela teria de mim, meus flancos reluzentes e minhas costas pálidas, minha boca escancarada qual um peixe. Ela hesitou um instante e depois caminhou até a cama com os olhos fixos no chão, como se dominada por pensamentos, e sentou-se ao lado de nós e começou a se despir. Daphne e eu permanecíamos silenciosamente nos braços um do outro e a observávamos. Ela puxou a blusa por sobre a cabeça e emergiu como um nadador, jogando o cabelo para trás. Um fecho de metal deixara sua impressão cor de malva no centro de suas costas. Por que é que agora ela me parecia tão mais velha que nós, fatigada pela vida, um tanto desgastada, uma adulta integrando tolerantemente uma brincadeira de criança não exatamente permissiva? Daphne mal respirava, seus dedos apertavam-se firmemente em meu quadril. Seus lábios estavam entreabertos, e ela franziu um pouco o cenho, mirando a pele nua de Anna, perdida nalgum tipo de assombro impreciso. Eu podia sentir a batida do seu coração e a minha própria. Poderíamos muito bem estar participando de um desnudamento ritual.

Um ritual, sim, é o que era. Esforçamo-nos juntos na cama, nós três, como se comprometidos numa arcaica cerimônia de peleja e veneração, arremedando a elaboração e a edificação de algo, um santuário, digamos, ou um templo abobadado. Quão graves estávamos, quão meditabundos, com que atenção manejamos a carne um do outro! Ninguém disse uma palavra. As mulheres começaram por trocar um casto beijo. Sorriram, um pouco timidamente. As minhas mãos tremiam. Eu sentira esta sensação de transgressão somente uma vez, havia muito tempo, quando em criança eu me atraquei com duas primas no escuro nas escadas certa noite de inverno em Coolgrange — o mesmo pavor e incredulidade, o mesmo júbilo voluptuoso, dolorido, infantil. Oniricamente escavamos e focinhamos, tiritando, suspirando. De vez em quando um de nós agarrava os outros dois com um fervor impaciente, voraz, de criança e ululava suavemente, miudamente, como se sentisse dor ou desamparado pesar. Às vezes me parecia que não havia duas mulheres, mas só uma, uma criatura estranha, remota, de muitos braços, absorvida, atrás de uma máscara envernizada, em alguma coisa que eu não fui capaz de começar a conhecer. Depois de terminar, com o espasmo final reunindo-se dentro de mim, eu me levantei com meus braços trêmulos, com os calcanhares de Daphne pressionados contra o começo das minhas costas, e olhei para as duas atacando uma à outra com terna avidez, a boca na boca aberta, e por um segundo, conforme o sangue brotava em meus olhos, eu vi as suas cabeças se fundirem, a clara e a morena, a fulva e a pantera. De imediato começou o estremecimento na minha virilha, e eu tombei sobre elas, exultante e assustado.

Mas mais tarde era somente Daphne quem jazia em meus braços, ainda me mantendo dentro dela, enquanto Anna se levantara e caminhara até a janela, e com um dedo puxara de lado uma fresta da persiana e permanecera fitando a claridade nublada da tarde. As crianças ainda estavam brincando. Tem um escola, murmurou Anna, colina acima. Ela riu calmamente e disse, *Mas que sei eu, eu te pergunto?* Era um dos bordões da viúva doida. Subitamente tudo ficou triste e cinza e abandonado. Daphne encostou o rosto no meu ombro e começou a chorar silenciosamente. Eu sempre irei recordar as vozes daquelas crianças.

Foi um estranho encontro, a nunca mais se repetir. Medito sobre ele agora, não pelas razões óbvias, mas porque me intriga. O ato em si, o triolismo, não foi tão memorável: naqueles dias todo mundo fazia aquele tipo de coisa. Não, o que me arrebatou então, e me arrebata ainda, é a curiosa passividade do meu papel nos feitos daquela tarde. Eu era o homem entre nós três, contudo fui eu quem sentiu ter sido suavemente, irresistivelmente penetrado. Os sábios dirão que eu era apenas o elo que elas haviam usado para, mão ante mão, cair nos braços uma da outra. Pode ser verdade, mas não significa muita coisa, e certamente não é o fator central. Não pude me desfazer do sentimento de que um ritual estava sendo representado, no qual Anna Behrens era a sacerdotisa e Daphne era a oferenda sacrificial, ao passo que eu era mero objeto de cena. Elas me brandiam como a um falo de pedra, curvando-se e contorcendo-se ao meu redor, soltando suspiros encantatórios. Elas estavam —

Elas estavam dizendo adeus. É claro. Acaba de me ocorrer. Elas não estavam procurando uma à outra, mas se despedindo. Daí a tristeza e a sensação de abandono, daí as lágrimas amargas de Daphne. Não tinha nada a ver comigo, em absoluto.

Ora, ora. Essa é a vantagem da cadeia: tem-se o tempo e o ócio para realmente chegar ao âmago das coisas.

A ilusão de tê-las visto fundir-se uma na outra que eu vivenciei ao fim de nosso furor na cama aquele dia viria a durar um longo tempo. Mesmo hoje, quando penso nelas juntas, é como se visse uma moeda de dupla face, na qual estão estampados seus perfis gêmeos, serenos, emblemáticos, olhando ao longe, uma estilizada representação de virtudes parelhas — Calma e Fortitude, digamos, ou, melhor ainda, Silêncio e Sacrifício. Estou me lembrando de determinado momento quando Anna levantou sua boca, esmagada e lustrosa, de entre as pernas de Daphne e, relanceando o olhar para mim com um sorrisinho cúmplice, sarcástico, deitou-se de lado para que eu pudesse ver o colo exposto da garota ali escarrapachada, intrincado e inocente feito uma fruta partida. Tudo estava presente, eu agora consigo ver, naquele breve episódio de renúncia e descoberta. Um futuro inteiramente novo começou exatamente ali.

Eu não me recordo de ter pedido Daphne em casamento. A sua mão, por assim dizer, já me havia sido concedida. Nós nos casamos numa tarde brumosa, quente, de agosto. A cerimônia foi rápida e esquálida. Suportei-a toda com uma dor de cabeça. Anna e um colega meu da universidade foram testemunhas. Depois nós quatro voltamos à casa nas colinas e bebemos champanhe barato. A ocasião não era um sucesso. Meu colega deu uma desculpa esfarrapada e partiu meia hora depois, deixando nós três num silêncio inquieto, turbilhonante. Toda sorte de coisas não ditas nadaram no ar que nos envolvia como se fossem peixes escorregadios, perigosos. Então Anna, com aquele sorriso, disse que os dois pombinhos supostamente queríamos ficar a sós, e saiu. Subitamente eu fui presa de um absurdo constrangimento. Saltei de pé e comecei a coletar as garrafas vazias e os copos, evitando os olhos de Daphne. Havia sol e bruma na janela da cozinha. Parei na pia observando os fantasmas preto-azulados das árvores na encosta, e duas grandes, gordas e inexplicáveis lágrimas se juntaram nas bordas de minhas pálpebras, mas não faziam menção de cair.

Eu não sei se amei Daphne da maneira como o mundo concebe esse verbo, mas sei que a amei de algumas maneiras. Pareceria estranho, frio, talvez até inumano, se eu dissesse que estava de fato apenas interessado no que ela era na superfície? Bah, que me importa como parece! Esta é a única maneira como outra criatura pode ser conhecida: pela superfície, é onde reside a sua profundidade. Daphne andando por um cômodo procurando por seus óculos, tocando as coisas gentilmente, rapidamente, lendo as coisas com a ponta dos dedos. A maneira com que ela se virava de lado e espreitava dentro da bolsa, franzindo o cenho, comprimindo os lábios, feito uma tia solteira buscando um xelim para as guloseimas. Sua avareza, seus súbitos acessos de cobiça, infantis e encantadores. Naquele tempo, anos atrás, não me lembro onde, quando eu topara com ela ao fim de uma festa, de pé na janela usando um vestido branco na meia-luz de uma alvorada de abril, perdida em sonho — um sonho do qual eu, já meio "alto" e mal-humorado, a despertei sem nenhuma cerimônia, quando em vez disso eu podia — santo Cristo! —, quando eu podia na verdade ter me detido nas sombras e pintado a sua imagem, nos mais pormenorizados e enternecedores detalhes, na parede vazia do interior do meu coração, onde ela ainda estaria, vívida como naquela alvorada, minha sombria, misteriosa amada.

Rapidamente concordamos — tacitamente, como sempre — em deixar a América. Desisti dos meus estudos, da universidade, da minha carreira acadêmica, tudo, sem dedicar sequer um pensamento, e antes de o ano acabar viajamos à Europa.

Maolseachlainn Mac Giolla Gunna, meu advogado e, insiste ele, meu amigo, é um prodígio no uso de aparentes trivialidades na elaboração de seus casos. Anedotas sobre os seus métodos circulam nos corredores do Palácio de Justiça e nas passarelas aqui da cadeia. Detalhes, os detalhes são a sua obsessão. Ele é um homem grande, pesadão, maljeitoso — são literalmente jardas e jardas de risca de giz —, com uma cabeçorra quadrada e cabelos desgrenhados e olhos minúsculos, assombrados. Acho que ter passado toda a vida futucando as fendas das sórdidas tragediazinhas alheias causou-lhe algum tipo de dano. Ele exsuda um ar de ânsia ofendida. Dizem que ele é o terror na corte, mas quando se senta à mesa toda riscada que há na sala do advogado aqui, com seus oclinhos enganchados naquela cabeçorra, debruçado sobre seus papéis e tomando notas com uma caligrafia laboriosa, miúda, arquejando um pouquinho e murmurando consigo mesmo, eu irresistivelmente sou levado a me lembrar de um certo garoto gordo dos meus tempos de escola, que era desconsoladamente apaixonado por mim e a quem eu costumava pedir que fizesse a minha lição de casa.

Atualmente, Maolseachlainn está profundamente interessado no porquê de eu ter ido para Whitewater, para começo de conversa. Mas por que eu não teria ido para lá? Eu conhecia os Behrens — ou, de qualquer forma, Deus sabe que eu conhecia Anna. Eu estivera fora por dez anos, estava prestando uma visita social, como amigo da família. Isso, no entanto, não é bom o bastante, ao que parece. Maolseachlainn franze o cenho, balançando lentamente seu cabeção, e sem perceber começa o procedimento que adota no tribunal. Não é verdade que eu deixei a casa da minha mãe furioso apenas um dia antes da minha chegada lá? Que eu estava num estado de extrema indignação porque ouvira que a coleção de quadros do meu pai tinha sido vendida a Helmut Behrens por uma quantia que eu considerava irrisória? E também que eu tinha razão suficiente para ter ressentimento do Behrens, que tentara trair o meu pai em... Mas espere um pouco, meu velho, disse eu: essa última parte só veio à tona depois. Ele sempre fica tão jururu quando eu o interrompo assim, no meio do discurso. Todavia, fatos são fatos.

Sim, é verdade, eu briguei de novo com a minha mãe, saí da casa esbravejando (com o cão atrás de mim, é claro, tentando morder meus calcanhares). No entanto, Binkie Behrens não foi a causa do bate-boca, pelo menos não diretamente, de qualquer forma. Até onde consigo me lembrar, era sempre a mesma disputa: dinheiro, traição, minha ida aos Estados Unidos, minha partida dos Estados Unidos, meu casamento, minha carreira abandonada, tudo isso, o de costume — e, sim, o fato de que ela havia despachado meu patrimônio pelo preço de um punhado de pôneis mal-apessoados dos quais ela imaginara fazer fortuna para garantir-se na decrepitude da terceira idade, aquela maldita vaca iludida. Havia também aquela história da menina Joanne. Quando eu estava saindo da casa me detive e disse, medindo as minhas palavras, que eu achava muito pouco apropriado para uma mulher daquela posição na sociedade — daquela posição! — na sociedade! — ser tão chegada a uma garota de estrebaria. Confesso que eu pretendera provocar injúria, mas temo que eu é que tenha saído embasbacado. Minha mãe, após um momento de silêncio, encarou-me direto no rosto, com atrevida desfaçatez, e disse que Joanne não era criança, que aliás ela tinha vinte e sete anos de idade. Ela é — com uma pausa, aqui, para dar um efeito —, ela é como um filho para mim, o filho que eu nunca tive. Ora, disse eu, engolindo em seco, fico feliz pelas duas, com certeza!, e desabalei para fora da casa. No acesso da entrada, contudo, tive que parar e esperar que minha indignação e meu ressentimento amainassem um pouco antes de conseguir recobrar meu fôlego. Às vezes acho que eu sou um completo sentimentalista.

Fui a Whitewater naquela noite. O último trecho do trajeto eu cumpri de táxi a partir do povoado. O motorista era um homem imensamente alto, emaciado, de boné e um antiquado terno de flanela azul. Ele me estudou com interesse através do espelho retrovisor, pouco se incomodando de observar a estrada à nossa frente. Tentei encará-lo de volta perniciosamente, mas ele era imperturbável, e apenas sorriu um pouquinho com um lado do rosto fino, com um ar peculiarmente amistoso de sabedoria. Por que é que me lembro dessas pessoas tão vividamente? Elas atravancam minha mente; quando tiro os olhos da página, elas se aglomeram ao meu redor nas sombras, em silêncio, moderadamente curiosas — talvez, até, solícitas. São testemunhas, suponho eu, os inocentes espectadores que vieram, sem malícia, depor contra mim.

Nunca consigo me aproximar de Whitewater sem um pequeno engasgo involuntário de admiração. O acesso conduz à entrada através de uma curva longa, profunda e desarborizada, de modo que a casa parece girar, lentamente, oniricamente, escancarando suas colunatas palladianas. O táxi arrastou-se até parar no cascalho diante dos grandes degraus fronteiros, e no súbito silêncio veio-me o reconhecimento — sim, Maolseachlainn, eu admito — de que eu não tinha motivo razoável para estar ali. Fiquei por um momento sentado olhando ao meu redor em zonza consternação, como um sonâmbulo despertado, mas agora o motorista estava a me olhar pelo retrovisor com extasiada expectativa, e tive que fingir saber o que eu pretendia fazer. Saí do carro e fiquei apalpando meus bolsos e franzindo o cenho gravemente, mas eu não consegui iludi-lo, o seu sorriso assimétrico ficou ainda mais ardiloso, por um segundo pensei que ele fosse piscar para mim. Disse-lhe rispidamente que aguardasse, e galguei os degraus perseguido por uma sensação inamovível de zombaria geral.

Após um longo tempo a porta foi aberta por um homenzinho encarquilhado e zangado trajando no que a um primeiro olhar parecia ser um uniforme de condutor de ônibus. Alguns fios compridos de cabelo muito escuro cruzavam sua cabeça emplastrada como se fossem pinceladas de graxa de sapato. Ele olhou para mim com profundo nojo. Não estamos abertos hoje, disse ele, e já começava a fechar a porta na minha cara quando eu astutamente avancei dentro do vestíbulo, ultrapassando-o. Relanceei o olhar ao meu redor, esfregando as minhas mãos lentamente e sorrindo, bancando o expatriado de regresso. Ah, disse eu, meu bom e velho lugar! O grande Tintoretto nas escadas, enxameado de anjos e mártires de olhos dementes, retumbou para mim seu vasto acorde cromático. O porteiro ou seja lá o que ele fosse bailou ansiosamente atrás de mim. Virei-me e avultei diante dele, ainda sorrindo, e disse que não, eu não era um turista, mas um amigo da família — por acaso a senhorita Behrens estava em casa? Ele rateou, desconfiado ainda, então me disse para esperar, e corricou vestíbulo afora, virando o pé chato conforme andava e alisando cuidadosamente os cabelos lubrificados no cocuruto.

Esperei. Tudo era silêncio salvo pelo tiquetaquear de um alto relógio alemão do século dezessete. Na parede ao meu lado havia um conjunto de seis primorosas aquarelazinhas de Bonington; eu podia ter metido algumas debaixo do braço e saído. O relógio tomou um fôlego custoso e soou a meia hora, e então, a toda a minha volta, em quartos e mais quartos, outros relógios também fizeram anunciar seu uníssono e argênteo badalar, e foi como se um minúsculo tremor houvesse atravessado a casa. Olhei de novo para o Tintoretto. Havia um Fragonard, também, e um Watteau. E isso só no saguão. O que estava acontecendo, o que havia acontecido para que tudo estivesse assim desassistido? Ouvi o taxista soar sua trombeta lá fora, uma buzinada hesitante, culposa. Deve ter pensado que eu tinha me esquecido dele. (Eu tinha.) Nalgum lugar nos fundos da casa uma porta se fechou com estrondo e, um segundo depois, uma lufada de ar gelado varreu o meu rosto. Avancei rangendo pelo corredor; um arrepio quase sensual de apreensão pulsava atrás do meu osso esterno. No íntimo sou um homem tímido, lugares grandes e desertos me deixam nervoso. Uma das figuras no Fragonard, uma senhora sedosa com olhos azuis e um lábio inferior roliço, observava-me de esguelha com o que parecia ser uma expressão de espantada mas vivaz especulação. Cautelosamente abri uma porta. A gorda maçaneta girou sob minha mão com uma suavidade maravilhosa, confiante. Adentrei num cômodo grande, alto, estreito, de muitas janelas. O papel de parede era da cor de ouro embaciado. O ar também era dourado, imbuído da pesada luz suave da tardinha. Senti como se houvesse pisado direto dentro do século dezoito. As mobílias eram esparsas, não havia mais que cinco ou seis peças — algumas cadeiras delicadas, com espaldar em formato de lira, um aparador ornado, uma mesinha de ouropel — dispostas com ordem, de tal maneira que não as coisas, mas o espaço ao redor delas, a própria luz, pareciam ter sido ajeitados. Parei quieto, à escuta, não sabia bem de quê. Na mesa baixa havia um grande e complicado quebra-cabeça, metade completo. Algumas peças haviam caído no chão. Fitei-as, borrifadas no parquê como poças de algo que havia sido derramado, e mais uma vez um leve arrepio pareceu cruzar a casa. Na extremidade oposta do cômodo uma janela francesa estava escancarada, e uma cortina de gaze ondeava sob a brisa. Lá fora havia um longo declive de relva, na qual, a meia distância, um solitário e heráldico cavalo saracoteava. Mais além ficava a curva do rio, com a água esbranquiçando-se no raso, e depois dela havia árvores, e então montanhas indefinidas, e então o ilimitado, o dourado azul de verão. Impressionou-me que a perspectiva dessa cena estava errada de alguma forma. As coisas não pareciam retroceder tal como deveriam, mas sim serem dispostas perante mim — a mobília, a janela aberta, o gramado e o rio e as montanhas longínquas — como se não estivessem sendo observadas mas estivessem elas mesmas observando, mirando um ponto de fuga aqui, dentro do cômodo. Então eu me virei e vi a mim mesmo me virando ao me virar, tal como pareço estar me virando ainda, tal como às vezes imagino que estarei para sempre me virando, como se isto pudesse ser o meu castigo, a minha danação, apenas este voltar ofegante, embaçado, eterno, na direção daquela mulher.

Vocês viram a imagem nos jornais, sabem como ela se parece. Uma mulher jovial num vestido preto com uma ampla gola branca, de pé com as mãos dobradas à frente de si, uma delas enluvada, a outra oculta salvo os dedos, que estão flexionados, sem anéis. Ela usa algo na cabeça, um barrete ou algum tipo de fivela, que lhe repuxa o cabelo muito afastado da testa. Seus proeminentes olhos negros têm uma inclinação levemente oriental. O nariz é largo, os lábios são cheios. Ela não é bonita. Na mão direita segura um leque dobrado, ou talvez seja um livro. Ela se encontra de pé no que levo a crer que seja a soleira iluminada de um quarto. Pode-se ver parte de um sofá, ou talvez de uma cama, com colcha de brocado.

A escuridão atrás dela é densa e contudo misteriosamente rarefeita. Seu olhar é calmo, desinteressado, embora haja um indício de desafio, de hostilidade, até, no conjunto da boca. Ela não quer estar aqui e, no entanto, não pode estar em nenhum outro lugar. O broche de ouro que prende as asas de seu amplo colarinho é caro e feio. Tudo isso vocês viram, tudo isso vocês conhecem. Contudo, eu lhes afirmo, gentis *connoisseurs* do júri, que mesmo sabendo de tudo isso vocês ainda não sabem de nada, quase nada. Vocês não conhecem a fortitude e o *pathos* da presença dela. Vocês não toparam com ela subitamente num salão dourado em uma tarde de verão, como eu. Vocês não a seguraram nos braços, não a viram estatelada numa vala. Vocês não — ah, não! — não mataram por ela.

Eu fiquei parado lá, encarando, pelo que pareceu um longo tempo, e gradualmente uma espécie de constrangimento me dominou, uma consciência calorenta, acanhada, de mim mesmo, como se de alguma forma fosse eu, esse saco sujo de carne, quem estivesse sendo escrutinado com cuidadosa e fria atenção. Não era somente o olhar da mulher dentro da pintura o que me observava. Tudo naquela imagem, aquele broche, aquelas luvas, a escuridão flocosa às costas dela, cada canto da tela era um olho fixado em mim sem piscar. Recuei um passo, levemente arrepiado. O silêncio se esgarçava nas bordas. Ouvi vacas mugindo, um carro dando a partida. Lembrei-me do táxi e me virei para ir até ele. Uma criada estava de pé na frente da janela francesa aberta. Ela devia ter entrado justamente agora e me visto lá e se sobressaltado alarmada. Seus olhos eram amplos, e um joelho estava flexionado e uma mão levantada, como se para aparar um golpe. Por um momento nenhum de nós se mexeu. Atrás dela uma súbita brisa varreu a encosta relvosa. Nós não falamos nada. Então, lentamente, com a mão ainda levantada, ela cuidadosamente andou para trás passando pela janela, oscilando um pouquinho conforme seus calcanhares buscavam às cegas o nível do atalho pavimentado lá fora. Senti um acesso inexplicável, breve, de aborrecimento — um pressentimento, talvez, um zéfiro desgarrado que chegava prenunciando a tempestade por vir. Em algum lugar um telefone estava tocando. Eu me virei rapidamente e deixei o cômodo.

Não havia ninguém no corredor. O telefone tocava e tocava, com impertinente insistência. Eu ainda podia ouvi-lo soar enquanto descia os degraus fronteiros. O táxi havia partido, é claro. Eu xinguei e saí pelo caminho, capengando no chão de pedra com meus sapatos espanhóis de sola fina. O sol baixo brilhava no meu rosto. Quando tornei a olhar para a casa, as janelas estavam aclaradas e pareciam estar rindo largamente em escárnio. Comecei a transpirar e isso atraiu as moscas. Perguntei-me novamente o que é que havia me possuído para que eu viesse a Whitewater. Eu sabia a resposta, é claro. Era o cheiro do dinheiro o que havia me atraído, assim como o cheiro do suor estava atraindo aquelas malditas moscas. Eu podia me ver, como se a partir de uma daquelas janelas atingidas pelo sol, escondendo-me aqui em meio ao pó, ao calor, descontente, com sobrepeso, com a cabeça curvada e as costas gordas dobradas, o terno branco socado nas axilas e caindo na bunda, uma figura cômica, o remate de uma piada ruim, e de imediato fui inundado pela autopiedade. Cristo! não haveria ninguém para me ajudar? Eu estaquei e lancei ao meu redor um olhar perturbado, como se pudesse haver um benfeitor emboscando-se entre as árvores. O silêncio passava uma sensação de abafado trípúdio. Voltei à carga, e ouvi o barulho de motores, e dentro em breve uma enorme limusine negra fez o contorno, seguida de um lustroso carro esporte vermelho. Eles andavam a um ritmo faustoso, a limusine quicava gentilmente sob suas molas, e por um segundo pensei que fosse um funeral. Pisei no começo da grama mas continuei caminhando. O motorista da limusine, um homem grande, de cabelo aparado rente, sentava-se ereto e vigilante, as mãos ligeiramente concheadas sobre a borda do volante, como se fosse um míssil que ele pudesse tirar de seu silo e atirar com mira letal. Ao lado dele estava uma figura vergada, encolhida; conforme o carro passava por mim sibilando, vislumbrei um olho escuro e um crânio marcado de manchas hepáticas, e mãos enormes descansando uma em cima da outra sobre o castão de uma bengala. Uma mulher loira usando óculos escuros estava dirigindo o carro esporte. Miramos um ao outro com inexpressivo interesse, como desconhecidos, quando ela passou. Reconheci-a, é claro.

Dez minutos depois eu estava marchando pela estrada com meu polegar, fazendo sinal, quando eu a ouvi estacionar atrás de mim. Sabia que seria ela. Parei, virei. Ela permaneceu no carro, os pulsos dobrados diante de si sobre o volante. Houve uma breve e muda altercação para ver quem de nós faria o primeiro movimento. Cedemos. Caminhei até o carro e ela saiu para me cumprimentar. Eu *pensei* que era você, disse ela. Nós sorrimos e ficamos em silêncio. Ela trajava um terno creme e uma blusa branca. Havia sangue em seus sapatos. O cabelo estava mais amarelo do que eu me recordava, perguntei-me se ela agora o tingia. Disse-lhe que ela estava maravilhosa. Falava a sério, mas as palavras soaram vazias, e eu corei. Anna, disse eu. Lembrei-me, com um choque suave, de como num dia muito distante eu roubei o envelope de uma de suas cartas a Daphne, e levei-a até o lavabo e forcei a aba, o meu coração disparando, para que eu pudesse lamber a cola onde ela lambera. Sobreveio-me o pensamento: eu a amava! e dei uma espécie de risada louca, aturdida. Ela tirou os óculos de sol e olhou confusamente para mim. Minhas mãos estavam tremendo. Venha ver o papai, disse ela, ele precisa de um pouco de ânimo.

Ela dirigia muito rápido, fuçando nos controles, como se estivesse tentando localizar um padrão, uma fórmula secreta, escondida nessa malha de ações breves e destras. Eu estava impressionado, até um pouco intimidado. Ela estava repleta da impaciente confiança dos ricos. Nós não falamos. Num instante estávamos na casa, e estacionamos esparramando um pouco de cascalho. Ela abriu a porta dela, depois parou e olhou para mim em silêncio durante um momento e balançou a cabeça. Freddie Montgomery, disse ela. Ora! Conforme subíamos os degraus até a porta da frente ela laçou seu braço levemente no meu. Fiquei surpreso. Quando eu a conhecera, todos aqueles anos atrás, ela não era dada às intimidades simples — às intimidades, sim, mas não às simples. Ela riu e disse, Meu Deus, estou um pouco bêbada, acho. Estivera no hospital da cidade — Behrens tinha sofrido algum tipo de ataque brando. O hospital estava uma balbúrdia. Uma bomba tinha explodido dentro de um carro numa apinhada rua comercial, um dispositivo bem pequeno, aparentemente, mas notavelmente eficiente. Ela havia perambulado sem resistência até a ala dos feridos. Havia corpos jazendo por toda a parte. Ela caminhara entre os mortos e os moribundos, sentindo-se ela própria uma sobrevivente. Por Deus, Anna, disse eu. Deu uma risadinha nervosa. Que experiência, disse ela — felizmente o Flynn deixa um frasco de alguma bebida no porta-luvas. Ela havia tomado uns bons tragos e agora começava a se arrepender.

    Entramos na casa. Não se via em parte alguma o porteiro uniformizado. Eu contei a Anna como é que ele havia saído e me abandonado para andar a esmo pelo lugar. Ela deu de ombros. Ela imaginava que todos estivessem no térreo acompanhando na televisão as notícias sobre a explosão. Mesmo assim, disse eu, qualquer um poderia ter entrado aqui. Por que, perguntou ela, você acha que alguém poderia vir plantar uma bomba aqui? E olhou-me com um sorriso peculiar, amargo.

    Ela nos conduziu até o salão dourado. A janela francesa ainda estava aberta. Não havia sinal da criada. Uma espécie de timidez me fazia afastar os olhos da outra extremidade do cômodo, onde o quadro se inclinava um pouco da parede, como se ouvisse atentamente. Sentei-me precavidamente em uma das cadeiras Luís xv enquanto Anna abria aquele aparador com entalhes e arabescos e nos servia duas colossais doses de gim. Não havia gelo, e a água tônica estava choca, mas eu não me importava, precisava de um drinque. Eu ainda estava esbaforido ante a ideia de ter estado apaixonado por ela. Sentia-me excitado e perplexo, e ridiculamente satisfeito, como uma criança que tivesse recebido algo precioso com que brincar. Eu disse para mim mesmo novamente — *Eu a amava!* —, experimentando saber como aquilo soava. O pensamento, altivo, grandioso e ligeiramente maluco, combinava bem com as imediações. Ela andava entre mim e a janela, segurando estreitamente o copo com ambas as mãos. A cortina de gaze enfunava preguiçosamente na periferia de minha visão. Alguma coisa no ar em si parecia estar tremulando. Subitamente o telefone sobre a mesa baixa ao meu lado veio à vida com um ruído estrepitoso. Anna o apanhou e exclamou sim, sim, o quê? Ela riu. É um taxista, disse-me, está cobrando uma dívida. Peguei o telefone e conversei rispidamente com o sujeito. Ela me observava atentamente, com uma espécie de ávido divertimento. Quando pus o telefone no gancho, ela disse jubilosamente, Oh, Freddie, você se tornou tão pomposo! Eu franzi o cenho. Não tinha certeza do que responder. Sua risada, seu olhar envernizado, estavam matizados com histeria. Mas pensando bem, eu mesmo estava bem menos que calmo. Olhe só isso, disse ela. Estava fitando aborrecida os seus sapatos manchados de sangue. Estalou a língua e, pousando o copo, deixou rapidamente o cômodo. Aguardei. Tudo isso já tinha acontecido anteriormente. Levantei-me e passei até a janela aberta, uma mão no bolso, tragando o meu gim. Pomposo, de fato — o que ela quis dizer? O sol estava quase baixo, a luz se reunia em feixes acima do rio. Avancei até o terraço. Um bálsamo de ar ameno soprou em meu rosto. Eu pensei como era estranho estar ali daquele jeito, o copo na mão, no silêncio e na calma de uma tarde de verão, ao mesmo tempo que havia tanta escuridão em meu coração. Eu me voltei e olhei para a casa. Ela parecia estar voando célere em relação ao céu. Eu queria o meu quinhão dessa riqueza, desse conforto dourado. Das profundezas do cômodo um par de olhos olhou para fora, escuro, calmo, cego.

Flynn, o chofer de cabelo aparado rente, acercou-se de mim pelo flanco da casa com um ar de polidez inarticulada que era, de alguma forma, ameaçador, rolando sobre as rodas de seus pés desproporcionalmente delicados. Ele ostentava um bigode caído preto-azulado de bandoleiro, aparado rente e quadrado nas extremidades, de modo que parecia ter sido pintado naquele seu enorme rosto pálido. Eu não gosto de bigodes, já mencionei isso? Neles há um quê de lascivo que me repele. Não duvido de que o psicanalista da cadeia possa explicar o significado de tal aversão — e não duvido, também, de que no meu caso ele estaria errado. O bigode de Flynn era um exemplar particularmente ofensivo. A mera visão dele me deu repentino ânimo, alegrou-me, não sei por quê. Eu o segui sofregamente até dentro da casa. A sala de jantar era uma grande caverna obscurecida, repleta do brilho e do esplendor das coisas preciosas. Behrens entrou apoiado no braço de Anna, uma figura alta, delicada, vestida em tweeds caros e gravata-borboleta. Movia-se lentamente, medindo os passos. Sua cabeça abaulada, um pouquinho trêmula, era lisa e íngreme, como um maravilhoso ovo dessecado. Devia fazer vinte anos desde a última vez que eu o vira. Confesso que agora eu ficara muito atraído por ele. Ele tinha a bela pátina em alto relevo de algo que fora trabalhado amorosamente, tal qual uma daquelas primorosas estatuetas de jade de provocante tamanho de bolso nas quais eu estivera de olho um momento antes, no suporte da lareira. Ele pegou minha mão e a apertou lentamente com seu domínio esmagador, olhando fundo nos meus olhos como se estivesse tentando captar o vislumbre de outrem lá dentro. Frederick, disse ele, com sua voz arfante. Tão parecido com a sua mãe.

Comemos numa mesa cambaia no vão de uma alta janela com vista para o jardim. Os talheres eram baratos, os pratos eram descombinados. Era algo de que eu me recordava sobre Whitewater, essa maneira improvisada de vida que era vivida em cantos singulares, à margem das coisas. A casa não fora feita para pessoas, toda aquela magnificência não toleraria em seu âmago os feitos ordinários dos seres humanos. Observei Behrens cortar um pedaço de carne sangrenta. Aquelas mãos enormes me fascinavam. Eu sempre fora convicto de que em algum momento do passado ele havia matado alguém. Tentei imaginá-lo jovem, vestido de flanela e blazer, carregando uma raquete de tênis — *Olhe só quem chegou, é o Binkie!* —, mas era impossível. Ele falava sobre a explosão. Cinco mortos — ou já eram seis a esta altura? — com meras duas libras de explosivos! Ele suspirou e balançou a cabeça. Parecia mais impressionado que chocado. Anna mal falava. Estava pálida, e parecia cansada e distraída. Pela primeira vez, notei como ela havia envelhecido. A mulher que eu conhecera quinze anos atrás ainda estava ali, mas presa dentro de uma silhueta mais grosseira, como um dos amantes incrustados de joias de Klimt. Olhei para o luminoso crepúsculo cinza lá fora, arrepiado e, de uma maneira obscura, orgulhoso pensando no que eu havia perdido, no que poderia ter sido. Nuvens amontoadas, uma última nesga clara de céu. Um melro assobiou subitamente. Algum dia eu perderia tudo isto também, morreria, e tudo desapareceria, este momento à janela, no verão, na doce véspera da noite. Era incrível, e no entanto era verdadeiro, isso iria acontecer. Anna riscou um fósforo e acendeu uma vela na mesa diante de nós, e por um momento se teve uma sensação de suspensão, de tremulação, no ar ameno, escuro.

Minha mãe, disse eu a Behrens, e precisei parar para limpar a garganta — minha mãe te deu alguns quadros, creio eu. Ele voltou o seu olhar de rapina para mim. *Vendidos*, disse ele, e foi quase um sussurro, vendidos, não doados. Sorriu. Houve um breve silêncio. Ele estava bem à vontade. Sentia muito, disse, caso eu tivesse vindo na esperança de voltar a ver os quadros. Entendia que eu podia ser afeiçoado a eles. Mas se livrara deles quase que imediatamente. Ele sorriu de novo, gentilmente. Havia uma ou outra coisa boa, disse ele, mas elas não teriam ficado muito à vontade aqui, em Whitewater.

Aí está, pai, pensei eu, a aniquilação do seu olho de *connoisseur*.

Eu queria fazer algo pela sua mãe, entende, estava dizendo o Behrens. Ela estava doente, você sabe. Dei-lhe muito mais do que o valor de mercado — você não deve contar isso a ela, é claro. Ela queria se lançar em algum tipo de comércio, acho. Ele riu. Que mulher animada!, disse. Fez-se outro silêncio. Ele remexeu sua faca, entretido, aguardando. Percebi, com algum aturdimento, que ele devia ter pensado que eu vinha exigir a devolução da coleção. Depois, é claro, comecei a me perguntar se ele não teria, a despeito de suas asseverações, trapaceado no preço. O pensamento me estimulou imensamente. Ora, seu velho patife, pensei eu, rindo comigo mesmo, você é exatamente como todos nós. Olhei para o perfil de Anna levemente refletido na janela diante de mim. Ela não passava de uma coroa envelhecida, com suas rugas e cabelo tingido — Flynn provavelmente lhe dava um trato aproximadamente uma vez por mês, no meio-tempo entre lavar o carro com mangueira e levar o seu bigode ao barbeiro para dar uma aparada. Que se danem todos! Servi-me um copo transbordando de vinho e derramei um pouco na toalha de mesa, e fiquei feliz. Oh, a treva, a treva.

Eu esperava que me pedissem para pernoitar lá, mas, depois de beber nosso café, Anna pediu licença e voltou num minuto, dizendo que havia telefonado pedindo um táxi. Fiquei ofendido. Eu viajara todo esse caminho para vê-los e nem para me oferecerem uma cama. Seguiu-se um silêncio desagradável. À minha incitação, Behrens estivera falando sobre os pintores flamengos. Foi imaginação minha ou ele olhou para mim com um sorriso ardiloso ao perguntar se eu estivera na sala do jardim? Antes que eu percebesse que se referia ao salão dourado, ele já havia prosseguido. Sentado, a cabeça tremendo, a boca um pouco entreaberta, ele encarava tolamente a chama da vela. Levantou uma mão, como se estivesse prestes a falar novamente, mas deixou que ela caísse lentamente. As luzes de um carro fulguraram na janela e uma buzina soou. Behrens não se levantou. Foi muito bom vê-lo, murmurou ele, dando-me sua mão esquerda. Muito bom.

Anna caminhou comigo até a porta da frente. Senti que de alguma forma eu me havia feito de idiota, mas não conseguia conceber exatamente como. No corredor os nossos passos soaram muito intensos, uma algazarra confusa e levemente absurda. É a noite de folga do Flynn, disse Anna, senão eu pediria para ele te levar. Eu disse rigidamente que não havia problema. Estava me perguntando se podíamos ser as mesmas duas pessoas que haviam rolado com Daphne nus numa cama certa tarde quente de domingo, do outro lado do mundo, do outro lado do tempo. Como podia ter imaginado que eu a havia amado? O seu pai parece bem, disse eu. Ela deu de ombros. Oh, disse ela, ele está morrendo. À porta, não sei no que é que eu estava pensando, tateei em busca da mão dela e tentei lhe dar um beijo na boca. Ela recuou rapidamente, e eu quase caí para a frente. O táxi buzinou de novo. Anna!, disse eu, e então não consegui pensar em mais nada que acrescentar. Ela riu aridamente. Vá para casa, Freddie, disse ela, com um sorriso fenecido, e fechou a porta na minha cara lentamente.

Eu sabia quem estaria dirigindo o táxi, é claro. Não diga nada, eu disse a ele severamente, nem uma palavra! Ele me olhou pelo espelho retrovisor com um olhar pesaroso, acusativo, e nós nos arrastamos pelo acesso da entrada. Percebi que eu não tinha para onde ir.

Estamos em setembro. Estou aqui há dois meses agora. Parece mais do que isso. A árvore que consigo vislumbrar da janela da minha cela tem uma aparência enfadonha, empoeirada; em breve começará a dobrar-se. Ela treme, como se de expectativa; à noite imagino que posso ouvi-la, farfalhando animadamente no escuro lá fora. Os céus de manhã são esplêndidos, imensamente altos e desobstruídos. Gosto de observar as nuvens se formarem e se dispersarem. Um trabalho tão grande, delicado. Hoje tivemos um arco-íris, quando eu o vi ri alto, como se de uma piada maravilhosa, absurda. Uma vez por outra algumas pessoas passam debaixo da árvore. Deve ser um atalho, ir por aquele caminho. Às nove surgem as moças de escritório com cigarros e penteados bacanas, e, um pouco depois, as sonhadoras donas de casa arrastando sacolas de compras e bebês. Às quatro, toda tarde, um aluno de escola caminha por ali, carregando nas costas uma mochila enorme como uma corcova. Também os cães vêm, correndo muito rápido com um ar de determinação, param, oferecem à árvore uma rápida esguichada, vão-se embora. Outras vidas, outras vidas. Ultimamente, desde que a estação começou a mudar, todos parecem se mover, até mesmo o menino, com passada mais leve, suspensos, como se estivessem voando, de alguma forma, pelo vítreo ar azul outonal.

Nesta época do ano eu frequentemente sonho com o meu pai. É sempre o mesmo sonho, embora as circunstâncias variem. A pessoa no sonho é de fato o meu pai, mas não como eu sempre o conheci. Ele está mais jovem, mais robusto, ele está alegre, tem um senso de humor singular. Chego a um hospital, ou a alguma instituição igualmente grande, e, após muita procura e confusão, encontro-o sentado numa cama com uma caneca fumegante de chá na mão. Seu cabelo está puerilmente amarfanhado, está vestindo o pijama de outrem. Ele me recebe com um sorriso encabulado. Num impulso, porque estou afobado e estive muito preocupado, abraço-o ardentemente. Ele suporta essa inabitual demonstração de sentimento com equanimidade, dando tapinhas no meu ombro e rindo um pouquinho. Depois me sento numa cadeira ao lado da cama e ficamos por um momento em silêncio, sem saber muito bem o que fazer, ou para onde olhar. Tomo ciência de que ele sobreviveu a algo, a um acidente, a um naufrágio, a uma doença héctica. De certa forma foi a sua própria imprudência, a sua inconsequência (o meu pai, inconsequente!), que o pôs em perigo, e agora ele está se sentindo tolo e comicamente envergonhado de si. No sonho sempre sou eu o responsável por sua afortunada fuga, ao acionar o alarme, chamar a ambulância, sair com o bote salva-vidas, algo assim. A minha façanha se interpõe entre nós, enorme, intransigente, tal qual o amor em si, enfim a prova da verdadeira consideração de um filho. Eu acordo sorrindo, com o coração empapuçado de ternura. Costumava crer que no sonho era da morte que eu o resgatava, mas ultimamente eu comecei a pensar que, em vez disso, é a longa calamidade da sua vida que estou desfazendo com um só golpe. Agora talvez eu tenha outra tarefa similar para desempenhar. Pois me contaram hoje que minha mãe morreu.

Quando o táxi me levou até o povoado, o último ônibus que ia até a cidade já havia partido, conforme meu motorista, com prazer melancólico, assegurou-me que aconteceria. Permanecemos sentados na escurecida rua principal, ao lado de uma loja de ferragens, com o motor ronronando. O motorista virou-se em seu assento, levantando a boina para dar uma rápida coçadela com um dedo, e acomodou-se para ver o que eu faria em seguida. Mais uma vez fui abalado pela maneira como essas pessoas nos encaram, o estúpido e bruto candor de seu interesse. É melhor que eu lhe atribua um nome — será Reck, infelizmente* —, pois ainda ficarei um tempo com ele na minha cola. Ficaria feliz, disse, em ele próprio me levar até a cidade. Eu balancei a cabeça: isso dava umas boas trinta milhas, e eu já lhe devia dinheiro. De todo modo, disse ele, com um sorriso medonho, suplicante, a mãe dele poderia me dar abrigo — parecia que a senhora Reck administrava um bar com um quarto no andar de cima. A ideia não me agradou, mas a rua estava escura e sombriamente silenciosa, e havia algo de muito deprimente naquelas ferramentas na vitrine da loja, e sim, disse eu com fraqueza, com uma mão na testa, sim, leve-me até a sua mãe.

Mas ela não estava lá, estava adormecida ou algo assim, e ele próprio me conduziu escadas acima, andando na ponta dos pés como se fosse uma grande aranha trêmula. O quarto tinha uma janelinha baixa, uma cadeira, e uma cama com uma concavidade no meio, como se um cadáver tivesse sido recentemente removido

---

* "Infelizmente" porque *reck*, em inglês, é verbo correspondente a "prestar atenção a".

dela. Havia um cheiro de mijo e cerveja preta. Reck permaneceu parado sorrindo timidamente para mim, amassando a boina nas mãos. Desejei-lhe um firme boa-noite, e ele se retirou, com tardança. A última coisa que vi foi uma mão ossuda puxando lentamente a porta atrás de si. Andei de lá para cá precavidamente uma ou duas vezes, fazendo ranger os tacos do assoalho. Será que torci as mãos, eu me pergunto? A janela baixa e a cama caída deram-me uma vertiginosa sensação de desproporção, eu parecia alto demais, meus pés grandes demais. Sentei-me na beira da cama. Uma fraca claridade tardava-se na janela. Ao me inclinar de lado eu podia ver um tope de chaminé torto e a silhueta de algumas árvores. Senti-me como o herói macambúzio de um romance russo, meditando em seu esconso no andar de cima de uma taberna na aldeia de *, no ano de ****, com a minha história toda diante de mim, esperando para ser contada.

Eu não dormi. Os lençóis estavam pegajosos e de certa forma escorregadios, e me convenci de não ter sido o primeiro a ter me atirado e me remexido entre eles desde a última lavagem. Tentei me deitar, retesado feito uma mola, de tal maneira que a menor extensão possível de meu corpo entrasse em contato com eles. As horas eram assinaladas por um distante sino de igreja que soava uma nota peculiarmente aborrecida. Havia o costumeiro latir de cães e o mugir de gado. O som de meus próprios suspiros agitados me enfurecia. Uma vez por outra passava um carro ou uma camioneta, e uma caixa de geometria iluminada escorregava rapidamente sobre o telhado e descia pelas paredes até sumir em algum canto. Eu sentia uma sede colérica. Devaneios me assaltavam com visões grotescas e obscenas. Numa ocasião, a ponto de dormir, tive uma súbita, uma pavorosa sensação de estar em queda, e acordei dando um coice. Embora eu tentasse afastá-la da minha mente, eu continuava retornando a pensar em Anna Behrens. O que lhe teria acontecido para que se trancafiasse naquele museu lúgubre, tendo por companhia somente um velho moribundo? Mas talvez não tivesse acontecido nada, talvez fosse aquilo mesmo. Talvez os dias simplesmente se sucedessem, um após o outro, sem o menor ruído, até que por fim fosse tarde demais, e ela acordasse uma manhã e se descobrisse imobilizada no meio da sua vida. Imaginei-a lá, triste e solitária, enfeitiçada em seu castelo mágico, ano após ano, e — oh, toda sorte de ideias malucas me vieram à cabeça, fico muito constrangido de falar sobre elas. E enquanto eu pensava nessas coisas, outro pensamento, num outro registro mais obscuro, urdia mais e mais a sua trama. Foi portanto a partir de uma atrapalhada fusão de ideias de cavalaria errante e resgate e recompensa que se originou o meu plano. Eu lhe garanto, Vossa Excelência, que esta não é nenhuma ardilosa tentativa de absolvição: desejo apenas explicar os meus motivos, ou seja, os mais profundos, se é que tal coisa é possível. Conforme se passavam as horas e as estrelas fulguravam nas janelinhas e depois lentamente se apagavam de novo, Anna Behrens fundia-se em minha mente com as outras mulheres que de certa maneira estavam sob meu cuidado — Daphne, é claro, e até mesmo minha mãe, até a garota de estrebaria, também —, mas no fim, quando veio a alvorada, foi aquela figura flamenga da pintura na sala do jardim que pairou sobre a cama e olhou para mim, cética, inquiridora e calma. Eu me levantei e me vesti, e me sentei na cadeira ao pé da janela e observei a acinzentada luz do dia instalar-se sobre os telhados e imiscuir-se entre as árvores. Minha mente disparava, meu sangue borbulhava dentro das minhas veias. Eu agora sabia o que iria fazer. Estava excitado e ao mesmo tempo tinha uma profunda sensação de pavor. Agitos se davam no térreo. Eu queria sair, sair, ser e fazer. Principiei a deixar o quarto, mas me detive e me deitei na cama por um momento para me acalmar, e caí de imediato num profundo e terrível sono. Foi como se eu tivesse sido abatido. Não consigo descrever. Não durou mais que um ou dois minutos.

Acordei tremendo. Foi como se o próprio âmago das coisas tivesse saltado uma batida. Foi assim que o dia começou, e assim continuaria, em horrores.

A senhora Reck era alta e magra. Não, ela era baixa e gorda. Não me lembro dela claramente. Não desejo me lembrar dela claramente. Pelo amor de Deus, quantas dessas pessoas grotescas vocês esperam que eu invente? Eu a chamarei como testemunha, e vocês mesmos poderão fazer o serviço. A princípio julguei que ela estava com dores, mas era apenas uma timidez terrível, calada, que a fazia se abaixar e se esquivar. Serviu-me linguiças e fatias de toucinho e morcela no salão nos fundos do bar (quem dessa vez comeu um regalado café da manhã foi o carrasco). Um intrincado silêncio preencheu o recinto, pude ouvir a mim mesmo engolindo. Sombras pendiam das paredes como frondes de teia de aranha. Havia uma imagem de Jesus com seu coração gotejante à mostra, feita com espessas tonalidades de carmesim e creme, e uma fotografia de algum papa ou algo assim abençoando as multidões de uma sacada no Vaticano. Um sentimento de melancolia acomodou-se no meu peito como se fosse uma azia. Reck apareceu, com seus suspensórios e camisa de manga curta, e perguntou inibido se estava tudo bem. Formidável, disse eu energicamente, formidável! Ele permaneceu parado e olhou para mim, sorrindo ternamente, com uma espécie de feliz orgulho. Era como se eu fosse algum organismo que ele tivesse largado para se reproduzir do dia para a noite. Ah, essas vidas pobres e simples, e são tantas, pelas quais arrastei meu rastro de visgo! Ele não mencionara nem uma vez a grana que eu lhe devia — mesmo pelo fone ele pedira desculpa por não ter esperado por mim. Eu me levantei e passei raspando por ele na soleira. Preciso apenas dar uma espairecida, disse eu, tomar um ar. Eu podia sentir o meu sorriso horrível, como se fosse algo pegajoso que tivesse pingado no meu rosto. Ele assentiu com a cabeça, e uma pequena centelha de tristeza cruzou a sua testa e desceu o seu focinho de ovelha. Você sabia que eu ia dar um calote, não sabia? Por que não me impediu? Eu não entendo essa gente. Eu já disse isso antes. Eu não entendo.

O sol brilhava através de uma neblina atenuada. Ainda era inconcebivelmente cedo. Caminhei por um lado da rua principal e depois subi pelo outro, convulsionando com impaciência. Havia poucas pessoas por perto. De onde foi que tiraram a ideia de que a gente do interior é madrugadora? Passou um furgão, rebocando um trailer com um porco. No fim da rua havia uma ponte sobre um raso córrego marrom. Sentei-me no parapeito e observei a água por um tempo. Eu precisava fazer a barba. Pensei em voltar à casa dos Reck e tomar uma gilete emprestada dele, mas nem mesmo eu era tão rufião assim para tamanho descaramento. O dia já estava ficando quente. Comecei a sentir tontura ali no sol, observando a água torcer e gorgolejar lá embaixo. Dentro em pouco um homem grande, idoso, avizinhou-se e começou a abordar-me com seriedade. Usava sandálias e uma gabardina rasgada atirada sobre um dos ombros como se fosse um tartan de soldado irlandês, e carregava um cajado de freixo. Seu cabelo era comprido, a barba, emaranhada. Por algum motivo eu me peguei imaginando a sua cabeça sendo transportada sobraçada numa escudela. Ele falou calmamente, com uma voz alta, forte. Não entendi uma palavra do que ele disse — ele parecia ter perdido a faculdade da articulação —, contudo vi algo estranhamente comovente na maneira como ele ficou ali parado, escorado em seu cajado, com um joelho flexionado, os olhos fixos em mim, bradando seu testamento. Observei a sua boca trabalhar em meio ao matagal de sua barba e meneei a cabeça lentamente, seriamente. Os dementes não me assustam, tampouco me deixam desconfortável. Na verdade, penso que seus delírios me tranquilizam. Acho que isso se dá porque tudo, desde a explosão de uma estrela nova até a queda de uma partícula de pó num quarto deserto, tem para eles um vasto e igual significado, sendo tudo, portanto, inútil. Ele concluiu e continuou a reparar em mim em silêncio por um momento. Depois assentiu gravemente e, com uma última e significativa mirada, virou-se e foi-se embora, pela ponte.

Vossa Excelência, sei que eu mencionei ter um plano, mas se tratava de um plano apenas no sentido mais amplo. Eu nunca fui muito bom com detalhes. De noite, quando o ovo eclodiu e o plano flexionou pela primeira vez suas asas pegajosas e frágeis, eu tinha dito a mim mesmo que quando a manhã chegasse e a vida real começasse de novo, eu riria de uma ideia tão absurda. E ri, mesmo que de forma um tanto cismada, e acredito, realmente acredito, que se eu não tivesse sido detido naquele buraco, com nada além de meus próprios pensamentos sombrios para passar o tempo, nada disso teria acontecido. Eu teria procurado Charlie French e tomado algum dinheiro emprestado dele, e voltado à ilha e pagado a minha dívida com o Señor Aguirre, e então eu buscaria minha mulher e meu filho e viríamos para casa, em Coolgrange, para fazer as pazes com a minha mãe, e sossegar, e me tornar um fidalgote assim como o meu pai, e viver, e ser feliz. Ah —

O que eu dizia mesmo? Sobre o meu plano, sim. Vossa Senhoria, eu não sou nenhum crânio. Os jornais, que desde o começo ficaram bem fora de si — era estação de calhau na imprensa, afinal de contas, e minha história gloriosa lhes rendeu uma série de reportagens de verdade —, me retrataram tanto como um bandido inconsequente quanto como um meticuloso monstro loiro, frio como gelo, resoluto como ferro. Mas eu juro, tudo não passou de um rompante, como todo o resto. Suponho que a princípio eu tenha brincado com a ideia, narrando-a para mim mesmo como se fosse uma espécie de conto, conforme eu jazia lá, como um príncipe insone, na casa feita de doces da Mamãe Reck, enquanto as inocentes estrelas apinhavam silenciosamente a janela. De manhã me levantei e ergui a ideia de encontro à luz, e ela já tinha começado a endurecer, a se formar. Estranhamente, parecia o trabalho de outrem, que me fora dado para que eu medisse e testasse. Esse processo de distanciamento parece ter sido um preâmbulo essencial à ação. Talvez isso explique a sensação peculiar que me acometeu lá na ponte sobre o rio gorgolejante. É difícil descrever. Senti que eu era completamente diferente de mim mesmo. Ou seja, eu era perfeitamente familiar a este homem grande e alourado, com certo sobrepeso, sentado aqui com um terno amarrotado inquietamente revolvendo os polegares, mas ao mesmo tempo era como se eu — o eu real, raciocinante, senciente — estivesse de alguma forma preso dentro de um corpo que não era o meu. Mas não, não é exatamente isso. Pois a pessoa que estava dentro de mim também me era estranha, muito mais estranha, de fato, do que a criatura familiar, física. Não estou sendo claro, eu sei. Eu disse que aquele que me ia por dentro era estranho a *mim*, mas a que versão de *mim* eu me refiro? Não, não ficou nem um pouco claro. Mas não era uma sensação nova. Eu sempre me senti — como é mesmo a palavra? — bifurcado, é isso. Hoje, no entanto, esse sentimento era mais forte, mais pronunciado que de hábito. Bunter estava pressuroso, ansiando por sair. Ele ficara trancado por tanto tempo, burburinhando e resmungando e apoquentando lá dentro, e eu sabia que quando irrompesse ele por fim falaria e falaria e falaria. Eu me sentia tonto. A enxaqueca fazia minhas entranhas se crisparem. Eu me pergunto se a corte avalia em que estado estavam os meus nervos, não somente naquele dia, mas ao longo daquele período. Minha mulher e meu filho estavam sendo feitos reféns de pessoas perversas, eu estava praticamente falido, a pensão trimestral do espólio que meu pai me deixou não sobreviveria a mais dois meses, e aqui estava eu, após uma noite horripilante, de olhos injetados, barba por fazer, detido no meio do nada e contemplando medidas desesperadas. Como poderia eu não me sentir tonto, como poderia eu não me sentir enjoado até as tripas?

Por fim, senti o povoado atrás de mim entrando morosamente em atividade e caminhei de volta pela rua principal, ficando de olho para caso eu encontrasse um inoportuno Reck ou, pior, a mãe de Reck. A manhã estava ensolarada e quieta, orvalhada e um pouco atordoada, como se embriagada pelo próprio frescor. Havia nesgas de umidade nas calçadas. Faria um dia glorioso. Ah, sim, glorioso.

Eu não sabia, até achá-la, que eu estava à procura da loja de ferragens onde Reck parara o táxi na noite anterior. Meu braço se estendeu e empurrou a porta, um sino soou, minhas pernas me levaram até lá dentro.

Obscuridade, um cheiro de parafina e óleo de linhaça, e cachos de coisas pendendo acima de minha cabeça. Um homem baixo, robusto, ancião, careca, estava varrendo o chão. Usava chinelas e um jaleco cor de canela do tipo que eu não via desde que era criança. Ele sorriu e acenou para mim com a cabeça, e pôs de lado a vassoura. Ele não iria falar, no entanto — etiqueta profissional, sem dúvida —, antes de assumir seu posto atrás do balcão, debruçando-se apoiado nos braços com a cabeça jogada para um lado. Óculos com armação de metal, pensei eu, teriam completado o efeito. Gostei dele logo de cara. Bom dia para o senhor, disse ele numa voz que tinha ares de uma bem-disposta esfregada de mãos. Eu já me sentia melhor. Ele era educado na medida certa, sem subserviência indevida, ou qualquer indício de bisbilhotice. Comprei um novelo de barbante e um rolo de papel de embrulho pardo. Também uma mecha de corda — bobinada, recordo-me, em volta de um cilindro estreito, muito parecida a um nó de forca — de cânhamo macio, coisa boa, e não aquele tipo de produto moderno de plástico. Eu fazia pouca ideia do que pretendia fazer com aquelas coisas. A corda, por exemplo, foi pura indulgência. Eu não me importava. Fazia anos — décadas! — desde que eu experimentara um prazer tão simples, ganancioso. O lojista dispôs minhas compras adoravelmente diante de mim sobre o balcão, cantarolando baixinho, sorrindo, comprimindo os lábios em aprovação. Chegara a hora da diversão. Neste mundo de faz de conta eu poderia ter o que eu desejasse. Um serrote, por exemplo, com empunhadura de jacarandá. Um conjunto de atiçadores de bronze para lareira, com cabos torneados no formato de macacos agachados. Aquele balde branco esmaltado, com uma delicada sombra azul-hematoma descendo num dos lados. Oh, o que eu quisesse! Foi então que avistei o martelo. Um pedaço de aço inoxidável moldado, polido, como um osso da coxa de algum animal célere, com um cabo aveludado, negro, de borracha, e cabeça e orelha azuladas. Sou completamente desastrado, não acho que eu conseguiria bater um prego direito, mas confesso que sempre alimentei um desejo secreto de ter um martelo como aquele. Mais risadas na corte, é claro, mais irreverentes gargalhadas dos sabichões na galeria. Mas eu insisto, Vossa Excelência, bondosos consertadores do júri, insisto que era um desejo inocente, um anseio, uma cobiça, da criança carente dentro de mim — não Bunter, não ele, mas o verdadeiro, o perdido fantasma da minha meninice — em possuir esse maravilhoso brinquedo. Pela primeira vez o meu padrinho de mentirinha hesitou. Há outros modelos, arriscou ele, menos... (sussurro apressado, resfolegante)... menos caros, senhor. Mas não, não, eu não pude resistir. Eu precisava tê-lo. Aquele ali. Sim, esse daí, isso, com a etiqueta. Ou, em outras palavras, a Prova Número 1.

Saí tropeçando da loja com o meu pacote debaixo do braço, enturvado e sorrindo, feliz como um aluno de escola bêbado. O lojista veio até a porta para me observar partir. Ele trocara um aperto de mão comigo de uma maneira esquisita, críptica. Quem sabe ele fosse maçom e estivesse procurando saber se eu também era membro da irmandade? — mas não, prefiro pensar que ele era meramente um homem decente, gentil, bem-intencionado. Não há muitos como ele, neste meu depoimento.

Agora eu já sentia que conhecia o povoado. Sentia na verdade que já estivera aqui antes e até que já havia feito todas essas coisas antes, perambulado sem rumo de manhã cedinho, e me sentado na ponte, e entrado numa loja e comprado coisas. Não tenho nenhuma explicação: eu apenas sentia. Foi como se eu tivesse sonhado um sonho profético e depois o tivesse esquecido, e esta fosse a profecia se materializando. Mas pensando bem, algo daquela sensação de inevitabilidade contaminou tudo o que eu fiz naquele dia — inevitável, percebam, não significa justificável, em meu vocabulário. De fato não significa; uma forte mistura de sangues católico e calvinista percorre as minhas veias.

Ocorreu-me subitamente, com feliz trivialidade, que estávamos num dia de pleno verão.

Este é um país maravilhoso; um homem com um sotaque decente pode fazer praticamente qualquer coisa. Eu pensei estar rumando até a parada de ônibus, para verificar se havia algum ônibus até a cidade, mas em vez disso — mais inevitabilidade! — eu me vi do lado de fora de uma oficina caindo aos pedaços na praça do povoado. Um menino metido num imundo macacão de tamanho inúmeras vezes menor que ele estava erguendo pneus e assobiando desafinadamente com a boca meio de lado. Uma placa de estanho enferrujada pregada na parede acima de sua cabeça proclamava: *Melmoth's ar Hire*. O garoto se deteve e olhou para mim inexpressivamente. Ele parara de assobiar, mas conservava os lábios franzidos. Carro?, disse eu, apontando para a placa, para alugar, sim? Girei um volante invisível. Ele não disse nada, apenas franziu o cenho com profunda confusão, como se eu tivesse perguntado por algo completamente extraterrestre. Então uma mulher robusta, peituda, saiu da sala da contabilidade e falou com ele rispidamente. Trajava uma blusa carmesim e calças justas pretas e sandálias de salto alto, com os dedos à mostra. Seu cabelo, negro como a asa de um corvo, estava amontoado num formato de brioche, com aneizinhos caindo pelos lados. Ela me lembrou alguém, não consegui pensar em quem. Conduziu-me até a sala, onde, com um solavanco, espiei, em meio a uma aglomeração de cartões-postais espalhafatosos pregados na parede atrás de sua mesa, um panorama da ilha, e o porto, e o mesmo bar onde eu encontrara Randolph, o Americano, pela primeira vez. Foi enervante, um presságio, talvez até mesmo um aviso. A mulher me estudava de alto a baixo com uma espécie de suspeição abrasadora. Com mais um choque eu percebi quem era que ela me lembrava: a mãe do bebê vagindo no apartamento do Señor Aguirre.

O carro era um Humber, um modelo grande, pesado, alto, não sendo velho o bastante para ser o que chamavam de vintage, mas apenas desesperadamente fora de moda. Parecia ter sido construído para uma era mais simples, mais inocente que esta, uma época habitada por uma espécie de crianças grandes. O estofamento tinha um cheiro levemente fecal. Sedado, dirigi pelo povoado em terceira marcha, encarapitado acima da estrada como se eu estivesse sendo transportado num palanquim. O motor fez um ruído semelhante ao de aplausos abafados. Eu pagara uma garantia de cinco libras e assinara um documento sob o sobrenome Smyth (pensei que o *y* daria um toque diabolicamente esperto). A mulher nem mesmo pedira para ver minha carteira de habilitação. Como eu disse, este é um país maravilhoso. Senti-me extraordinariamente despreocupado.

Por falar em passeios: fui hoje ao funeral de minha mãe. Três homens em roupas comuns me levaram num carro fechado, fiquei muito impressionado. Aceleramos pela cidade com a sirene zurrando, foi como viver a minha detenção mais uma vez, mas ao avesso. Uma manhã adorável, ensolarada, revigorante, uma pálida fumaça no ar, umas poucas folhas já caídas nas calçadas. Eu sentia uma mistura tão estranha de emoções — uma certa crueza, é claro, uma certa dor, mas enlevo, também, e algo como um pesar que, no entanto, tinha lá sua doçura. Eu me afligia não apenas por mim mãe, talvez nem mesmo por ela, mas pelas coisas em geral. Talvez se tratasse somente da habitual melancolia de setembro, dissimulada pelas circunstâncias. Rodamos sobre o rio sob um céu muito amontoado de feixes de luminosas nuvens flamengas, depois nos dirigimos ao sul por entre subúrbios frondosos. O mar me surpreendeu, como sempre faz; uma tigela de metal azul em movimento, a luz ascendendo em flocos acima da superfície. Todos os três detetives eram fumantes inveterados, e a isso se lançavam sombriamente, como se fumar fosse parte de seus deveres. Um deles me ofereceu um cigarro. Não é um dos meus vícios, disse eu, e eles riram educadamente. Pareciam constrangidos e ficavam olhando cautelosamente pelas janelas, como se tivessem sido obrigados a sair em passeio com um parente famoso e desonroso e temessem ser avistados por alguém que conheciam. Agora entrávamos no interior, e ainda havia bruma nos campos, e as sebes estavam encharcadas. Ela foi enterrada no jazigo da família no velho cemitério de Coolgrange. Não fui autorizado a deixar o carro, nem mesmo a abrir uma janela. Secretamente eu fiquei contente, pois de certo modo não consegui me conceber saindo subitamente desse jeito, pisando no mundo. O motorista estacionou o mais próximo possível do túmulo, e eu permaneci sentado em meio a uma cerração de fumaça de cigarro e observei aquele breve e repisado dramalhão se desdobrar além do vidro enevoado, entre as lápides inclinadas. Havia poucos enlutados: uma ou duas tias, e um velho que havia alguns anos trabalhara para o meu pai nos estábulos. A menina Joanne estava lá, é claro, de olhos injetados, com o seu pobre rosto borrado e inchado, trajando um pulôver enrugado e uma saia torta. Charlie French estava um pouco à parte dos outros, com as mãos desajeitadamente enganchadas. Fiquei surpreso de vê-lo. Que decente de sua parte vir até aqui, e corajoso, também. Nem ele nem a menina olharam na minha direção, embora devam ter sentido a pressão de minha mirada úmida. O caixão parecia-me surpreendentemente pequeno, eles o baixaram à terra com muito espaço de folga. Pobre mãe. Não posso crer que ela se foi, quero dizer, essa realidade ainda não assimilei. É como se, de certo modo, minha mãe tivesse sido acondicionada em outro local para abrir espaço para algo mais importante. É claro, não me foge a ironia da situação: se eu apenas tivesse esperado alguns meses, não teria havido necessidade alguma de... — mas não, chega disso. Eles irão ler o testamento sem a minha presença, o que é muito justo. Da última vez que a vi, briguei com ela. Foi o dia em que parti para Whitewater. Ela não me visitou na prisão. Eu não a culpo. Nunca nem levei a criança para vê-la. Ela não era tão dura quanto eu imaginava. Teria eu destruído a vida dela também? Todas essas mulheres mortas.

Quando a cerimônia terminou, Charlie passou caminhando pelo carro com a cabeça baixa. Pareceu hesitar, mas mudou de ideia e prosseguiu. Acho que ele teria falado comigo não fosse a presença dos detetives, e as minhas tias afoitas atrás dele, e, oh, a fealdade geral de todas as coisas.

ENTÃO LÁ ESTOU EU DIRIGINDO POVOADO AFORA, no Humber Hawk, com um sorriso tolo no rosto. Eu sentia, por nenhuma razão aparente, que estava fugindo de todos os meus problemas, eu os imaginava diminuindo no espaço e no tempo assim como o próprio povoado, uma pitoresca barafunda de coisas ficando gradativamente menores. Se eu tivesse parado por um momento para pensar, é claro, eu teria percebido que o que eu estava deixando para trás não eram os meus problemas emaranhados, como eu ingenuamente imaginava, mas, pelo contrário, uma massa de evidências, óbvia e inconfundível assim como uma amostra de cabelo embaraçado e sangue. Eu escapulira da Mãe Reck sem pagar pela minha hospedagem, comprara um equipamento de assaltante na loja do povoado e agora tinha igualmente roubado um carro — e isso distante nem cinco milhas do lugar que em breve ficaria conhecido como a cena do crime. A corte há de convir, esses sinais passam longe de indicar uma cuidadosa premeditação. (Por que será que todas as outras coisas que eu disse soam como um ardiloso preâmbulo para fazer uma alegação de atenuação?) O fato é que eu absolutamente não estava pensando, pelo menos não o que poderia ser realmente chamado de pensamento. Eu estava contente por poder viajar em meio a sol e sombra por essas estradas vicinais mosqueadas, uma mão no volante e um cotovelo para fora da janela, com os perfumes do campo nas minhas narinas e a brisa a açoitar o meu cabelo. Tudo ficaria bem, tudo iria se resolver. Eu não sei por que eu me sentia tão enlevado, talvez se tratasse de uma espécie de delírio. De todo modo, eu dizia a mim mesmo que isso não passava de um jogo estouvado que eu estava jogando, e podia cancelá-lo quando quisesse.

Entretempo, lá estava Whitewater, sobressaindo acima das árvores.

Um ônibus de excursão vazio estava estacionado no portão. A porta do motorista estava aberta, e o motorista estava se espreguiçando na escada do veículo, tomando um banho de sol. Ele me acompanhou com o olhar quando passei rodando por ele pelo acesso da entrada. Acenei-lhe. Ele usava óculos coloridos. Ele não sorriu. Ele se lembraria de mim.

Mais tarde a polícia não conseguiria entender por que eu mostrara tão pouca circunspeção, dirigindo tão descaradamente, em plena luz do dia, num automóvel colorido tão inconfundível. Mas vejam só, eu acreditava que o assunto ficaria inteiramente entre Behrens e mim, tendo talvez Anna como intermediária. Nunca imaginei que haveria algo tão vulgar quanto uma investigação policial, e manchetes nos jornais, e todo o resto. Uma simples transação comercial entre pessoas civilizadas era o que eu pretendia. Eu seria educado mas firme, não mais do que isso. Não estava pensando em termos de ameaças e exigências de resgate, é certo que não. Quando depois eu li o que esses repórteres escreveram — Caçada Humana em Pleno Verão, foi como denominaram —, não consegui me reconhecer em sua descrição de mim como um caráter acerado e impiedoso. Impiedoso — eu! Não, enquanto eu rumava até Whitewater não era na polícia que eu pensava, mas apenas no chofer Flynn, com seus olhinhos suínos e suas patas carnudas de boxeador. Sim, Flynn era um homem a ser evitado.

No meio da subida havia

Meu Deus, esses detalhes entediantes.

No meio da subida havia uma forquilha na entrada. Nela, uma flecha de madeira onde se lia casa em tinta branca apontava para a direita, enquanto para a esquerda uma placa dizia estritamente privativo. Parei o carro. Imaginem-me ali, um rosto enorme e embaçado atrás do para-brisa espreitando ora para um lado, ora para outro. É como a ilustração de um folheto de advertência: o pecador hesita diante da bifurcação de caminhos. Guinei para a esquerda, e meu coração deu um tranco apreensivo. Admirai: o miserável renuncia ao caminho da retidão.

Contornei a ala sul da casa e estacionei na grama, e caminhei pelo gramado até a sala do jardim. A janela francesa estava aberta. Respiração profunda. Ainda não era meio-dia. Remotamente nos campos um trator trabalhava em algum lugar, fazendo um som modorrento, esfuziante, que parecia a própria voz do verão, eu ainda a ouço, aquela canção miúda, distante, pré-lapsariana. Eu deixara a corda e o martelo no carro, e trouxera comigo o barbante e o rolo de papel de embrulho. Subitamente me ocorreu quão absurdo era tudo aquilo. Comecei a rir, e rindo subi até o quarto.

O quadro chama-se, como todos já devem saber a essa altura, *Retrato de uma mulher com luvas*. Mede oitenta e dois centímetros por sessenta e cinco. A julgar pelas evidências internas — particularmente a vestimenta da mulher —, é datado entre 1655 e 1660. O vestido preto, a ampla gola branca e os punhos da roupa da mulher são iluminados apenas por um broche e pela ornamentação dourada das luvas. Seu rosto tem uma leve gradação oriental. (Estou parafraseando o guia de Whitewater House.) A pintura foi alternadamente atribuída a Rembrandt e Frans Hals, até mesmo a Vermeer. No entanto, é mais seguro considerá-la obra de um mestre anônimo.

Nada disso tem importância alguma.

Já estive diante de outras pinturas talvez até melhores, mas não fiquei comovido tanto quanto fiquei por esta. Tenho uma reprodução dela na parede aqui em cima da minha mesa — que me foi enviada, dentre todas as pessoas, por Anna Behrens —; quando olho para ela, o meu coração convulsiona. Há alguma coisa na maneira como a mulher me fita, a lamuriante e muda insistência de seus olhos, a qual não consigo nem evitar nem amenizar. Eu me contorço à investida de seu olhar. Ela de mim exige grande empenho, alguma tremenda proeza de escrutínio e atenção, da qual não creio ser capaz. É como se ela estivesse me pedindo que lhe permita viver.

Ela. Ela não existe, é claro. Existe apenas uma organização de formas e cores. Contudo eu tento inventar-lhe uma vida. Ela tem, eu diria, trinta e cinco, trinta e seis anos, embora, sem pensar, as pessoas ainda falem dela como se fosse uma garota. Mora com o pai, o mercador (tabaco, especiarias e, em segredo, escravos). Cuida da casa para ele desde a morte da mãe. Ela não gostava da mãe. O pai é louco por ela, seu único rebento. É, proclama ele, o seu tesouro. Ela inventa cardápios — papai tem estômago delicado —, inspeciona a cozinha, supervisiona até mesmo a adega. Mantém um inventário das roupas de cama da casa numa cadernetinha que leva presa ao cinto por uma bela corrente de ouro, usando um código de invenção própria, pois nunca aprendeu a ler ou escrever. É rigorosa com os criados e não permite intimidades. A antipatia deles ela encara como respeito. A casa não basta para absorver as suas energias, ela faz boas ações também: visita os doentes e participa do conselho de visitantes do abrigo de pobres da cidade. É ativa, às vezes impaciente, e contra ela correm murmúrios entre a gente do abrigo, especialmente entre as mulheres velhas. Às vezes, geralmente na primavera e no começo do inverno, isso tudo se torna muita carga para ela. Percebam o palor pegajoso de sua pele: ela é presa de obscuras moléstias. Fica de cama e jaz por dias sem falar, respirando mal, enquanto lá fora, na prateada luz setentrional, o mundo segue seu atarefado curso. Ela tenta rezar, mas Deus está distante. Seu pai vem visitá-la de noite, caminhando na ponta dos pés. Esses períodos de prostração o assustam, ele se recorda da mulher morrendo, do seu terrível silêncio durante as últimas semanas. Caso viesse a perder também a filha... Mas ela se levanta, dispõe-se a tal, e muito em breve os criados tornam a sentir o gume da sua língua, e ele não consegue conter seu alívio, que lhe sai em forma de risadinhas, carinhos marotos, uma espécie de assustadiço desajeito. Ela o olha sarcasticamente, depois volta a seus afazeres. Ela não consegue entender essa ideia que ele meteu na cabeça: quer encomendar um retrato dela. Eu estou velho, é tudo o que ele irá dizer a ela, eu sou um homem velho, olhe para mim! E ele ri, desajeitadamente, e evita o seu olhar. O meu retrato?, diz ela, o meu? — eu não sou tema adequado para um pintor. Ele dá de ombros, diante do que ela fica primeiro sobressaltada, depois sombriamente entretida: ele poderia pelo menos ter tentado contradizê-la. Ele parece perceber o que lhe vai pela cabeça, e tenta retratar-se, mas fica afobado, e ela, ao vê-lo mexer e agitar e sacudir os punhos da camisa, compreende, com uma pontada, que é verdade, que ele envelheceu. O seu pai: um homem velho. O pensamento tem um quê de comédia sombria, pelo qual ela não pode ser responsabilizada. Você tem mãos delicadas, diz ele, ficando irritado, aborrecido tanto consigo quanto com ela, as mesmas mãos da sua mãe — vamos lhe pedir que pinte as mãos bem proeminentes. E assim, para satisfazê-lo, mas também porque ela está secretamente curiosa, certa manhã ela vai até o estúdio. A esqualidez é o que a abala sobretudo. Sujeira e camadas de tintas por toda a parte, ossos de frango roídos sobre um prato lambuzado, a um canto um penico no chão. O pintor combina com o lugar, com aquela bata imunda e aquelas unhas. Tem o nariz amassado e esburacado dos beberrões. Ela acha que o cheiro do lugar em geral é ruim, até captar um sopro do seu hálito. Descobre que está aliviada: esperara alguém jovem, devasso, ameaçador, não esse velho bebum barrigudo. Mas então ele fixa seus olhinhos umedecidos nela, brevemente, com uma espécie de intensidade impessoal, e ela vacila, como se capturada numa explosão de forte luz. Ninguém jamais havia olhado para ela desse jeito. Ser notada: então é assim que ocorre! Chega a ser indecente. Primeiro ele a posiciona de pé à janela, mas isto não lhe convém, a luz está errada, diz ele. Ele a desloca, agarrando-a pelos braços e recuando-a de costas de um lugar para outro. Ela sente que deveria estar indignada, mas as reações habituais não parecem funcionar aqui. Ele é uma cabeça mais baixo do que ela. Faz alguns esboços, rabisca um ou outro tom colorido, depois lhe diz para voltar no dia seguinte no mesmo horário. E com um vestido mais escuro, diz ele. Ora! Ela está prestes a ralhar com ele, mas ele já se virou para o outro lado para se lançar a outra tarefa. A criada dela, sentada à porta, morde os lábios e sorri afetadamente. Ela deixa o dia seguinte passar, e o próximo, só para que ele veja quem é que manda. Quando ela enfim retorna, ele não diz nada sobre o compromisso desfeito, apenas olha para o seu vestido preto — de seda pura, com uma ampla gola de renda espanhola — e meneia a cabeça descuidadamente, e ela fica tão vexada dele que isso a surpreende, e ela fica chocada consigo. Ele a conduz até a frente do sofá. Tire as luvas, diz ele, devo enfatizar as mãos. Ela ouve uma nota de divertido desdém em sua voz. Nega-se. (As mãos, afinal, são *dela*!) Ele insiste. Partem para uma breve, rígida e pequena disputa, empurrando um para o outro uma gélida polidez. Ao fim, ela consente em tirar uma das luvas, depois prontamente tenta ocultar a mão que desnudou. Ele suspira, encolhe os ombros, mas acaba suprimindo um sorriso, quando ela repara. A chuva corre janelas abaixo, filetes de fumaça ascendem telhados acima. O céu tem um enorme buraco prateado no meio. A princípio ela fica inquieta, ali de pé, depois parece cruzar silenciosamente alguma barreira, e lhe acomete uma calma onírica. Dá-se o mesmo, dia após dia, primeiro há a agitação, depois o avanço, depois silêncio e uma espécie de suavidade, como se ela estivesse flutuando para mais e mais longe, para fora de si. Ele murmura baixinho conforme trabalha. É colérico, xinga e estala a língua, imitando suspiros e gemidos. Testemunham-se longos e febris momentos quando ele trabalha muito próximo da tela, e ela consegue ver apenas suas pernas atarracadas e suas botas velhas, deformadas. Até mesmo seus pés parecem atarefados. Ela tem vontade de rir quando ele põe a cabeça para fora de um dos lados do cavalete e a espreita penetrantemente, retorcendo o seu nariz batatudo. Ele não a deixa ver o que ele está fazendo, não lhe é permitida nem uma espiadela. Então um dia ela sente uma espécie de estampido mudo, terminante, vindo do lado dele no aposento, e ele recua um passo com uma expressão de penoso desgosto e gesticula uma mão à tela como que a descartando, e vira-se de lado para limpar o pincel. Ela avança e observa. Por um segundo ela não vê nada, tão tomada que está por esta reles sensação de parar desse jeito e virar-se: é como se — como se de alguma forma ela tivesse caminhado para fora de si mesma. Um longo momento se passa. O broche, diz ela, está muito bem-feito. O som da própria voz a sobressalta, é um estranho quem fala, e ela se intimida. Ele ri, não amargamente, mas com genuíno prazer e, assim sente ela, uma curiosa espécie de simpatia. É um reconhecimento, um reconhecimento de — ela não sabe do quê. Ela observa e observa. Ela esperara que fosse como olhar num espelho, mas esta é alguém que ela não identifica, contudo conhece. As palavras vêm-lhe espontaneamente à cabeça: Agora eu sei como morrer. Ela calça a luva e acena para a criada. O pintor está atrás dela falando algo sobre o pai dela, e sobre dinheiro, é claro, mas ela não está ouvindo. Está calma. Está feliz. Sente-se entorpecida, esvaziada, uma concha ambulante. Desce as escadas, através do lúgubre corredor, e sai num mundo banal.

Não se enganem: também nada disso tem importância alguma.

Eu pusera cuidadosamente o barbante e o papel de embrulho no chão, e agora caminhava adiante com os meus braços estendidos. A porta atrás de mim abriu-se e uma grande mulher numa saia de tweed e cardigã entrou na sala. Ela estacou ao me ver ali, com meus braços atirados perante o quadro e espreitando-a loucamente por sobre o meu ombro, enquanto eu tentava com um pé ocultar o papel e a bola de barbante no chão. Tinha cabelo cinza-azulado, e seus óculos estavam presos a um cordão em redor do seu pescoço. Franziu o cenho. Você deveria estar com o grupo, disse ela em voz alta, com um tom contrariado — realmente, eu não sei quantas vezes eu preciso dizer isso. Eu recuei. Uma dúzia de pessoas vestidas espalhafatosamente se aglomerava atrás dela na soleira, espichando a cabeça para dar uma olhada em mim. Desculpe, eu me peguei falando mansamente, eu me perdi. Ela deu um impaciente meneio de cabeça e galgou até o meio da sala, e de imediato principiou a falar numa lengalenga gritada sobre mesas Carlin e relógios Berthoud, e semanas depois, interrogada pela polícia e diante de uma fotografia minha, ela negaria já ter algum dia me visto na vida. Seus seguidores azafamaram dentro da sala, empurrando-se sub-repticiamente num empenho para ficarem fora da linha de visão dela. Assumiram suas posições, parados com as mãos engatadas à frente, como se estivessem numa igreja, e olharam à sua volta com expressões de respeitosa vaguidão. Um velho partícipe grisalho com camisa havaiana sorriu para mim e piscou. Eu confesso que estava aflito. Havia um nó na boca do meu estômago e as palmas das minhas mãos estavam úmidas. Todo o enlevo que eu sentira no caminho para cá havia evaporado, deixando em seu rastro uma sensação extremamente aziaga. Fui atingido, pela primeira vez, de fato, pela enormidade daquilo em que eu embarcara. Senti-me como uma criança cuja brincadeira a conduzira muito longe dentro da floresta, e agora escureceu, e há figuras ensombradas entre as árvores. A guia terminara a sua descrição dos tesouros que havia na sala — o quadro, o meu quadro, mereceu duas frases, e uma incorreção — e agora fora embora com um braço erguido rigidamente sobre a cabeça, ainda a falar, pastoreando o grupo atrás dela. Ao saírem eu aguardei, encarando fixamente a maçaneta da porta, esperando que ela voltasse e me tirasse dali pelo cangote. Em algum lugar dentro de mim uma voz se queixava suavemente, em pânico e susto. Isto é algo que não parece ser apreciado — já o observei anteriormente — digo, como sou timorato, como sou facilmente atemorizado! Mas ela não retornou, e ouvi-os marchar escadas acima. Pus-me febrilmente ao trabalho de novo. Consigo ver-me como um vilão numa velha motocicleta de três rodas, todo espasmos e caretas e sobrancelhas ondulantes. Tirei o quadro da parede, não sem alguma dificuldade, e o pousei horizontalmente no chão — recuando daquele olhar negro — e comecei a rasgar pedaços do papel de embrulho. Eu jamais teria imaginado que um papel pudesse fazer tamanho ruído, tanto estrebuchar e estrepitar e dilacerar; deve ter soado como se algum enorme animal estivesse sendo esfolado vivo aqui dentro. E de nada servia, minhas mãos tremiam, só me restavam os polegares, e as folhas de papel ficavam se enrolando nelas mesmas, e eu não tinha nada com que cortar o barbante, e de qualquer forma o quadro, com sua moldura grossa, pesada, era grande demais para ser embrulhado. De joelhos eu corricava em redor, falando comigo mesmo e soltando chiadinhos de aflição. Tudo estava dando errado. Desista, eu disse a mim mesmo, oh, por favor, por favor, desista agora mesmo, enquanto ainda é tempo! Mas uma outra parte de mim rangia os dentes e dizia, não ouse, seu covarde, levante-se, ponha-se de pé, vamos. Então eu a custo me levantei, gemendo e choramingando, e agarrei o quadro nos braços e cambaleei cegamente com ele, nariz com nariz, rumo à janela francesa. Aqueles olhos estavam encarando os meus, eu quase corei. E então — como devo dizê-lo? —, então de alguma forma eu pressenti, atrás daquele olhar, uma outra presença, a me observar. Eu parei e baixei o quadro, e lá estava ela, de pé à janela francesa, tal como estivera no dia anterior, de olhos arregalados, com uma mão levantada. Isso, recordo-me de ter pensado com amargura, isso é o fim da picada. Eu estava ultrajado. Como ousava o mundo espargir esses obstáculos em meu caminho? Não era justo, simplesmente não era justo! Certo, eu disse a ela, aqui, pegue isto, e meti o quadro nos seus braços e a girei e a empurrei à minha frente pelo gramado. Ela não disse nada, e se disse, eu não estava ouvindo. Ela achou difícil caminhar na grama, o quadro era-lhe pesado demais, e mal podia ver ao seu redor. Quando ela titubeou, eu a cutuquei entre as espáduas. Eu realmente estava muito contrariado. Alcançamos o carro. O cavernoso porta-malas cheirava fortemente a peixe. Havia a costumeira barafunda de implementos misteriosos, um macaco, uma chave inglesa, entre outros — eu não sou mecanicamente treinado, ou apto, já mencionei isso? —, e um imundo pulôver velho, que eu mal percebera no momento, jogado num canto com enganosa casualidade pelo oculto arranjador de todas essas coisas. Tirei as ferramentas e as joguei atrás de mim na grama, depois ergui o quadro dos braços da criada e o pus com a pintura para baixo sobre o desgastado tapete de feltro. Esta era a primeira vez em que eu via o verso da tela, e subitamente fui abalado pela antiguidade da coisa. Trezentos anos atrás ela tinha sido esticada e engomada e escorada numa parede caiada para secar. Fechei meus olhos por um segundo, e de pronto consegui ver uma oficina numa estreita rua de Amsterdã ou da Antuérpia, uma luz solar fumarenta na janela, e mascates perambulando lá fora, e os sinos da catedral badalando. A criada estava me observando. Ela tinha uns olhos extraordinários, lívidos e violeta, pareciam transparentes, quando olhei dentro deles senti que estava olhando claramente através de sua cabeça. Por que é que ela não correu? Atrás dela, numa das grandes janelas do andar superior, apinhava-se uma dúzia de cabeças, a nos fitar. Pude divisar os óculos da mulher-guia e a espantosa camisa do americano. Acho que devo ter gritado com enorme fúria, como um leão velho rugindo diante do chicote e da banqueta, pois a criada vacilou e recuou um passo. Peguei-lhe o pulso com uma garra de ferro e, escancarando a porta do carro, praticamente a arremessei no banco traseiro. Oh, por que é que ela não correu? Quando me pus atrás do volante, escarafunchando e rosnando, captei o aroma de alguma coisa, um cheiro esvaído, penetrante, metálico, como o cheiro de moedas gastas. Eu podia vê-la pelo espelho, agachada atrás de mim como se dentro de uma funda caixa de vidro, escorada entre a porta e o encosto do banco, com os cotovelos apontados para a frente e os dedos espalmados e o rosto projetado, como a encurralada heroína de um melodrama. Um feroz, um sufocante travo de impaciência brotou dentro de mim. Impaciência, sim, era isso que eu sentia mais intensamente — isso e uma atroz sensação de constrangimento. Eu estava mortificado. Nunca ficara tão exposto em toda a minha vida. As pessoas olhavam para mim — ela no banco traseiro, e os turistas lá em cima acotovelando-se na janela, mas também, pareceu-me, uma profusão de outras pessoas, de espectadores fantasmas, que devem ter sido, suponho eu, uma intimação de toda aquela horda que em breve estaria se aglomerando ao meu redor em fascínio e horror. Dei a partida no motor. As marchas rangeram. Em minha agitação eu continuava a me precipitar e tinha que voltar e repetir as mais simples ações. Quando consegui sair com o carro da grama e subir no acesso da entrada, soltei a embreagem rápido demais, e o automóvel avançou quicando com uma sequência de solavancos de sacudir os ossos, a capota subindo e descendo como a proa de um barco pego numa arrebentação e os amortecedores gemendo. Os observadores na janela deviam estar às gargalhas nessa altura. Uma gota de suor correu pela minha bochecha. O sol deixara o volante quente demais ao toque, e havia uma claridade cegante no para-brisa. A criada raspava a maçaneta da porta, eu vociferei para ela e ela parou de imediato, e olhou para mim com olhos arregalados, como uma criança repreendida. Fora do portão, o motorista de ônibus ainda estava sentado ao sol. Quando ela o viu, tentou abrir a janela, mas em vão, o mecanismo devia estar quebrado. Ela esmurrou o vidro com os punhos. Girei o volante e o carro arrastou-se até a estrada, os pneus guinchando. Agora estávamos gritando um com o outro, como um casal brigando. Ela socou o meu ombro, enfiou uma mão na frente da minha cara e tentou arranhar os meus olhos. O seu dedão entrou no meu nariz, achei que ela arrancaria minha narina fora. O carro ia desordenado por toda a estrada. Calquei ambos os pés no pedal do freio, e fizemos uma curva lenta, arrastada, até bater na sebe. Ela se recostou. Virei-me para ela. Eu estava com o martelo na mão. Olhei para ele, sobressaltado. O silêncio subiu à nossa volta, feito água. Não, disse ela. Estava agachada, como antes, com os braços dobrados e as costas apoiadas no canto. Eu não conseguia falar, estava repleto de algum tipo de espanto. Nunca sentira a presença de outra pessoa tão imediatamente, e com força tão bruta. Eu a via agora, realmente a via, pela primeira vez, o seu cabelo cor de rato e a sua pele ruim, aquela aparência contundida ao redor dos seus olhos. Ela era bastante ordinária, mas mesmo assim, de alguma forma, não sei — era um tanto radiante. Ela limpou a garganta e empertigou-se, e desvencilhou uma mecha de cabelo que ficara presa no canto da boca.

Deixe eu ir, disse ela, senão você ficará em apuros.

Não é fácil manejar um martelo num automóvel. Quando eu a golpeei pela primeira vez, esperei sentir o estalo certeiro, límpido, do aço no osso, mas foi mais como acertar argila, ou massa de vidraceiro endurecida. A palavra *moleira* brotou na minha mente. Achei que uma boa pancada bastaria, mas, como a autópsia mostraria, ela tinha um crânio notavelmente forte — até mesmo nesse aspecto, vejam, ela teve azar. O primeiro golpe atingiu justamente na linha do cabelo, acima do olho esquerdo. Não houve muito sangue, apenas um brilhante amassado vermelho-escuro com cabelo embaraçado. Ela estremeceu, mas permaneceu sentada ereta, oscilando um pouquinho, olhando para mim com olhos que não conseguiam devidamente focalizar. Talvez eu tivesse parado por ora, não fosse ela subitamente ter se lançado contra mim do banco traseiro, debatendo-se e esgoelando-se. Fiquei consternado. Como é que isso poderia estar acontecendo comigo — era tudo tão *injusto*. Lágrimas amargas de autopiedade se espremeram em meus olhos. Eu a afastei para longe e rodei o martelo num amplo voleio de revés. A força do golpe atirou-a contra a porta, e sua cabeça atingiu o vidro, e um tênue filete de sangue escorreu-lhe da narina passando pela bochecha. Havia sangue na janela; também, um borrifo de gotinhas, em forma de leque. Ela fechou os olhos e desviou o rosto de mim, emitindo um ruído baixo e gutural com o fundo da garganta. Ela levou uma mão à cabeça justamente quando eu estava a golpeá-la de novo, e quando a batida pousou em sua têmpora, seus dedos estavam no caminho, e eu ouvi um deles se quebrar, e eu contraí o meu rosto, e quase pedi desculpa. Oh!, disse ela, e subitamente, como se tudo dentro dela tivesse desmoronado, deslizou assento abaixo até o assoalho.

Fez-se silêncio de novo, um silêncio límpido e aterrador. Saí do carro e quedei um momento, respirando. Estava tonto. Algo parecia ter acontecido com a luz solar; para toda a parte que eu olhasse havia um brilho subaquático. Eu pensei ter dirigido apenas um trechinho e esperara ver os portões de Whitewater, e o ônibus de excursão, e o motorista correndo na minha direção, mas para o meu aturdimento a estrada estava vazia em ambos os sentidos, e eu não fazia ideia de onde me encontrava. De um lado uma colina subia íngreme, e de outro eu podia ver acima dos cimos de pinheiros em remotos e espraiados declives. Tudo parecia distintamente improvável. Era como um pano de fundo pintado apressadamente, especialmente aquela distância borrada, tremeluzente, e a estrada que sumia serpeando inocentemente. Descobri que eu ainda estava segurando o martelo. Com um grande voleio de braço eu o arremessei para longe, e observei-o voar, quicando lentamente de borco, perfazendo um longo e eletrizante arco, longe, muito longe, depois dos azulados cimos dos pinheiros. Então abruptamente eu me curvei para a frente e vomitei os glutinosos restos do café da manhã que tomara fazia um século, em outra vida.

Rastejei de volta ao carro, mantendo os olhos afastados daquela coisa amarrotada que estava entalada atrás do banco do motorista. A luz que entrava pelo para-brisa era de uma claridade estilhaçada, por um segundo pensei que o vidro estivesse trincado, até que levei uma mão ao rosto e descobri que eu estava chorando. Esse fato eu achei alentador. Minhas lágrimas pareciam ser não somente um prenúncio de remorso, mas também o sinal de um ímpeto mais comum, mais simples, uma afecção para a qual não há nome, mas que poderia ser o meu último vínculo, o único que se sustentaria, com o mundo das coisas ordinárias. Pois tudo havia mudado, onde eu agora estava eu nunca havia estado antes. Tremi, e tudo à minha volta tremeu, e havia uma sensação modorrenta, pegajosa nas coisas, como se eu e tudo aquilo ali — carro, estradas, árvores, aqueles prados distantes —, como se todos nós tivéssemos há apenas um instante lutado mudos e maravilhados para vir à tona através de um nascedouro. Girei a chave na ignição, preparando-me, convicto de que, em vez de o motor ligar, alguma outra coisa aconteceria, de que se seguiria um barulho terrível e cruciante, ou um clarão de luz, ou que aquele visgo iria borbotar sobre as minhas pernas saindo de baixo do painel. Conduzi em segunda marcha pelo meio da estrada. Cheiros, cheiros. O sangue tem um cheiro quente, espesso. Eu queria abrir as janelas, mas não ousava, temia o que poderia adentrar no carro — a luz lá de fora parecia úmida e densa como clara de ovo, imaginei-a na minha boca, nas minhas narinas.

    Eu dirigi e dirigi. Whitewater fica a apenas trinta milhas da cidade, mas pareceram horas até eu me descobrir nos subúrbios. Da viagem me lembro pouco. Com o que quero dizer: não me lembro de ter trocado marcha, acelerado e diminuído, acionado os pedais, tudo isso. Vejo-me em movimento, sim, como se numa bolha de cristal, voando silenciosamente através de uma estranha, ensolarada, cintilante paisagem. Acho que rodei muito rápido, pois recordo uma sensação de pressão nos ouvidos, um retinir monótono, apressado. Devo portanto ter dirigido em círculos, contornando mais e mais aquelas estreitas estradas provincianas. Então vieram as casas, os loteamentos, as fábricas esparsas, os supermercados enormes como hangares de aviões. Eu espreitava através do para-brisa em onírico maravilhamento. Bem poderia ter sido um visitante saído de uma parte completamente diferente do mundo, quase incapaz de acreditar em como todas as coisas pareciam iguais às nativas e, contudo, em como eram diferentes. Eu não sabia para onde estava indo, digo, eu não estava indo para nenhum lugar, apenas dirigia. Era quase repousante viajar daquele jeito, virando o volante com um só dedo, isolado de tudo. Era como se por toda a minha vida eu estivesse escalando uma encosta íngreme e árdua, e agora houvesse alcançado o pico e saltado despreocupadamente dentro do azul. Eu me sentia tão livre. No primeiro sinal vermelho o carro deslizou suavemente até parar, como se estivesse afundando no ar. Eu estava no entroncamento de duas estradas suburbanas. À esquerda havia uma subidinha verde com uma castanheira e uma ordenada fileira de casas novas. Crianças brincavam na ribanceira relvosa. Cães sapecavam. O sol brilhava. Sempre alimentei uma secreta ternura por lugares tranquilos como este, domínios desapercebidos, mas queridos, de construção e feitura e cuidado. Recostei minha cabeça no banco e sorri, observando os jovens a brincar. O semáforo mudou para o verde, mas eu não me mexi. Eu não estava de fato ali, mas sim perdido em algum lugar, em algum recanto ensolarado do meu passado. Ouvi um repentino tamborilar na janela ao lado do meu ouvido. Pulei. Uma mulher com uma cara enorme, ampla, equina — ela me lembrou, santo Deus, minha mãe! —, me espreitava e dizia alguma coisa. Baixei o vidro. Ela tinha uma voz alta, soava muito alta para mim, de qualquer forma. Não conseguia entendê-la, ela estava falando sobre algum acidente e perguntava-me se estava tudo bem comigo. Então ela pressionou o rosto para a frente e espiou por sobre o meu ombro, e abriu a boca e gemeu. Oh, disse ela, pobre menina! Eu virei a cabeça. Havia sangue por todo o banco traseiro, agora, sangue até demais, decerto, para que uma só pessoa tivesse vertido. Por um treslocado instante, no qual uma atinada centelha de esperança lampejou e pereceu, eu me perguntei se *tinha* acontecido alguma colisão de carros, que de alguma forma eu não percebera, ou esquecera, se algum veículo sobrecarregado chumbara na nossa retaguarda, atirando corpos e todo esse sangue através da janela traseira. Eu não conseguia falar. Eu pensara que ela estava morta, mas lá estava ela, ajoelhada entre os assentos e agarrando a janela ao seu lado, eu podia ouvir os seus dedos rangendo no vidro. Seu cabelo pendia em cordas ensanguentadas, seu rosto era uma máscara de argila rajada de cobre e carmesim. Fora, a mulher tagarelava no meu ouvido sobre telefones e ambulâncias e a polícia — a polícia! Voltei-me para ela com um olhar terrível. Senhora!, disse eu severamente (ela depois descreveria minha voz como *culta* e *autoritária*), por favor, cuide da sua própria vida! Ela recuou, encarando em choque. Confesso que eu próprio fiquei impressionado, não pensava que conseguiria amealhar um tom tão imperioso. Subi o vidro e meti o carro em marcha e disparei, percebendo, tarde demais, que o semáforo voltara para o vermelho. Um furgão de comerciante vindo da esquerda freou bruscamente e deixou escapar um grasnido indignado. Segui em frente. No entanto, eu mal tinha avançado uma ou duas ruas quando subitamente uma ambulância encostou em meu encalço, sua sirene uivando e a luz azul piscando. Fiquei aturdido. Como podia ter chegado tão prontamente? Na verdade, esta era mais uma dessas espantosas coincidências que neste caso abundam. A ambulância, conforme eu viria a saber, não estava à minha procura, mas retornava da — sim — da cena de uma colisão de carros, com — me desculpe, mas, sim — com uma mulher moribunda no banco traseiro. Continuei adiante, chispando pelas ruas com a cabeça abaixada, o nariz quase tocando a borda do volante. Não penso que poderia ter parado, tão travado de susto eu estava. A ambulância corria a meu lado, oscilando perigosamente e trombeteando tal qual uma enorme fera alucinada. O paramédico no banco do carona, um sujeito jovem e corpulento de camisa de manga curta, com um rosto vermelho e costeletas estreitas, olhou para a janela rajada de sangue atrás de mim com moderado interesse profissional. Conferenciou brevemente com o motorista, depois sinalizou para mim, com gestos complicados, assentindo e murmurejando, para que eu os seguisse. Pensaram que eu estava vindo da mesma colisão, rebocando outra vítima até o hospital. Eles despontaram à frente. Segui em seu encalço, atabalhoado com alerta e desconcerto. Eu não conseguia ver nada além dessa grande coisa quadrada desabalando, levantando poeira e chafurdando pesadamente nos amortecedores. Então, abruptamente, ela freou e girou para dentro de um amplo portão, e um braço surgiu pela janela e acenou-me para segui-los. Foi a visão daquele braço grosso que quebrou o feitiço. Com um engasgo de risada demente eu segui dirigindo, passando em frente ao portão do hospital, mergulhando o pedal do acelerador até o assoalho, e o ruído da sirene diminuiu atrás de mim, um lamento sobressaltado, e eu estava livre.

Espreitei pelo retrovisor. Ela se sentava tombada no banco, com a cabeça pendendo e as mãos pousadas com as palmas para cima sobre as coxas.

Subitamente o mar estava à minha esquerda, muito abaixo, azul, imóvel. Desci por uma colina íngreme, depois por uma reta estrada de cimento colada a um trilho de trem. Um hotel rosa e branco, acastelado, com flâmulas voejando, despontou à minha direita, enorme e vazio. A estrada perdia-se ao longe num pantanoso trecho de moitas e cardos, e ali estacionei, de permeio com um vasto e terminal silêncio. Eu podia ouvi-la atrás de mim, a respirar. Quando me virei, ela soergueu a sua assustadora cabeça de sibila e olhou para mim. *Me ajude*, sussurrou ela. *Me ajude*. Uma bolha de sangue lhe saiu da boca e explodiu. *Tommy!*, disse ela, ou algo assim, e depois: *meu amor*. O que foi que eu senti? Remorso, pesar, um terrível — não, não, não, eu não vou mentir. Não me lembro de ter sentido coisa alguma, excetuando aquela sensação de estranheza, de estar num lugar que eu conhecia, mas não identificava. Quando saí do carro eu estava zonzo e tive que me apoiar na porta por um momento com os olhos muito cerrados. Minha jaqueta estava respingada de sangue, tirei-a sacolejando e atirei-a nos arbustos atrofiados — nunca a encontraram, não consigo atinar por quê. Lembrei-me do pulôver no porta-malas e o vesti. Cheirava a peixe e suor e graxa. Peguei a mecha de corda de forca e também ela eu joguei fora. Depois ergui o quadro e caminhei com ele até onde ficavam uma cerca de arame farpado envergada e uma vala com um filete de água no fundo, e ali a despejei. No que é que eu estava pensando, eu não sei. Talvez fosse um gesto de renúncia ou algo assim. Renúncia! Como é que ouso utilizar tais palavras. A mulher com as luvas me deu uma última olhada desdenhosa. De mim ela não esperava nada melhor. Voltei ao carro, tentando não olhar para ele, para as janelas besuntadas. Algo estava caindo sobre mim: um delicado, um silencioso baque de chuva. Olhei para cima sob a luz solar brilhante e vi uma nuvem logo acima da minha cabeça, a mais reles besuntadela de cinza no azul de verão. Pensei: eu não sou humano. Então me virei e fui embora.

II

EM TODA A MINHA VIDA ADULTA eu tive um sonho recorrente (sim, sim, sonhos de novo!), que vem uma ou duas vezes por ano e me deixa perturbado durante dias. Como de hábito, não se trata de um sonho propriamente dito, pois nele não acontece muita coisa, realmente, e nada é explícito. Há principalmente uma indefinida mas profunda e avultante sensação de desconforto, que no fim beira o pânico irrestrito. Muito tempo atrás, parece, eu cometi um crime. Não, isso parece forte demais. Eu fiz alguma coisa, nunca fica claro o quê, exatamente. Talvez eu tenha tropeçado em algo, pode até ter sido um cadáver, e o cobri, e praticamente me esqueci disso. Agora, anos depois, a evidência foi encontrada, e vieram interrogar-me. Ainda não há nada que sugira minha participação direta, nem um indício de suspeita atrelada a mim. Sou meramente mais um nome numa lista. Eles são afáveis, corteses, estultamente deferentes, um tanto entediados. O mais jovem inquieta-se. Respondo às suas perguntas educadamente, com certa ironia, sorrindo, arqueando uma sobrancelha. É, digo presunçosamente a mim mesmo, a performance da minha vida, uma obra-prima da dissimulação. Contudo o mais velho, percebo, está olhando para mim com crescente interesse, estreitando os seus olhos sagazes. Eu devo ter dito alguma coisa. O que foi que eu disse? Eu começo a corar, não posso evitá-lo. Uma horrível contrição toma conta de mim. Eu balbucio, o que pretendo que saia como uma risadinha relaxada transforma-se num engasgo estrangulado. Dentro em pouco eu fico derreado, como um brinquedo de dar corda, e me sento e desamparadamente os encaro arrepiado, ofegando. Até mesmo o mais jovem, o sargento, está interessado agora. Abate-se um espantoso silêncio, que se estende mais e mais, até que por fim o meu eu adormecido sai em disparada e eu desperto sobressaltado, aterrado e suando. O que há de peculiarmente horrível nisso tudo não é o prospecto de ser arrastado perante os tribunais e ser metido na prisão por um crime o qual nem tenho certeza de ter cometido, mas o simples, o terrível fato de ter sido descoberto. É isso o que me faz suar, o que enche a minha boca de cinzas e o meu coração de vergonha.

E agora, conforme eu me apressava na estrada de cimento, com o trilho de trem ao meu lado e o mar à frente, tive aquele mesmo sentimento de ignomínia. Que idiota eu tinha sido. Que apuros eu teria nos dias, nas semanas, nos anos por vir. Contudo também havia uma sensação de leveza, de flutuação, como se eu tivesse jogado fora um fardo incômodo. Desde que eu alcançara o que chamam de faculdade da razão, estivera fazendo uma coisa e pensando em outra, porque o peso das coisas parecia muito maior do que o dos pensamentos. O que eu dizia nunca era exatamente o que eu sentia, o que eu sentia nunca era o que parecia que eu devesse sentir, embora os sentimentos é que me parecessem genuínos, e justos, e inevitáveis. Agora eu havia dado um golpe no homem interior, aquele gargalhante, aquele gordo boquirroto que vinha me dizendo, durante o tempo todo, que eu estava vivendo uma mentira. E finalmente ele havia irrompido, era ele, o ogro, que pisava nessa luz cor de limão, com sangue em seu couro, e eu atirado indefeso às suas costas. Tudo se fora, o passado, Coolgrange, Daphne, toda a minha vida prévia, acabada, abandonada, drenada de sua essência, de sua significância. Fazer a pior coisa, a pior coisa que há: essa é a maneira de ser livre. Eu nunca mais precisaria fingir ser o que eu não era. O pensamento fez girar a minha cabeça e pesar o meu estômago vazio.

Fui presa de uma profusão de preocupações obsedantes. Esse pulôver estava malcheiroso e apertado demais para mim. O joelho esquerdo da perna da minha calça tinha um rasgadinho. As pessoas perceberiam que eu não havia me barbeado hoje. E eu precisava, eu categoricamente ansiava lavar as minhas mãos, submergir até os cotovelos em espumas escaldantes, abluir-me, encharcar-me, enxaguar-me, esfregar-me — ficar limpo. Defronte ao hotel deserto havia uma barafunda de construções cinza que tinham algum dia sido uma estação ferroviária. Ervas daninhas cresciam na plataforma, e todas as janelas e a cabine de sinalização estavam destruídas. Uma esburacada plaqueta de esmalte que figurava uma adorável mão pintada apontava para um fortim de cimento situado a uma discreta distância da plataforma. Uma touceira de budleia púrpura florescia na soleira da entrada dos cavalheiros. Entrei na das senhoras — não havia mais regras, afinal de contas. Dentro, o ar era frio e úmido. Havia um cheiro de cal viva, e alguma coisa vivente e cintilante crescia subindo as paredes. As guarnições haviam todas sido arrancadas havia muito tempo, até as portas dos toaletes tinham desaparecido. Ficava aparente pelo estado do chão, no entanto, que o lugar ainda tinha uso frequente. Num canto havia uma pequena pilha de coisas — camisinhas usadas, acho eu, chumaços de algodão desbotados, até mesmo pedaços de roupas — da qual eu rapidamente desviei os olhos. Uma única torneira de cano de cobre esverdeado saía da parede onde antes ficavam as pias. Quando eu a girei, houve um distante gemer e retinir, e dentro em pouco desceu um gotejar enferrujado.

Lavei as minhas mãos o melhor que pude e sequei-as na fralda da camisa. Todavia, quando eu havia terminado e estava prestes a sair, descobri uma gota de sangue entre meus dedos. Eu não sei de onde foi que ela saiu. Pode ter sido do pulôver, ou até mesmo do meu cabelo. O sangue agora estava espesso, escuro e pegajoso.

Nada, nem as manchas no carro, as besuntadelas nas janelas, nem mesmo os gritos dela, nem mesmo os perfumes de sua morte, nada disso me afetou tanto quanto essa gota de grude pardacento. Submergi os meus punhos debaixo da torneira de novo, lastimando-me em consternação, e esfreguei e esfreguei, mas não consegui me livrar dela. O sangue saía, mas algo permanecia, durante todo aquele longo dia eu podia senti-lo ali, a agarrar-se na bifurcação de pele tenra entre os meus dedos, uma mancha molhada, quente, secreta.

Eu tenho medo de pensar no que fiz.

Por um tempo fiquei sentado num banco quebrado na plataforma sob o sol. Quão azul estava o mar, quão felizes as bandeirinhas adejando e estalando nas ameias do hotel! Tudo era silêncio, salvo pela brisa marítima cantando nos fios telegráficos, e por algo que em algum lugar chiava e batia, chiava e batia. Eu sorri. Eu poderia muito bem ter sido uma criança de novo, devaneando aqui, nesses arredores de brinquedo. Podia sentir o cheiro do mar, e o sargaço na praia, e o cheiro de gato na areia. Um trem estava a caminho, sim, uma locomotiva, os trilhos zumbiam e tremiam em antecipação. Não se via vivalma, nenhum adulto em nenhum lugar, exceto, lá embaixo na praia, uns poucos banhistas estendidos sobre suas toalhas. Eu me pergunto por que será que isso aqui estava tão deserto? Talvez não estivesse, talvez houvesse multidões por toda a orla e eu não tivesse notado, com esse meu inveterado anseio pelos segundos planos. Fechei os olhos, e algo emergiu oniricamente, uma memória, uma imagem, e afundou de novo sem romper a superfície. Tentei capturá-lo antes que se fosse, mas houve apenas aquele único vislumbre: uma soleira, acho, que se abria para um quarto obscurecido, e uma misteriosa sensação de expectativa, de alguma coisa ou alguma pessoa prestes a aparecer. Então veio o trem, um trovão lento e rolante que fez sacudir o meu diafragma. Os passageiros estavam escorados nas amplas janelas tais como manequins; olharam-me inexpressivamente conforme eram transportados lentamente perante mim. Ocorreu-me que eu deveria ter virado o rosto: todo mundo era agora uma potencial testemunha. Mas eu pensei que não fazia diferença. Pensei que eu estaria na prisão em questão de horas. Olhei à minha volta, inalando profundamente, sorvendo o meu quinhão do mundo que eu em breve perderia. Um bando de garotos, três ou quatro, havia surgido nas dependências do hotel. Eles caminharam sobre os gramados malcuidados e pararam para atirar pedras num anúncio de "vende-se". Eu me levantei, com um suspiro chumbado, e deixei a estação e lancei-me de novo na estrada.

Na cidade eu peguei um ônibus. Tinha um só andar térreo, era de um itinerário infrequente, vindo de muito longe. As pessoas todas dentro dele pareciam se conhecer. A cada parada, quando alguém subia, havia muita galhofa e amistosa gozação. Um velho camarada de boné e muleta era o autodenominado anfitrião desse pequeno clube de excursões. Sentava-se quase na frente, atrás do motorista, a perna dura esticada no corredor, e saudava todos os recém-chegados com um sinal de fingida surpresa e um trepidar de muleta. Oh! espere! lá vem ele!, dizia, careteando para nós por cima do ombro, como se para nos alertar da chegada de algum personagem terrível, quando o que na verdade havia surgido no degrau era um jovenzinho com cara de furão e com um cartão de viagem ensebado sobressaindo do punho como se fosse uma língua desbotada. As meninas lhe inspiravam galanterias, que as faziam sorrir afetadamente, ao passo que para as donas de casa que iam à cidade fazer suas compras havia piscadelas e referências brincalhonas àquele seu membro rijo. Uma vez por outra ele deixava demorar um olhar sobre mim, rápido, hesitante, um pouco enjoado, tal qual o de um velho histrião avistando um credor na primeira fila. Impressionou-me, de fato, que havia um quê levemente teatral em tudo aquilo. O resto dos passageiros apresentava a contrafeita indiferença de uma plateia inaugural. Também eles tinham uma espécie de papel a desempenhar. Por trás do falatório e das piadas e da familiaridade fácil, eles pareciam preocupados, os seus olhos estavam cheios de incerteza e cansaço, como se soubessem o texto de cor mas ainda não estivessem seguros quanto às suas deixas. Estudei-os com profundo interesse. Senti que havia descoberto algo significativo, embora o que aquilo fosse, ou o que significasse, não soubesse ao certo. E eu, o que era eu no meio deles? Um assistente de palco, talvez, parado nas coxias e invejando os atores.

Quando chegamos à cidade eu não consegui decidir onde descer, um lugar parecia tão bom quanto o outro. Devo dizer alguma coisa sobre os aspectos práticos da minha situação. Eu devia estar tremendo de medo. Levava uma cédula de cinco libras e umas moedas — na maioria estrangeiras — no bolso, eu parecia e fedia como um mendigo, e não tinha para onde ir. Não tinha nem sequer um cartão de crédito com que lograr uma entrada num hotel. Contudo, não conseguia me preocupar, não conseguia me fazer perturbar. Eu parecia flutuar, perplexo, num distanciamento onírico, como se me tivesse sido ministrada uma grande dose de anestesia local. Quem sabe seja isso o que significa estar em choque? Não: acho que era somente a certeza de que a qualquer momento uma mão me agarraria pelo ombro enquanto uma voz terrível ribombaria o meu direito de ficar calado. A esta altura eles teriam o meu nome, um retrato falado estaria circulando, homens inclementes em casacos bojudos estariam rondando pelas ruas numa emboscada feita para mim. Que nada disso tenha acontecido ainda me intriga. Os Behrens devem ter sabido logo de cara quem é que levaria aquele quadro em particular, e no entanto nada disseram. E quanto ao rastro de evidências que eu deixara atrás de mim? E quanto às pessoas que me viram, os Reck, a señorita na garagem, o homem na loja de ferragens, aquela mulher que se parecia com a minha mãe que veio ao meu encontro quando eu estava sentado como um bobo perante as luzes do semáforo? Vossa Senhoria, eu não gostaria de encorajar potenciais malfeitores, mas devo dizer que é muito mais fácil se safar de algo, pelo menos por algum tempo, do que geralmente se reconhece. Dias vitais — como é fácil resvalar no jargão! —, *dias vitais* se passaram antes que começassem mesmo a tomar conhecimento de quem é que procuravam. Se eu não tivesse continuado a ser tão precipitado quanto fui no princípio, se eu tivesse parado e feito um balanço, e ponderado cuidadosamente, creio que poderia não estar aqui neste momento, mas sim num clima mais ensolarado, acarinhando a minha culpa debaixo de um céu aberto. Mas eu não parei, não ponderei. Desci do ônibus e lancei-me imediatamente na direção em que eu calhava de estar defrontando, já que meu destino, conforme eu me convencera, esperava por mim em todo o redor, nos braços abertos da lei. Captura! Eu acarinhava a palavra no meu coração. Ela me confortava. Ela era a promessa de um descanso. Eu me esquivei das multidões como um bêbado, surpreso de que não se afastassem de mim horrorizadas. Em todo o meu redor havia um inferno de pressa e barulho. Um bando de homens seminus escavava um buraco na estrada com britadeiras. O tráfego rosnava e mugia, a luz do sol lampejava como facas nos para-brisas e nos tetos latejantes dos carros. O ar era um venenoso e quente nevoeiro azul. Eu me desacostumara das cidades. Todavia estava cônscio de que mesmo me arrastando aqui eu estava simultaneamente viajando com suavidade adiante no tempo; parecia uma espécie de natação, sem todo o esforço. O tempo, pensei eu sombriamente, o tempo vai me salvar. Aqui está o Trinity, o banco Trinity. A Fox's, aonde meu pai costumava vir numa peregrinação anual, com grande cerimônia, para comprar seus charutos de Natal. O meu mundo: e eu, um proscrito nele. Senti uma profunda, uma desinteressada pena de mim mesmo, como se se tratasse de uma pobre criatura errante perdida. O sol brilhava impiedosamente, como um olho gordo emperrado no nevoeiro suspenso nas ruas. Comprei uma barrinha de chocolate e a devorei, enquanto caminhava. Comprei uma edição de primeira tiragem de um jornal vespertino, também, mas não havia nada nele. Deixei-o cair no chão e continuei me empurrando adiante. Um pivete pegou-o — Ei, patrão! — e correu com ele até mim. Agradeci-o, e ele abriu um sorriso, e eu quase prorrompi em lágrimas. Parei ali, enguiçado, e olhei à minha volta ofuscadamente; eu era um marmanjo desconcertado. As pessoas passavam por mim em grande número, todas elas rostos e cotovelos. Esse foi o meu ponto mais baixo, acho, esse momento de desamparo e pânico estupidificado. Resolvi me entregar. Por que eu não pensara nisso antes? Esse prospecto era maravilhosamente sedutor. Imaginei-me sendo levantado docemente e carregado através de uma sucessão de salas frias e brancas até um lugar de calma e silêncio, de exuberante rendição.

No fim das contas, em vez disso, eu fui até o pub do Wally.

Estava fechado. Não entendi. A princípio pensei adoidado que devia ter algo a ver comigo, que haviam descoberto que eu estivera lá e o interditaram. Empurrei a porta mais e mais, e tentei espreitar através das garrafas de vidro nas vitrines, mas dentro tudo estava negro. Recuei um passo. A porta ao lado era a de uma butique onde uma dupla de pálidas garotas, frágeis e inexpressivas como flores, quedava imóvel, fitando o vazio, como se elas próprias fizessem parte do mostruário. Quando eu falei, elas desinteressadamente voltaram os seus olhos rondados de fuligem para mim. Bendita hora, disse uma, e a outra riu fenecida. Arredei-me, sorrindo sem graça, e fui ao pub e soquei a porta com força renovada. Após algum tempo ouviram-se passadas arrastadas lá dentro e o som de ferrolhos sendo abertos. O que você quer, disse Wally contrariado, piscando sob a ríspida luz do sol que obliquava da rua. Ele estava usando um roupão de seda púrpura e chinelos disformes. Olhou-me de cima a baixo com nojo, notando o meu restolho de barba e o pulôver imundo. Disse-lhe que meu carro quebrara, eu precisava fazer um telefonema. Ele deu uma bufada sardônica e disse, Um telefonema!, como se fosse a coisa mais luxuosa que ele tivesse ouvido em séculos. Ele deu de ombros. De qualquer forma já estava quase na hora de abrir. Segui-o até lá dentro. Suas panturrilhas eram roliças e brancas e carecas, perguntei-me onde é que eu vira outras panturrilhas semelhantes recentemente. Ele acendeu uma luminária com cobertura rosa atrás do bar. O telefone está aí, disse ele com um aceno, franzindo os lábios zombeteiramente. Perguntei se eu poderia tomar um gim primeiro. Ele fungou, satisfazendo o seu coração cético, e permitiu-se um sorrisinho ralo. Sofreu uma batida, é?, disse ele. Por um segundo eu não soube do que é que ele estava falando. Ah, o carro, disse eu, não, não, ele apenas... parou. E eu pensei, com sombrio divertimento: É a primeira pergunta que me fazem, e eu não menti. Ele virou-se para preparar o meu drinque eclesiasticamente em seu robe púrpura, em seguida o dispôs à minha frente e escorou-se na beirada do seu tamborete com os braços gordos dobrados. Ele sabia que eu aprontara alguma coisa, podia senti-lo no feitio dos seus olhos, ao mesmo tempo ávidos e desdenhosos, mas ele não conseguia se decidir a perguntar. Sorri para ele e bebi o meu drinque, e catei uma semente de desfrute em seu dilema. Eu disse que era uma boa ideia, não?, a sesta. Ele arqueou uma sobrancelha. Eu apontei um dedo para o seu roupão. Uma soneca, disse eu, no meio do dia: uma boa ideia. Ele não achou isso engraçado. De algum lugar nas ensombradas adjacências atrás de mim um jovem homem de cabelo desgrenhado apareceu, trajando apenas uma cueca desbeiçada. Deu-me uma olhada entediada e perguntou a Wally se o jornal já tinha chegado. Aqui, disse eu, pegue o meu, vá em frente. Eu devia estar retorcendo-o nas minhas mãos, estava enrolado como um bastão firme. Ele o abriu com força e leu as manchetes, movendo os lábios. Malditos terroristas, disse ele, malditos lunáticos. Wally o tolheu com uma mirada terrível. Este jogou o jornal de lado e saiu perambulando, coçando as ancas. Eu estendi o meu copo pedindo mais uma rodada. Nós ainda cobramos pelos drinques, sabia, disse Wally. Aceitamos dinheiro vivo. Dei-lhe minha última cédula de cinco libras. Uma delgada lâmina de luz entrara através de uma greta numa persiana em algum lugar e parara oblíqua ao meu lado, embutida no chão. Observei as costas roliças de Wally enquanto ele reabastecia o meu copo. Perguntei-me se eu poderia lhe contar o que eu tinha feito. Parecia perfeitamente possível. Nada, eu disse a mim mesmo, nada espanta o Wally, afinal de contas. Eu podia mesmo acreditar nisso. Imaginei-o olhando para mim com um torcer de boca e uma sobrancelha arqueada, tentando não maliciar enquanto eu recontava minha hórrida história. A ideia de confessar deu-me um pequeno ânimo; isso era tão esplendidamente irresponsável. Fazia a coisa toda não passar de uma série de altas reviravoltas, uma estripulia que dera errado. Eu ri cacarejando pesarosamente dentro do meu copo. Você está um caco, disse Wally complacentemente. Pedi outro gim, um duplo, desta vez.

    Em minha cabeça a voz dela repetiu distintamente: Não.

    O rapaz com os cachos voltou, agora usando jeans apertados e uma apertada camisa verde brilhosa. Ele se chamava Sonny. Wally o deixou encarregado do bar e bamboleou até os seus aposentos, o roupão ondeando atrás dele. Sonny serviu uma generosa dose de crème de menthe num copão e encheu-o com cubos de gelo, depois se empoleirou no tamborete, espremendo suas nadegazinhas estreitas, e me examinou sem muito entusiasmo. Você é novo por aqui, disse ele, fazendo aquilo soar como uma acusação. Não sou não, disse eu, você é que é, e sorri afetadamente, satisfeito comigo mesmo. Ele abriu uma expressão pasma. Com todo o respeito, disse ele, eu tenho certeza disso. Wally voltou, agora vestido e penteado e recendendo a pomada. Eu tomei outro duplo. O meu rosto estava ficando esticado, sentia-o como uma máscara de lama. Eu alcançara aquele estágio de ebriedade em que tudo se acomodava em outra versão da realidade. Não parecia embriaguez, mas uma forma de esclarecimento, quase uma sobriedade. Uma turma de gente do teatro entrou, saracoteando e grasnando. Eles olharam para o meu aspecto e depois um para o outro, transbordando de felicidade. E por falar em bicha xucra, disse um deles, e Sonny deu uma risota. E eu pensei, é isso o que vou fazer, vou fazer um deles me abrigar em sua casa e me esconder, aquela Lady Macbeth ali com rímel e as unhas vermelho-sangue, ou aquele sujeito risonho com camisa de arlequim — por que não? Sim, é isso o que eu devia fazer, eu devia doravante viver entre atores, praticar entre eles, estudar-lhes o ofício, o grandioso gestual e a tênue nuança. Quem sabe em breve eu aprendesse a representar o meu papel suficientemente bem, com convicção bastante, a assumir o meu lugar entre os outros, os viventes, aquelas pessoas no ônibus, e todo o resto delas.

Foi só quando Charlie French entrou que percebi que era por ele que eu estivera esperando. O bom e velho Charlie. O meu coração se inundou de ternura, tive ganas de abraçá-lo. Ele estava em seu terno risca de giz, carregando uma valise surrada, enfatuada. Embora tivesse me visto três dias atrás ele tentou, a princípio, não me notar. Ou talvez ele realmente não tivesse me reconhecido em meu estado esgrouvinhado, pasmo. Disse que pensara que eu estivesse descendo até Coolgrange. Eu disse que estivera por lá, e ele perguntou de minha mãe. Contei-lhe sobre o derrame dela. Demorei-me nisso um tantinho, acho — posso até ter vertido uma lágrima. Ele assentiu, olhando por cima da minha orelha esquerda e tilintando as moedas no bolso da calça. Fez-se uma pausa durante a qual eu funguei e suspirei. Então, disse ele vivaz, você já está de novo fazendo suas viagens, não é? Eu dei de ombros. O carro dele quebrou, não foi?, disse Wally, e expeliu um cacarejozinho desagradável. Com empatia, Charlie assumiu um cenho franzido. É verdade?, disse ele lentamente, com uma onírica falta de ênfase. A turma de atores atrás de nós subitamente guinchou tão lancinantemente que os copos repicaram, mas pode ser que Charlie não os tivesse ouvido, ele nem mesmo piscou. Havia aperfeiçoado uma postura para lugares e ocasiões como estas, com a qual conseguia, ao mesmo tempo, estar e não estar aqui. Ele se mantinha muito endireitado, os brogues pretos unidos plantados firmemente e a valise apoiada em sua perna, com um punho sobre o bar — oh, eu consigo vê-lo! — e a outra mão segurando o seu copo de uísque suspenso a meio caminho dos seus lábios, tal como se ele houvesse caído aqui por engano e fosse cavalheiro demais para dar no pé antes de beber uma tacinha e trocar algumas civilidades com os frenéticos habitantes do lugar. Conseguia preservar durante toda uma noite de bebedeira esse ar de quem estava sempre prestes a ir embora. Oh, sim, Charlie era capaz de pôr todos eles no chinelo.

Quanto mais eu bebia, mais afeito a ele eu ficava, especialmente porque ele continuava pagando gins conforme aumentava a velocidade com que eu os bebia. Mas não era só isso. Eu era — eu sou — genuinamente afeito a ele, acho que já disse isso. Já mencionei que foi ele quem me arranjou o emprego no Instituto? Ficamos em contato durante os meus anos de faculdade — ou pelo menos *ele* ficara em contato *comigo*. Ele gostava de pensar em si mesmo como o sábio velho amigo da família cuidando, com olho avuncular, do brilhante filho único da casa. Levava-me para alguns regalos. Havia chás no Hibernian, a singular excursão até o Curragh, o jantar no Jammet's todo ano no meu aniversário. Elas nunca davam muito certo, essas ocasiões; cheiravam demais a maquinações. Eu estava sempre com medo de que alguém me visse na companhia dele, e enquanto me retorcia e carranqueava, ele afundava num estado de inquieta melancolia. Quando estávamos prontos para ir embora havia uma súbita explosão de entusiástico falatório que não passava de um alívio maldisfarçado, depois cada um de nós se virava e se evadia culposamente. No entanto, ele não se demovia, e no dia seguinte ao meu retorno da América com Daphne ele me levou para tomar um drinque no Shelbourne e sugeriu que, conforme suas palavras, talvez eu pudesse gostar de dar uma mão aos caras do Instituto. Eu ainda estava me sentindo grogue — tínhamos feito uma hedionda viagem invernal no que dificilmente não passava de um navio mercante — e ele foi tão desconfiado, e empregou depreciações tão elaboradas, que eu acabei levando um tempo até perceber que estava me oferecendo um emprego. O trabalho, assegurou-me ele apressadamente, seria exatamente a minha praia — mal seria um trabalho, e para alguém como eu, supôs, seria antes um tipo de brincadeira —; o dinheiro era decente, as perspectivas eram ilimitadas. Eu soube de imediato, é claro, pelo seu jeito súplice, servil, que tudo isso fora feito a mando de minha mãe. Bem, disse ele, mostrando seus grandes dentes amarelos num sorriso tenso, o que acha? Primeiro fiquei aborrecido, depois satisfeito. Pensei: por que não?

Se a corte permitir, tocarei muito brevemente nesse período da minha vida. É um tempo que ainda é fonte de impreciso desconforto em minha mente, não sei dizer por que, exatamente. Tenho a impressão de ter feito algo ridículo ao aceitar aquele emprego. Era um trabalho indigno de mim, é claro, do meu talento, mas esta não é toda a fonte da minha sensação de humilhação. Talvez aquele fosse o momento de minha vida em que... — mas o que é que eu estou dizendo, não há isso de "momentos", eu já disse isso. O que há é apenas o contínuo, lento e demente curso das coisas. Se eu tinha quaisquer dúvidas persistentes quanto a isso, o Instituto finalmente as extinguiu. Ele ficava abrigado num grande e cinzento edifício do último século, de pedra, que sempre me fazia lembrar, devido aos seus flancos escarpados, seus contrafortes, seus arabescos e suas chaminés empretecidas, um transatlântico grandioso e antiquado. Ninguém sabia o que exatamente esperavam que realizássemos. Fazíamos pesquisas estatísticas e produzíamos grossos relatórios exacerbados de gráficos e fluxogramas e apêndices complexos, os quais o governo recebia com graves palavras de apreço e depois prontamente esquecia. O diretor era um homem grande, frenético, que chupava ferozmente um enorme cachimbo preto e tinha um cacoete num olho e tufos de cabelos brotando das orelhas. Ele surgia pelo local, sempre a caminho de alguma coisa. Todas as dúvidas e pedidos ele os recebia com uma risada áspera, desgraçada. Tente levar isso ao ministro!, exclamava ele por cima do ombro enquanto avançava em frente, emitindo espessas baforadas de fumaça e brasas em seu rastro. Inevitavelmente ali havia uma alta incidência de maluquice entre os funcionários. Ao ver-se sem atribuições definidas, as pessoas embarcavam furtivamente em projetos próprios. Havia um economista, uma pessoa alta, macilenta, com um rosto esverdeado e um cabelo rebelde, que estava desenvolvendo um sistema infalível para apostar nos cavalos. Um dia ele me propôs ingressar no esquema, apanhando o meu pulso com uma garra trêmula e sibilando com urgência em meu ouvido, mas então algo aconteceu, não sei o que foi, ele ficou suspeitoso, e no fim não quis falar comigo, e evitou-me nos corredores. Isso foi estranho, pois ele fazia parte de um seleto bando de doutos com quem eu tinha de lidar a fim de obter acesso ao computador.

A máquina ficava no centro de todas as nossas atividades. O tempo que ficávamos nela era estritamente racionado, e conseguir uma hora ininterrupta nela era privilégio raro. Ela funcionava o dia todo e noite adentro, ruflando e crepitando em sua vasta sala branca no porão. À noite recebia os cuidados de um misterioso e sinistro trio, um criminoso de guerra, creio eu, e dois garotos estranhos, um com o rosto escangalhado. Passei três anos lá. Eu não fui violentamente infeliz. Apenas me sentia, e me sinto, conforme costumo dizer, um pouco ridículo, um pouco constrangido. E eu meio que nunca perdoei Charlie French.

Estava tarde quando deixamos o pub. A noite parecia feita de vidro. Eu estava muito bêbado. Charlie ajudou-me no caminho. Ele estava preocupado com sua valise e firmou-a estreitamente debaixo do braço. De jardas em jardas eu precisava parar e dizer-lhe como ele era bom. Não, disse eu, erguendo uma mão impositivamente, não, eu quero dizer isso, você é um homem bom, Charles, um homem bom. Chorei copiosamente, é claro, e vomitei em seco algumas vezes. Tudo foi uma espécie de glorioso, agoniado, titubeante arrebatamento. Lembrei-me de que Charlie morava com a mãe, e eu chorei por isso, também. Mas como ela está, berrei eu dolorosamente, me diga, Charlie, como ela está, aquela santa mulher? Ele não queria responder, fingia não ouvir, mas insisti naquilo e por fim ele balançou a cabeça irritado e disse, Ela está morta! Eu tentei abraçá-lo, mas ele se afastou de mim. Em certa rua demos com um buraco cercado com um cordão de fita de plástico vermelho e branco. A fita tremia e estalava na brisa. Foi aqui que a bomba no carro explodiu ontem, disse Charlie. Ontem! Eu ri e ri, e me ajoelhei na rua na beira do buraco, rindo, com o rosto nas mãos. Ontem, o último dia do antigo mundo. Espere, disse Charlie, vou parar um táxi. Ele foi, e eu permaneci ali, balançando para a frente e para trás e cantarolando suavemente, como se eu fosse uma criança que eu mesmo estivesse segurando nos braços. Eu estava cansado. Tinha sido um longo dia. Eu fora longe.

Acordei dentro de uma luz solar estilhaçada, com um chiado se esvaindo em meus ouvidos. Uma cama grande vergada, paredes marrons, um cheiro de umidade. Pensei que devia estar em Coolgrange, no quarto dos meus pais. Por um momento permaneci deitado sem me mover, encarando no teto uns deslizantes reflexos de luz sobre água. Então me lembrei e fechei os meus olhos bem forte e escondi a minha cabeça nos meus braços. A escuridão retumbou. Levantei-me e arrastei-me até a janela, e parei maravilhado perante a azulada inocência do mar e do céu. Longínquos na baía, veleiros brancos cambavam ao sabor do vento. Embaixo da janela havia uma pequena enseada de pedra, e depois dela a curva da estrada costeira. Uma enorme gaivota apareceu e atirou-se no vidro com seus cotos esvoaçantes, guinchando. Elas devem pensar que você é a mamãe, disse Charlie atrás de mim. Ele estava parado na soleira. Trajava um avental sujo e segurava uma frigideira na mão. As gaivotas, disse ele, ela costumava dar comida para elas. Às costas dele, um brilho branco, impenetrável. Este era o mundo em que eu devia viver de agora em diante, nesta luz cauterizante, inescapável. Olhei para mim mesmo e percebi que estava nu.

Sentei-me na vasta cozinha, debaixo de uma vasta e encardida janela, e observei Charlie preparar o café da manhã em meio a uma nuvem de fumaça de gordura. Ele não ficava muito bem na luz do dia, era côncavo e cinza, com flocos de pós-barba ressecados na mandíbula e bolsas contundidas debaixo de seus olhos cor de fleuma. Além do avental ele usava um cardigã de lã sobre um colete de redinha, e calças de flanela folgadas. Ela costumava esperar eu sair, disse ele, e então jogava a comida pela janela. Ele balançou a cabeça e riu. Que mulher terrível, disse ele, terrível. Trouxe um prato de fatias de toicinho e pão frito e um ovo boiando, e os dispôs à minha frente. Pronto, disse ele, a melhor coisa para uma cabeça ruim. Eu rapidamente ergui o olhar até ele. *Uma cabeça ruim?* Teria eu deixado escapar algo na noite passada, alguma confissão de bêbado? Mas não, Charlie não faria esse tipo de piada. Ele voltou ao fogão e acendeu um cigarro, mexendo com os fósforos.

Veja, Charlie, disse eu, preciso te dizer que eu entrei numa bela duma enrascada.

A princípio pensei que ele não me ouvira. Ele bambeou, e uma vaguidão onírica o dominou, a boca aberta e babando de um lado e as sobrancelhas moderadamente erguidas. Daí percebi que ele estava sendo diplomático. Ora, se ele não queria saber, estava tudo bem. Mas eu gostaria de fazer registrar, Excelência, que eu teria contado a ele, se ele estivesse preparado para ouvir. Mas, tal como estávamos, eu meramente deixei seguir um silêncio, e então lhe perguntei se eu poderia tomar uma gilete emprestada, e talvez uma camisa e uma gravata. É claro, disse ele, é claro, mas ele não me olhava nos olhos. Na verdade, ele nem sequer olhara para mim desde que eu me levantara, mas contornara ao meu redor com olhar esquivo, ocupando-se com o bule e a frigideira, como se temesse que, caso parasse, surgiria alguma coisa incômoda que ele não saberia como tratar. Suspeitava de algo, suponho. Ele não era nenhum idiota. (Pelo menos não um grande idiota.) Mas penso também que simplesmente não sabia muito bem como acomodar minha presença. Ele bulia, mudava coisas de lugar, guardava coisas em gavetas e armários e depois tornava a tirá-las, murmurando para si mesmo distraído. Não era frequente que as pessoas viessem a essa casa. Um pouco da consideração chorosa que eu sentira por ele na noite passada retornou. Parecia quase maternal, com seu avental e seus velhos chinelos de feltro. Ele cuidaria de mim. Engoli meu chá e cismei diante da minha intocada fritada congelando no prato. Fora, uma buzina de carro ressoou, e com uma exclamação Charlie arrancou o seu avental e mandou-se da cozinha. Ouvi-o tropeçar pela casa. Em tempo surpreendentemente breve ele surgiu de novo, em seu terno, com sua valise debaixo do braço, ostentando um chapeuzinho ladino que o fazia parecer um apostador assediado. Onde você está ficando, disse ele, franzindo o cenho ante um ponto ao lado do meu ombro esquerdo, em Coolgrange ou...? Eu não disse nada, apenas olhei para ele apelativamente, e ele disse, Ah, e assentiu lentamente, e lentamente se retirou. Subitamente, no entanto, eu não quis que ele se fosse — sozinho, eu ficaria sozinho! — e voei atrás dele e o fiz voltar e me dizer como funcionava o fogão, e onde encontrar certa chave, e o que dizer caso o leiteiro chamasse. Ele ficou confuso com a minha veemência, pude perceber, e levemente alarmado. Acompanhei-o até o corredor, e ainda falava com ele conforme ele dava as costas à porta da frente, assentindo cautelosamente para mim, com um sorriso fixo, como se eu fosse — rá! eu já ia dizer: como se eu fosse um perigoso criminoso. Desembestei escadas acima até o quarto e observei-o surgir no atalho logo abaixo, uma figura apatetada vista de escorço, com seu chapéu e seu terno folgado. Um grande carro preto esperava por ele no meio-fio, os seus escapamentos gêmeos expelindo discretamente uma névoa azul-pálida. O motorista, um camarada corpulento de terno escuro, sem pescoço, saiu astutamente e abriu a porta traseira. Charlie olhou para a janela onde eu me encontrava, e o motorista seguiu-lhe o olhar. Eu me vi como eles viram a mim, um rosto borrado flutuando atrás do vidro, de olhos turvos, barba por fazer, a própria imagem de um fugitivo. O carro deslizou suavemente, passou pela estrada da enseada, fez um contorno e desapareceu. Eu não me mexi. Queria permanecer assim, com minha testa contra o vidro e o dia de verão todo ali diante de mim. Quão pitoresco era tudo aquilo, o mar pontilhado de branco, e as casas brancas e cor-de-rosa, e o promontório borrado à distância, pitoresco e feliz, como um mundinho de brinquedo exposto numa vitrine de loja. Eu fechei os olhos, e de novo aquele fragmento de memória nadou das profundezas até a tona — a soleira, e a sala obscurecida, e a sensação de algo iminente —, mas desta vez pareceu que não era o meu próprio passado o que eu recordava.

O silêncio inchava como um tumor nas minhas costas.

Pressurosamente eu peguei o meu prato com o ovo frito e as fatias de toicinho pardacentas da cozinha, galguei as escadas de três em três degraus, voltei e abri a janela e escalei na estreita varanda moldada em ferro lá fora. Um vento forte, quente, soprava; sobressaltou-me e tirou-me o fôlego por um momento. Peguei os nacos de comida e os atirei no ar, e observei as gaivotas rasando atrás daqueles luxuosos tira-gostos, gritando asperamente em surpresa e cobiça. De trás do promontório um navio branco veio à vista escorregando silenciosamente, tremeluzindo no nevoeiro. Quando a comida acabou eu joguei o prato fora também, não sei por que, lancei-o como um disco contra a estrada e o muro da enseada. Deslizou até a água sem sequer chapinhá-la. Havia fios de gordura morna entre os meus dedos e gema de ovo debaixo das unhas. Tornei a entrar no quarto e limpei minhas mãos nas roupas de cama, com o coração batendo de excitação e nojo. Eu não sabia o que estava fazendo, ou o que faria em seguida. Eu não sabia quem eu era. Tornara-me um estranho, imprevisível e perigoso.

Explorei a casa. Eu nunca estivera aqui antes. Era um lugar grande, esquálido, ensombrado, com cortinados escuros e grandes móveis marrons e pontos carecas nos carpetes. Não era exatamente sujo, mas havia uma impressão de dormência, de coisas abandonadas por tempo demais no mesmo lugar, e o ar tinha um quê cinzento, insípido, como se uma essência vital houvesse sido esgotada já há muito tempo. Havia um cheiro de mofo e chá requentado e jornais velhos, e, por toda a parte, um quê chocho, levemente doce, que eu julgava ser o remanescente da mãe French. Eu suponho que haverá gargalhadas se eu afirmar que sou um homem fastidioso, mas é verdade. Eu já estava um pouco aflito antes de começar a fuçar nas coisas de Charlie, e eu temia o que poderia encontrar. Seus segredinhos deploráveis não eram mais sórdidos que os meus, ou que os de qualquer outro, mas quando aqui e ali eu levantava uma pedra e eles saíam corricando, eu estremecia, e me envergonhava por ele e por mim. Eu me acerei, no entanto, e perseverei, e ao fim fui recompensado. Havia em seu quarto um escrínio, que para destrancar levei dez minutos de trabalho árduo com uma faca de cozinha, de cócoras e suando gotas de puro álcool. Dentro encontrei algumas notas de banco e uma carteira plástica com cartões de crédito. Havia cartas, também — da minha mãe, de todas as pessoas, escritas trinta, quarenta anos antes. Eu não as li, não sei por que, mas as devolvi reverentemente, junto com os cartões de crédito, e até o dinheiro, e tranquei de novo a escrivaninha. Ao sair troquei um sorrisinho envergonhado com o meu reflexo dentro do espelho do guarda-roupa. Aquele alemão, como é mesmo o nome dele, estava certo: o dinheiro é uma felicidade abstrata.

O banheiro ficava na volta do primeiro andar, uma espécie de telheiro de madeira com uma caldeira a gás e uma banheira gigantesca, com pés de garra. Eu me debrucei sobre a pia e raspei um restolho de barba de dois dias com a gilete incrustada de sabonete de Charlie. Eu pensara em deixar crescer a barba, como forma de disfarce, mas já perdera muito de mim mesmo, não queria que também o meu rosto desaparecesse. O espelho de barbear tinha uma superfície côncava, prateada, na qual minhas feições ampliadas — uma mandíbula ampla, esburacada, uma venta peluda, um único globo ocular giratório — sacudiam e oscilavam alarmantemente, como coisas assomando na janela de uma batisfera. Quando terminei, entrei na banheira e me deitei com meus olhos fechados enquanto a água cascateava sobre mim saída da caldeira. Foi bom, ao mesmo tempo um consolo e uma escaldante penitência; não fosse o gás ter por fim acabado, eu poderia ter ali permanecido o dia todo, perdido em mim mesmo e para tudo o mais naquela escuridão atroadora, tumular. Quando abri os olhos, estrelinhas esfuziavam e rebentavam na minha frente. Fui palmilhando, pingando, até o quarto de Charlie, e gastei longo tempo decidindo o que vestir. Por fim escolhi uma camisa de seda azul-escura e uma gravata borboleta florida um tanto safada para adorná-la. Meias pretas, é claro — de novo, de seda: Charlie não é de economizar quando se trata de si — e um par de calças escuras, folgadas mas de bom corte, de um estilo que era antigo o bastante para ter voltado à moda. Por ora eu me arranjaria sem roupas de baixo: até mesmo um assassino em fuga tem os seus princípios, e os meus impediam que eu vestisse as cuecas de outro homem. Minhas próprias roupas — como pareciam esquisitas, ali atiradas no chão do banheiro, como se esperassem para serem contornadas com giz! — eu as recolhi num bolo, e desviando o meu rosto carreguei-as à cozinha e as soquei dentro de um saco plástico de lixo. Então lavei e sequei os utensílios do café da manhã, e estava de pé no meio do chão com um pano de prato sujo na mão quando a imagem do rosto ensanguentado da mulher disparou na minha frente tal como alguma coisa numa barraca de parque de diversões, e eu tive que me sentar, esbaforido e tremendo. Pois eu continuei esquecendo, percebem, esquecendo tudo, por períodos muito longos. Suponho que minha mente precisava de um descanso, a fim de poder lidar com aquilo. Fatigado, olhei à volta da grande cozinha úmida. Perguntei-me se Charlie notaria que um prato estava faltando. Por que foi que eu o joguei no mar, por que é que fiz aquilo? Nem era meio-dia ainda. O tempo abria a sua goela negra na minha cara. Fui até uma das salas da frente — cortinas de redinha, uma vasta mesa de jantar, uma coruja empalhada dentro de uma redoma de vidro — e me quedei na janela olhando para o mar. Todo aquele azul lá fora era atemorizador. Percorri o chão, parei, fiquei à escuta, o coração na boca. O que eu esperava ouvir? Não havia nada, apenas o ruído distante de outras vidas, um diminuto estalar e repenicar, como o ruído de um motor esfriando. Recordei-me de dias como este em minha infância, dias estranhos, vazios, em que eu vagueava suavemente pela casa silenciosa e parecia a mim mesmo uma espécie de fantasma, dificilmente presente ali, uma memória, uma sombra de alguma versão minha mais sólida, que vivia, oh, que vivia maravilhosamente em outro lugar.

Preciso parar. Estou enojado comigo, com tudo isso.

O tempo. Os dias.

Prossiga, prossiga.

Agora, quanto ao nojo, está aí algo que eu conheço. Deixe-me dizer uma ou duas palavras sobre o nojo. Aqui me sento eu, nu sob a minha farda de presidiário, chumaços de carne pálida atada e ensacada como carne mal embrulhada. Eu me levanto e caminho nas minhas pernas traseiras, um animal cintado, vertendo uma neve invisível de caspa aonde quer que eu vá. Ácaros vivem em mim, eles embebem o meu suor, enfiam os seus focinhos nos meus poros e tragam a baba que encontram lá. Depois laceram a pele, as rachaduras, as fendas. Cabelos: apenas pensem nos cabelos. E isso é apenas a superfície. Imaginem o que se passa no interior, a bomba roxa estremecendo e resfolegando, os pulmões palpitando, e, no escuro lá embaixo, a fábrica de cola em seu trabalho incessante. Carniça animada, ensebada de corrimento, ainda pouco madura para os vermes. Argh, eu deveria —

Calma, Frederick. Calma.

Minha mulher veio me visitar hoje. Isto não é incomum, ela vem toda semana. Por estar em prisão preventiva eu tenho o direito a visitas irrestritas, mas isto eu não contei a ela, e caso ela já saiba não disse nada. Preferimos assim. Mesmo quando em seu aspecto mais corriqueiro, a hora de visita da quinta-feira é um ritual bizarro, para não dizer invulgar. É conduzida em uma sala grande, quadrada, alta, com janelas pequenas dispostas muito altas debaixo do teto. Uma divisória de compensado e vidro, uma geringonça feia, nos separa de nossas pessoas amadas, com as quais conversamos o melhor que podemos através de uma grelha de plástico desinfetada. Este estado de quarentena virtual é uma imposição recente. Pretexta impedir a entrada de drogas, é o que nos dizem, mas acho que é de fato uma maneira para manter aqui dentro esses interessantes vírus que ultimamente começamos a incubar. A sala tem um quê de aquário, com essa parede de vidro esverdeado, e a luz elevada incidindo de cima para baixo, e as vozes que nos chegam pelas rótulas de plástico como se fossem borbulhas d'água. Nós, os internos, nos sentamos com os ombros caídos, debruçados sombriamente sobre os braços dobrados, fenecidos, inchados, de olhos vagos, como crustáceos desabrigados se agachando no fundo de um tanque. As nossas visitas existem num elemento diferente do nosso, elas parecem mais bem definidas que nós, mais intensamente presentes em seu mundo. Às vezes captamos um feitio nos seus olhares, uma mistura de curiosidade e compaixão, e leve repugnância, também, que nos cala fundo no coração. Elas devem sentir a força de nosso anseio, devem ouvi-lo, até, o canto dos tritões, uma aguda nota perfurante de puro infortúnio zumbindo no vidro que nos separa delas. Sua preocupação com nossa atribulação não é um conforto, mas antes nos aflige. Esse é o tempo mais doce da nossa semana, desejamos tranquilidade, decoro, vozes abafadas. Estamos constantemente no limite, temendo que alguma mulher ou namorada do outro lado vá fazer uma cena, pular e gritar, socar os punhos na divisória, chorar. Quando isso acontece é horrível, simplesmente horrível, e depois aquele com que se deu a ocorrência torna-se objeto de compaixão e reverência entre nós, como se tivesse sofrido uma perda.

Nenhum temor de que Daphne faça uma cena. Ela mantém uma compostura admirável a todo momento. Hoje, por exemplo, quando me contou sobre o nosso filho, falou tranquilamente, desviando o olhar de mim com seu habitual ar levemente abstrato. Confesso que fiquei aborrecido com ela, não consegui esconder. Ela podia ter me dito que o estava levando a exames, em vez de simplesmente me expor o diagnóstico assim, do nada. Ela me deu uma olhadela debochada, tombando a cabeça para o lado e quase sorrindo. Você está surpreso?, disse ela. Eu desviei o meu rosto, contrariado, e não respondi. É claro que eu não estava surpreso. Eu sabia que havia algo de errado com ele, eu sempre soube — eu mesmo disse isso a ela, muito antes de ela estar pronta para admiti-lo. Desde o princípio, havia a maneira como ele se movia, cautelosamente, trepidante, em suas perninhas magricelas, como se tentasse evitar derrubar alguma coisa enorme, desproporcional, que tivesse sido despejada em seus braços, olhando para nós em desconcerto e súplica, feito uma criatura olhando para cima de dentro de um buraco no chão. Aonde foi que você o levou, disse eu, a que hospital, o que eles disseram exatamente? Ela encolheu os ombros. Foram muito agradáveis, disse ela, muito simpáticos. O doutor falou com ela por um longo tempo. É uma doença muito rara, síndrome de Fulano, já me esqueci do nome, algum suíço ou sueco maldito — que me importa. Ele nunca vai conseguir falar direito. Ele nunca vai conseguir fazer nada direito, parece. Tem alguma coisa errada com o cérebro dele, algo está faltando, alguma parte vital. Ela me explicou tudo, repetindo o que o doutor lhe dissera, mas eu apenas a entreouvia. Uma espécie de fadiga me abatera, uma espécie de letargia. Ele se chama Van, já mencionei isso? Van. Tem sete anos. Quando eu sair daqui ele provavelmente terá o que, trinta e poucos? Jesus, quase tão velho quanto eu estou agora. Um criançon, é assim que o povo do interior vai chamá-lo, não sem certa ternura, em Coolgrange. Um criançon.

Eu não vou, eu não vou chorar. Se eu começar agora eu nunca mais paro.

De tarde arrombei a escrivaninha do Charlie de novo, peguei algum dinheiro e me aventurei até a banca de jornal na enseada. Que estranho, que intenso frêmito de excitação eu senti ao adentrar na loja; o meu estômago se revirou, e eu parecia estar pezunhando lentamente dentro de alguma substância espessa, resistente. Acho que uma parte de mim almejava — não, esperava — que de alguma forma eu seria salvo, que como num conto de fadas tudo se reverteria magicamente, que a bruxa malvada desapareceria, que o feitiço se quebraria, que a donzela despertaria de seu sono encantado. E quando peguei os jornais pareceu por um momento como se alguma magia de fato estivesse a acontecer, pois a princípio não li neles nada além de mais coisas sobre a explosão e seu decurso. Comprei três matutinos, e uma edição de primeira tiragem de um vespertino, notando (talvez em retrospectiva?) o olhar duro que a menina espinhenta atrás do balcão me deu. Então corri de volta à casa, o coração andando a galope, como se fosse alguma seleta de revistas pornográficas o que eu levava preso debaixo do braço. Já dentro da casa, deixei os jornais na mesa da cozinha e corri ao banheiro, onde, em minha agitação, consegui mijar no meu pé. Após uma busca demorada e febril encontrei uma garrafa com um quarto de gim e dei um belo trago no gargalo. Tentei encontrar algo mais que fazer, mas sem sucesso, e com passadas de chumbo retornei à cozinha e me sentei lentamente à mesa e espalhei os jornais à minha frente. Lá estavam uns poucos parágrafos num dos matutinos, espremidos debaixo de uma fotografia de um enfaixado sobrevivente da explosão sentado num leito de hospital. Na edição vespertina havia uma reportagem maior, com uma fotografia dos garotos que eu vira brincando nas dependências do hotel. Foram eles que a encontraram. Havia uma fotografia dela, também, fitando o nada com olhos solenes a partir de um segundo plano borrado, devia ter sido destacada de uma fotografia de grupo num casamento, ou numa dança; ela usava um vestido longo, feio, com uma gola elaborada, e apertava algo, flores, talvez, nas mãos. O seu nome era Josephine Bell. No miolo do jornal havia mais coisas, uma imagem de arquivo de Behrens e um panorama de Whitewater House, e um artigo sobre a coleção Behrens, repleto de erros ortográficos e datas deturpadas. Um repórter fora enviado ao interior para conversar com a sra. Brigid Bell, a mãe. Era viúva. Havia uma fotografia dela desajeitadamente parada em frente ao seu chalé, uma mulher grande, rústica, de avental e com um cardigã velho, espreitando a câmera com um tipo de consternação estólida. A minha Josie, dizia ela, era uma boa garota, uma garota decente, por que alguém iria querer matá-la? E subitamente eu estava de novo lá, eu a vi sentada na meleca de seu próprio sangue, olhando para mim, uma bolha de cuspe rosa explodindo nos lábios. *Mami* foi o que ela disse, essa era a palavra, e não Tommy, só agora eu me dava conta disso. *Mami*, e depois: *meu amor*.

Acho que o período que passei na casa de Charlie French foi o mais estranho de minha vida, ainda mais estranho e mais desnorteante do que meus primeiros dias aqui. Eu sentia, na obscuridade acastanhada daqueles quartos, com toda aquela cintilante luz marinha lá fora, como se eu estivesse de alguma forma suspenso a meia altura, num frasco selado, apartado de tudo. O tempo se dividia em dois: havia o tempo do relógio, que se movia com gigantesca lentidão, e então havia aquela pressa febril dentro da minha cabeça, como se a mola mestra tivesse quebrado e todas as engrenagens estivessem girando tresloucadamente fora de controle. Eu patrulhava a cozinha para a frente e para trás pelo que pareciam horas a fio, os ombros caídos e as mãos metidas nos bolsos, maquinando furiosamente, inconsciente de como a distância entre as rondas decrescia gradualmente, até que por fim eu chegava a uma parada trêmula, mirando ao meu redor em desconcerto, como um animal que houvesse escorregado dentro duma rede. Eu me quedava no grande quarto no andar superior, ao lado da janela, com minhas costas apoiadas na parede, observando a estrada, por tanto tempo, às vezes, que eu esquecia o que é que eu supostamente deveria estar observando. Havia pouco tráfego neste fim de mundo, e em breve eu passei a reconhecer os transeuntes regulares, a garota com o cabelo laranja do flat na casa contígua, o sujeito insinuante, de aparência escusa, com uma pasta de amostras de vendedor, os poucos corpos idosos que passeavam seus pugs e locomoviam seus pés até as lojas no mesmo horário todos os dias. De todo modo, não haveria como confundi-los com os outros, os soturnos, quando viessem me buscar. Provavelmente eu nem mesmo os veria chegando. Cercariam a casa e meteriam o pé na porta, e isso seria a primeira coisa que eu veria deles. Mas ainda assim eu permanecia lá em cima, a observar mais e mais, mais como um enamorado suspirante do que um homem em fuga.

Tudo estava mudado, tudo. Eu estava separado de mim mesmo e de tudo o que antigamente eu supunha ser. A minha vida até agora tivera apenas a densidade rarefeita de um sonho. Quando pensava sobre o meu passado, era como pensar em como alguma outra pessoa tinha sido, alguém que eu nunca conhecera mas cuja história eu sabia de cor. Tudo não parecia passar de uma ficção vivaz. Tampouco o presente parecia mais sólido. Eu me sentia tonto, volátil, enviesado em relação a tudo. O chão debaixo dos meus pés estava tão esticado quanto um trampolim, eu precisava me conservar quieto por medo de ondas inesperadas, saltos e recuos perigosos. E em todo o meu redor havia este ar azul e vazio.

Eu não conseguia pensar diretamente no que eu havia feito. Seria como tentar encarar fixamente uma luz cegante. Era grande demais, clara demais, para contemplar. Era incompreensível. Mesmo assim, quando eu digo *Eu fiz isso*, não tenho certeza de saber o que quero dizer. Oh, não me levem a mal. Não tenho desejo de vacilar, de desconversar e chutar folhas mortas sobre as evidências. Eu a matei, admito abertamente. E sei que caso eu voltasse lá hoje eu o faria de novo, não porque teria vontade, mas porque não teria escolha. Teria sido exatamente como foi, essa aranha, e esse luar entre as árvores, e todo, todo o resto. Tampouco posso afirmar que eu não pretendia matá-la — apenas não me está claro o instante em que comecei a pretendê-lo. Eu estava afobado, impaciente, irritado, ela me atacou, eu revidei, o revide tornou-se um golpe, que se tornou o prelúdio a um segundo golpe — o seu apogeu, digamos assim, ou será que quero dizer perigeu — e assim por diante. Neste processo não há nenhum momento em que eu possa confiantemente dizer: isso, foi nesse momento que eu decidi que ela devia morrer. Decidir? — não penso que tenha sido questão de decidir. Eu nem mesmo penso que tenha sido questão de pensar. Aquele monstro gordo que havia dentro de mim apenas viu a sua chance e saltou para fora, espumando e estrebuchando. Ele tinha contas a acertar com o mundo, e ela, naquele momento, era um mundo que lhe bastava. Não pude detê-lo. Ou poderia? Ele é eu, afinal de contas, e eu sou ele. Mas não, as coisas iam já muito avançadas para que parasse. Talvez essa seja a essência do meu crime, de minha culpabilidade: que eu deixei as coisas chegarem a esse estágio, que eu não fui vigilante o bastante, não fui dissimulado o bastante, que deixei Bunter com os seus próprios expedientes, assim lhe permitindo, fatalmente, entender que ele estava livre, que a porta da jaula estava aberta, que nada era proibido, que tudo era possível.

Após minha primeira aparição na corte os jornais disseram que eu não mostrara sinais de remorso quando foram lidas as acusações. (O que é que eles esperavam, que eu chorasse, rasgasse as minhas vestes?) Eles estavam insinuando alguma coisa, à sua maneira palerma. O remorso implica a esperança de perdão, e eu sabia que o que eu tinha feito era imperdoável. Eu poderia ter fingido arrependimento e pesar, culpa, tudo isso, mas com que propósito? Mesmo que eu houvesse sentido tais coisas, verdadeiramente, nas profundezas mais profundas do meu coração, isso teria alterado alguma coisa? Era feito o que estava feito, e não seria cancelado por gritos de angústia e contrição. Feito, sim, terminado, como nunca antes em minha vida algo tinha sido terminado e feito — e contudo não haveria um fim nisso, percebi logo de cara. Eu era, disse a mim mesmo, responsável, com todo o peso que esta palavra implicava. Ao matar Josie Bell eu havia destruído uma parte do mundo. Aquelas marteladas haviam rachado um complexo de memórias e sensações e possibilidades — resumindo, uma vida — que era insubstituível, mas que, de alguma forma, deve ser substituída. Pelo crime de assassinato eu seria detido e recluído, disso eu sabia com a calma e a segurança que apenas uma irrelevância conseguiria inspirar, e depois diriam que eu havia pagado a minha dívida, na crença de que ao me emparedar vivo eles haviam atingido uma espécie de equilíbrio. Eles estariam corretos, de acordo com as leis de retribuição e vingança: tal balanço, no entanto, seria na melhor das hipóteses uma coisa negativa. Não, não. O que se exigia não era a minha morte simbólica — isto eu reconhecia, embora não entendesse o que significava — mas que aquela mulher fosse trazida de volta à vida. Isso, e nada menos que isso.

Quando Charlie retornou aquela noite, ele meteu a cabeça cautelosamente pela porta como se temesse haver um balde de água equilibrando-se acima dela. Olhei maliciosamente para ele, bamboleando. Eu terminara o gim e prosseguira, relutantemente, ao uísque. Eu não estava exatamente bêbado, mas num tipo de anestesiada euforia, tal como se eu tivesse acabado de voltar de uma demorada e extraordinariamente agonizante visita ao dentista. Sob o novo zumbido espreitava a velha ressaca, esperando a sua chance. Minha pele estava quente e seca por todo o corpo, e sentia os meus olhos esturricados. Viva!, exclamei eu, com uma risada fátua, e os cubos de gelo cacarejaram em meu copo. Ele fulminava olhares de esguelha para a minha indumentária. Espero que você não se importe, disse eu. Não achava que nós vestíssemos o mesmo tamanho. Ah, disse ele, sim, bem, eu encolhi na minha velhice, percebe. E deu uma risada cemitérica. Pude ver que ele esperava que eu tivesse ido embora quando ele voltasse para casa. Acompanhei-o até o corredor, onde ele tirou seu chapéu de apostador e o pôs com sua valise no cabideiro de carvalho-trufeiro. Passou à sala de jantar e serviu-se um uísque modesto, acrescendo um tico de soda choca de uma garrafa de tampa de rosca. Ele deu uma bebericada e permaneceu ali parado um tempinho, como se tivesse enguiçado, com uma mão no bolso, franzindo o cenho para os pés. Minha presença interferia em seus rituais vespertinos. Pôs de lado a garrafa de uísque sem me oferecer nova dose. Deslocamo-nos de volta à cozinha, onde Charles vestiu seu avental e fuçou aqui e ali em armários e prateleiras lúgubres em busca de ingredientes para um guisado. Enquanto cozinhava ele falava distraidamente por cima do ombro, com um cigarro pendendo do canto de sua boca assimétrica e um olho entrefechado contra a fumaça. Estava me falando sobre uma venda que havia feito, ou um quadro que tinha comprado, ou algo assim. Acho que ele apenas falou por medo do prospecto de silêncio. De todo modo, eu não estava realmente escutando. Observei-o desaguar boa parte de uma garrafa de Pommerol de cinquenta libras no guisado. Uma polegada da cinza do seu cigarro caiu na panela também, ele tentou em vão pescá-la com uma colher, cocoricando de aborrecimento. Você consegue imaginar como é para mim, disse ele, estar realmente mexendo com quadros! Assenti solenemente. Na verdade, o que eu imaginava era Charlie em sua galeria exígua, fazendo mesuras e esfregando e torcendo as mãos na frente de alguma vagabunda vestindo casaco de pele e recendendo a pó de arroz e perspiração, cujo maridinho lhe dera dinheiro para embrulhar um cacareco para seu aniversário. Fiquei subitamente deprimido, e subitamente cansado.

Ele serviu o guisado, espirrando um pouco no chão. Não era bom com os implementos, nas suas mãos eles tendiam a ficar traiçoeiros, a bambear e guinar e fazer coisas resvalarem. Ele levou os nossos pratos à sala de jantar e sentou-se à mesa sob o virulento, o vítreo olhar da coruja empalhada. Bebemos o resto do Pommerol, e Charles buscou outra garrafa. Ele continuou a desviar os olhos dos meus olhos numa tarefa esmerada, sorrindo para o chão ao redor, para a mobília, para os atiçadores na lareira, como se o trivial tivesse subitamente se apresentado à atenção dele com um novo charme inesperado. O sol poente brilhava pleno sobre mim através da alta janela às minhas costas. O guisado sabia a pelica queimada. Pus meu prato de lado e me virei e olhei para a enseada. Havia uma falha tremeluzente na vidraça. Algo me fez pensar na Califórnia, algo daquela luz, dos iatezinhos, do dourado mar vespertino. Eu estava tão cansado, tão cansado, eu podia ter desistido ali mesmo, poderia ter me deixado levar até aquele crepúsculo de verão tão facilmente quanto uma brisa, desconhecida, erradia, livre. Charlie esmagou uma guimba encharcada na beira do seu prato. Você viu aquela história sobre o Binkie Behrens no jornal?, disse ele. Servi-me mais uma dose de vinho. Não, disse eu, o que foi que aconteceu, Charles?

A propósito, o que teria sido de mim em todo esse caso sem o consolo da bebida e o seu efeito amortecedor? Eu parecia ter sobrevivido àqueles dias numa sequência de trépidas estocadas entre um breve estado de equilíbrio embriagado e outro, feito um fugitivo correndo sobre um zigue-zague de pegajosas pedras de passarela. Até as cores, azul-gim e vermelho-clarete, não seriam elas os próprios emblemas do meu caso, as cores-tribunais do meu depoimento? Agora que me tornei sóbrio para sempre eu considero não apenas aquele tempo mas toda a minha vida como uma espécie de ébria mas não propriamente feliz orgia, da qual eu sabia que teria que emergir mais cedo ou mais tarde, com uma terrível dor de cabeça. Essa, ah, sim, essa é a hora da ressaca com vingança.

O resto daquela noite, conforme eu a recordo, foi uma sucessão de choques distintos, abafados, como cair escadas abaixo lentamente num sonho. Foi naquela noite que descobri que meu pai havia mantido uma amante. A princípio fiquei aturdido, depois indignado. Eu fora seu álibi, sua camuflagem! Enquanto eu ficava por horas sentado no banco traseiro do carro sobre o iate clube em Dun Laoghaire nas tardes de domingo, ele estava fodendo sua concubina. Penelope era o nome dela — Penelope, pelo amor de Deus! Onde é que eles haviam se conhecido, eu queria saber, teriam um ninho de amor secreto onde ele a mantinha, um mimoso cafofo com rosas em volta da porta e um espelho no teto do quarto? Charlie deu de ombros. Oh, disse ele, eles costumavam vir aqui. A princípio eu não consegui assimilar. Aqui?, gritei eu. Aqui? Mas e quanto a...? Ele deu de ombros de novo e arreganhou uma espécie de sorriso. A Mamãe French, pelo jeito, parecia não se importar. Uma vez por outra até permitia que os amantes se juntassem a ela no chá. Ela e Penelope trocavam receitas de tricô. Veja, ela sabia..., disse Charlie, mas parou, e uma mancha colorida apareceu na pele rachada debaixo de cada maçã do seu rosto, e ele passou um dedo rapidamente por dentro do colarinho da camisa. Eu aguardei. Ela sabia que eu gostava da sua... da Dolly, disse ele por fim. A essa altura eu já estava bastante conturbado. Antes que eu pudesse falar, ele prosseguiu contando como Binkie Behrens também estivera atrás da minha mãe, como ele a convidava junto com o meu pai para irem a Whitewater e cumular o meu pai com bebida para que ele não percebesse os olhares de caçador e as mãos movediças de Binkie. E depois minha mãe vinha contar tudo ao Charlie, e eles riam juntos. Agora ele balançou a cabeça e suspirou. Pobre Binkie, disse ele. Permaneci arrepiado, perdido em assombro e tentando segurar firme a minha taça de vinho. Eu me senti como uma criança ouvindo pela primeira vez os feitos das divindades: elas apinhavam a minha cabeça chiante, aquelas tremendas, arcaicas, imperfeitas figuras com suas tramas e rivalidades e amores impossíveis. Charlie era tão prosaico acerca de tudo aquilo, metade melancólico e metade satisfeito. Ele falava principalmente como se eu não estivesse lá, olhando uma vez por outra com moderada surpresa para os meus chiados e resfôlegos de aturdimento. E você, disse eu, e quanto a você e a minha...? Eu não conseguia pôr aquilo em palavras. Ele me conferiu um olhar ao mesmo tempo mordaz e ardiloso.

Vamos, disse ele, termine a garrafa.

Acho que ele me contou mais alguma coisa sobre a minha mãe, mas não lembro o que foi. Lembro-me de ter telefonado para ela mais tarde aquela noite, sentado com as pernas cruzadas no escuro, no chão do corredor, com lágrimas nos olhos e o telefone agachado no meu colo feito um sapo. Ela parecia imensamente remota, uma voz de miniatura retumbando miúda a partir de um vácuo sussurrante. Freddie, disse ela, você está bêbado. Ela perguntou por que é que eu não tinha voltado, mesmo que fosse só para pegar minha mala. Eu queria ter dito: Mãe, como é que eu poderia voltar para casa, agora? Ficamos em silêncio por um momento, então ela disse que Daphne lhe havia ligado, perguntando onde é que eu estava, o que é que eu estava fazendo. Daphne! Eu não pensara nela durante dias. Pela soleira ao fim do corredor observei Charlie futucando na cozinha, chocalhando as panelas e frigideiras e fingindo que não estava tentando ouvir o que eu falava. Eu suspirei, e o suspiro se transformou num ralo gemidinho. Mãe, disse eu, eu me meti num problemão. Houve algum ruído na linha, ou talvez na minha cabeça, como um grande bater de muitas asas. O quê?, disse ela, não consigo te ouvir

— o quê? Eu ri, e duas grandes lágrimas correram pelos cantos do meu nariz. Nada, gritei eu, nada, deixe para lá! Depois eu disse: Ouça, você sabe quem é — quem era — Penelope, ouviu falar nela? Fiquei chocado comigo mesmo. Por que foi que eu disse tal coisa, por que é que eu queria machucá-la? Ela ficou em silêncio por um momento, e então riu. Aquela vagabunda?, disse ela, é claro que eu sabia dela. Charlie viera até a soleira, e parara, com um pano numa mão e um prato na outra, a me observar. A luz estava atrás dele, não pude ver-lhe o rosto. Houve uma outra pausa. Você é duro demais consigo mesmo, Freddie, disse minha mãe por fim, naquela voz reverberante, longínqua; você torna as coisas difíceis demais para você. Eu não sabia o que ela queria dizer. Eu ainda não sei. Esperei um momento, mas ela não disse mais nada, e eu não consegui falar. Aquelas foram as últimas palavras que chegaríamos a trocar. Descansei o receptor gentilmente e me pus de pé, não sem certa dificuldade. Um dos meus joelhos estava adormecido. Manquei até a cozinha. Charlie estava debruçado sobre a pia fazendo a limpeza, com o cigarro caindo do lábio, as mangas arregaçadas, o colete desafivelado nas costas. O céu na janela à frente dele era de um desbotado tom de anil, eu pensei que nunca tinha visto nada tão adorável em minha vida.

Charlie, disse eu, titubeando, eu preciso de um empréstimo.

Eu sempre fora um chorão, mas agora qualquer indício de ternura podia me fazer chorar como um bebê. Quando ali mesmo ele se sentou à mesa da cozinha e assinou um cheque — eu ainda o guardo: uma garatuja preta aracnídea, uma assinatura ilegível, uma impressão digital impaciente num canto —, eu tentei apanhar a sua mão cheia de manchas hepáticas, acho que eu pretendia beijá-la. Ele fez um pequeno discurso, não lembro muito bem como foi. Minha mãe figurava nele, Daphne também. Acho até que o nome de Penelope foi mencionado. Pergunto-me se ele estava bêbado. Ele ficava assomando no meu foco e sumindo mais e mais, contudo eu sentia que isso era efeito menos devido à minha visão embaçada do que a uma espécie de indeterminação de sua parte. Oh, Charlie, você deveria ter levantado uma ninharia de suspeita qualquer, você deveria ter me enxotado aquela noite, por mais atabalhoado e indefeso que eu estivesse.

A próxima coisa que me recordo é de estar de joelhos no banheiro, vomitando uma torrente ferruginosa de vinho misturado com fiapos de carne e pedaços de cenoura. Ver essa coisa jorrar encheu-me de espanto, como se não fosse vômito, mas algo precioso e estranho, um escuro regato de minério saído da profunda jazida das minhas entranhas. Então se seguiu uma impressão de que tudo balançava, de trevas cintilantes e coisas que nelas passavam por mim a girar, como se eu estivesse redemoinhando mais e mais lentamente num carrossel bambo feito de vidro. Em seguida eu me encontrava deitado de costas na grande cama desordenada do andar superior, tremendo e suando. Havia uma luz acesa, e a janela era uma caixa de profunda e cintilante treva. Adormeci, e após o que pareceu um momento despertei de novo com o sol brilhando no meu rosto. A casa estava silenciosa ao meu redor, mas havia um ressoar ralo, contínuo, que eu parecia antes sentir do que ouvir. Os lençóis eram um emaranhado encharcado. Eu não queria me mexer, me sentia frágil tal qual um cristal. Até o meu cabelo parecia quebradiço, um susto de filamentos eretos, miúdos, eriçados pela estática. Eu podia ouvir o sangue correr pelas minhas veias, rápido e pesado como mercúrio. O meu rosto estava inchado e quente, e estranhamente macio ao toque: o rosto de uma boneca. Quando fechei os olhos uma forma carmesim pulsou e sumiu e pulsou de novo dentro das minhas pálpebras, como um repetido resíduo visual de uma concha explodindo em negrume. Quando eu engolia, o ressoar nos meus ouvidos mudava de diapasão. Dormitei, e sonhei que estava à deriva num lago ardente. Quando acordei já era de tarde. A luz na janela, densa, calma, desassombrada, era uma luz que brilhava diretamente do passado. A minha boca estava seca e inchada, a minha cabeça parecia atulhada de ar. Desde a infância eu não sentira esse estado peculiar de aflição voluptuosa. Não era realmente uma enfermidade, mas antes um tipo de repouso. Jazi por um longo tempo, mal me mexendo, observando o dia passar, ouvindo os barulhinhos do mundo. A luz bronzeada do sol lentamente desvaneceu, e o céu passou de lilás a malva, e uma única estrela surgiu. Então subitamente já era tarde, e eu permaneci deitado num torpor sonolento na escuridão suave de verão e não teria me surpreendido caso minha mãe tivesse aparecido, jovem e sorridente, num ruflar de seda, com um dedo em frente aos lábios, para dar-me boa-noite antes de sair. Não foi mamãe quem veio, no entanto, e sim Charlie; ele abriu a porta cautelosamente em seus gonzos queixosos e espreitou-me cá dentro, espichando seu pescoço de tartaruga, e eu fechei os olhos e ele se retirou suavemente e desceu as escadas rangendo. E eu vi em minha mente uma outra soleira, uma outra escuridão — aquele fragmento de memória, que não era meu, mais uma vez — e aguardei, sem sequer respirar, que algo ou alguém surgisse. Mas não havia nada.

Penso naquele breve acesso de sezão como uma indicação do fim de uma fase inicial, distinta, de minha vida como assassino. Na manhã do segundo dia a febre havia baixado. Eu permaneci deitado num pegajoso emaranhado de lençóis, com os meus braços atirados longe, apenas respirando. Sentia como se eu tivesse patinhado freneticamente em água até a cintura, e que agora finalmente eu alcançara a praia, exausto, trêmulo até o último dos meus membros, mas contudo quase em paz. Eu tinha sobrevivido. Eu tinha voltado para mim mesmo. Fora da janela as gaivotas lamentavam, procurando pela Mamãe French, elas ascendiam e desciam com rijas asas estendidas, como se suspendidas por cordões elásticos. Levantei-me tiritando e transpus o quarto. Havia vento e sol, e o mar resplandecia um azul precioso e atrevido. Embaixo, na pequena enseada de pedra, os iates balouçavam e viravam, repuxando seus cabos de ancoragem. Eu me virei. Havia algo nessa cena feliz, fulgurante, que parecia me repreender. Vesti o roupão de Charlie e desci até a cozinha. Silêncio por toda a parte. Na calma luz matutina tudo se quedava imóvel como se sob ação de um feitiço. Eu não conseguia tolerar a ideia de comer. Encontrei uma garrafa aberta de Apollinaris na geladeira e terminei de bebê-la. Estava choca e sabia levemente a metal. Sentei-me à mesa e pousei a testa nas mãos. Sentia a minha pele granulada, como se a superfície da epiderme tivesse se amarrotado numa espécie de pó aderente. Os restos do café da manhã de Charlie ainda estavam sobre a mesa e havia cinzas de cigarro caídas e um pires com guimbas esmagadas. Os jornais que eu comprara na quinta-feira estavam socados na lata de lixo. Hoje era sábado. Eu perdera o quê?, quase dois dias, dois dias de evidências abundantes. Busquei o saco plástico onde pusera minhas roupas, mas ele desaparecera. Charlie devia ter levado para os lixeiros, estaria em algum depósito a esta altura. Talvez neste exato momento um trapeiro estivesse remexendo no saco. Um espasmo de pavor me assolou. Eu me levantei de um salto e percorri o chão, as mãos engatadas uma na outra para impedi-las de tremer. Eu preciso fazer alguma coisa, qualquer coisa. Corri escadas acima e voei de quarto em quarto como um rei louco, a cauda do roupão esvoaçando atrás de mim. Fiz a barba, fitando-me no espelho olho de peixe, depois tornei a vestir as roupas de Charlie, arrombei a sua escrivaninha e peguei o seu dinheiro e sua carteira de cartões de crédito, e desci as escadas de três em três degraus e saí, tomando o mundo de assalto.

E parei. Tudo estava em seu lugar, os barcos na enseada, a estrada, as casas brancas ao longo da orla, o remoto promontório, aquelas nuvenzinhas no horizonte, e no entanto — e no entanto tudo estava de alguma forma diferente do que eu esperara, do que algo dentro de mim esperara, alguma bela noção de como as coisas deveriam estar ordenadas. Então eu percebi que era eu, é claro, que estava fora de lugar.

Fui até a banca de jornal, com a mesma cãibra de medo e excitação no peito que eu tinha sentido da primeira vez. Quando peguei nos jornais, a tinta saiu nas minhas mãos, e as moedas escorregaram em meus dedos suados. A garota com espinhas me deu uma outra mirada. Ela tinha uma espécie de olhar curioso, calunioso, parecia passar por mim e me absorver, ao mesmo tempo. Era pré-menstrual aquele seu ar tenso, excitável; isso eu podia inferir pelos seus modos. Dei as costas para ela e esquadrinhei os jornais. A essa altura a história já havia saído do rodapé das primeiras páginas e se infiltrado feito uma mancha, ao passo que as reportagens sobre a explosão rareavam, tendo os feridos parado de morrer. Havia uma fotografia do carro, assemelhando um hipopótamo machucado, com um estólido guarda posto ao lado dele e um detetive com botas Wellington apontando para algo. Os garotos que o haviam encontrado foram entrevistados. Lembrariam de mim, daquele pálido estranho devaneando no banco da estação deserta? Lembravam, deram até uma descrição: um homem já velho com cabelo preto e uma barba cerrada. A mulher nos sinais do semáforo estava certa de que eu ia pelos meus vinte e poucos anos, estava bem-vestido, com um bigode e olhos lancinantes. Também havia os turistas de Whitewater que me viram fugir com o quadro, e Reck e sua mãe, é claro, e o garoto idiota e a mulher na oficina onde aluguei o carro: de cada um de seus relatos emergia uma outra e mais fantástica versão de mim, até que eu me tornei multiplicado num bando de degoladores bigodudos, correndo por aí fulminando e emitindo rugidos ameaçadores, como um coral de salteadores numa ópera italiana. Por pouco eu não ri. E contudo, eu estava decepcionado. Sim, é verdade, eu estava decepcionado. Quisera eu ser descoberto, esperara eu ver o meu nome estampado em letras garrafais em toda primeira página? Eu acho que sim. Eu acho que lá no fundo eu ansiava ser levado à frente de um júri e revelar todos os meus sórdidos segredinhos. Sim, ser descoberto, ser repentinamente sovado, golpeado, despido e posto diante da multidão vociferante, esse era o meu mais profundo, o meu mais ardente desejo. Ouço a corte recobrar seu fôlego, surpresa e descrente. Mas, ah, também vocês não anseiam por isso, em seus corações, distintos membros do júri? Anseiam por serem vituperados. Por sentir aquela mão pesada cair sobre o seu ombro e ouvir a ribombante voz da autoridade lhes dizer que o jogo por fim acabou. Resumindo, por serem desmascarados. Perguntem-se isto. Eu confesso (eu confesso!), aqueles dias que passei a esperar que me descobrissem foram os mais excitantes que já vivi, ou jamais sonhei viver. Terríveis, sim, mas excitantes, também. Nunca o mundo parecera tão instável, ou o meu lugar nele tão eletrizantemente precário. Eu tinha uma percepção crua, lasciva, de mim mesmo, como uma coisa enorme, quente e úmida empacotada nas roupas de outrem. A qualquer momento poderiam me capturar, poderiam estar à minha espreita agora mesmo, murmurando em seus radiotransmissores e sinalizando para os atiradores no telhado. Primeiro haveria pânico, depois dor. E quando tudo desaparecesse, cada fiapo de dignidade e afetação, que liberdade não se seguiria, que leveza! Não, o que é que estou dizendo, não leveza, mas o seu oposto: peso, gravidade, a sensação de estar enfim firmemente aterrado. Então finalmente eu seria eu, não mais aquela miserável imitação de mim mesmo que eu fizera durante toda a minha vida. Eu seria real. Eu seria, dentre todas as coisas, humano.

Peguei o ônibus que ia à cidade e desci numa rua onde eu morara anos atrás, quando era estudante, e caminhei ladeando as grades do parque no vento quente sob as árvores sacolejantes, o coração prenhe de nostalgia. Um homem de boné, com terríveis olhos sujos, deteve-se na calçada balançando um punho no ar e vociferando insultos obscenos aos carros que passavam. Invejei-o. Eu teria gostado de ficar parado a gritar daquele jeito, de verter toda a minha fúria e dor e indignação. Segui caminhando. Um trio de garotas vestidas com cores claras saiu tropeçando de uma livraria, rindo, e por um segundo me vi no meio delas, os meus dentes laterais arreganhados num sorriso assustador, um monstro entre as graças. Numa loja nova em folha eu comprei uma jaqueta e calças, duas camisas, umas gravatas, roupa de baixo e, num floreio desafiador, um belo mas não completamente desaparatoso chapéu. Pensei ter detectado um ligeiro enrijecimento de atenção quando mostrei os cartões de crédito do Charlie — meu Deus, será que o conheciam, será que ele comprava aqui? —, mas eu engatei o meu sotaque a toda a força e pincelei a sua assinatura com atrevimento, e todos relaxaram. Eu não estava realmente preocupado. Na verdade, sentia-me ridiculamente excitado e feliz, feito um garoto numa grande compra de aniversário. (O que haverá no mero ato de comprar coisas, que consegue me render tantos prazeres tão simples?) Eu parecia nadar pela rua, ereto como um cavalo-marinho, peitando o ar. As pessoas entre as quais eu me movia eram-me estranhas, mais estranhas que de hábito, quero dizer. Eu sentia como se não mais pertencesse à sua espécie, como se algo tivesse acontecido desde que eu encontrara uma multidão delas pela última vez, como se algum ajuste houvesse ocorrido em mim, um minúsculo, um inacreditavelmente rápido e momentoso evento evolutivo. Eu passava em meio a elas como um enjeitado, uma variedade da natureza. Elas estavam atrás de mim, elas não me podiam tocar — poderiam mesmo me ver, ou estaria eu agora fora do espectro de sua visão? E contudo, com que avidez eu as observava, faminto e maravilhado. Emergiam ao meu redor como se numa espécie de tropeço, com os olhos pasmos e confusos, feito refugiados. Eu via a mim mesmo, meneando a cabeça e com os ombros acima deles, disfarçado, solitário, acarinhando o meu grande segredo. Eu era o seu sonho desconhecido e o seu sonho inconfessado — eu era o seu Moosbrugger.* Fui até o rio e embromei na ponte, entre os mendigos e os vendedores de frutas e os ambulantes de joias baratas, admirando a luz embaçada pelo vento sobre a água e provando nos lábios o ar salgado. O mar! Partir, lançar-se nele, lançar-se sobre incontáveis braças, perdido em todo aquele azul!

Fui — tudo era tão simples — fui até um bar e comprei um drinque. Cada gole era como um cavaco de metal, frio e macio. Era um lugar cavernoso, muito escuro. A luz da rua resplandecia alva na soleira aberta. Eu podia muito bem estar em algum lugar no sul, num daqueles portos úmidos, aborrecidos, que eu costumava conhecer tão bem. Nos fundos, num local iluminado como um palco, alguns jovens com cabeça raspada e coturnos imensos jogavam uma partida de sinuca. As bolas tiniam e estalavam, os rapazes xingavam levemente. Era como uma cena saída de um quadro de Hogarth, um grupo de cirurgiões sem peruca, digamos, concentrados sobre a mesa de dissecação. O barman, os braços dobrados e a boca aberta, estava assistindo a uma corrida de cavalos na televisão que ficava empoleirada muito alto numa prateleira de um canto acima dele. Um rapaz tuberculoso vestindo um sobretudo curtinho preto entrou e parou ao meu lado, respirando inquieto. Da tensão que emanava dele eu pude deduzir que estava se empenhando para aprontar alguma coisa, e por um momento fiquei prazerosamente

---

* Personagem do romance O *homem sem qualidades*, de Robert Musil (1880--1942), que é condenado à morte pelo frio assassinato de uma prostituta, e cuja insanidade representaria, para o protagonista Ulrich, uma espécie de inconsciente coletivo da violência de toda a humanidade ("Se a humanidade pudesse sonhar como um todo, esse sonho seria Moosbrugger").

alarmado. Ele poderia fazer qualquer coisa, qualquer coisa. Mas apenas falou. Eu vivo aqui faz trinta e três anos, disse ele, num tom de amarga indignação, e todo mundo tem medo. O barman relanceou o olhar para ele com um desprezo fatigado e voltou-se para a televisão. Cavalos azuis galopavam em silêncio sobre a turfa verde-claro. Eu tenho medo, disse o rapaz, agora ressentidamente. Ele deu uma tremenda retorcida, despencando os ombros e abaixando a cabeça e levantando um braço, como se algo o tivesse mordido no pescoço. Então ele se virou e saiu apressadamente, envolvendo-se no sobretudo. Eu o segui, deixando o meu drinque pela metade. Lá fora fazia uma claridade cegante. Eu o avistei, já um bom tanto adiante, esquivando-se das multidões com os cotovelos apertados contra o corpo, dando passinhos apertados e rápidos, ágil como um dançarino. Nada podia detê-lo. Na mais densa afluência de corpos ele encontrava uma fenda imediatamente, e girava destramente da cintura para cima e mergulhava por entre eles sem alterar o passo. Que belo par teríamos feito, caso alguém tivesse pensado em nos associar, ele com o seu sobretudo apertado e esfarrapado e eu com o meu chapéu bacana e o meu punhado de sacolas de compras caras! Eu mal conseguia lhe acompanhar o ritmo, e após um ou dois minutos estava arfando e em puro suor. Eu vivia uma inexplicável sensação de enlevo. Em dado momento ele parou e permaneceu encarando a vitrine de um farmacêutico. Eu aguardei, vadiando numa parada de ônibus, conservando-o no canto do meu olho. Ele estava tão concentrado, e parecia tremer tanto, que pensei que ele fosse fazer algo violento, virar-se e atacar alguém, talvez, ou chutar a vitrine e entrar pisando em meio às câmeras e os expositores de cosméticos. Mas ele apenas aguardava que outro estremecimento o arrebatasse. Desta vez, quando ele atirou o braço para cima, sua perna também disparou, como se cotovelo e joelho estivessem unidos por um fio invisível, e um segundo depois o seu calcanhar bateu sobre a calçada com um ressoante estalido. Ele lançou um olhar à sua volta, para ver se alguém o tinha notado, e deu-se uma sacudidazinha casual, como se assim lograsse parecer que o espasmo anterior também tinha sido intencional, e então ele se pôs adiante de novo, feito um whippet. Eu queria acompanhar-lhe o passo, queria falar com ele. Eu não sabia o que dizer. Certamente não lhe ofereceria minha compaixão, isso não. Eu não tinha pena dele, não via nele nada que merecesse a minha comiseração. Não, isso não é verdade, pois ele era patético, uma pobre criatura mutilada e louca. Todavia, eu não sentia pena dele, o meu coração não se oferecia a ele com esse intuito. O que eu sentia era, como posso dizer, um tipo de consideração fraterna, uma sensação forte, justificável, quase alegre, de unidade com ele. Parecia-me a coisa mais simples do mundo chegar-me a ele agora e pôr a mão sobre aquele ombro fino e dizer: meu colega de sofrimento, caro amigo, compagnon de misères! Portanto foi com profunda decepção e mortificação que na esquina seguinte eu parei e olhei ao meu redor na multidão que se empurrava e percebi que eu o tinha perdido de vista. Quase que de imediato, no entanto, eu encontrei um substituto, uma garota alta e gorda com ombros grandes e um enorme traseiro, e pernas enormes, tubulares, que terminavam num par de pezinhos minúsculos, como as patinhas dianteiras de um porco, entalados em sapatos brancos de salto alto. Ela estivera no cabeleireiro, seu cabelo estava repicado num estilo moderno, ameninado, que, nela, ficava grotesco. O cangote raspado, com sua dobra de banha, ainda estava com uma furiosa tonalidade vermelha por causa do secador; parecia ruborizar-se por ela. Ela era tão valente e deplorável, pisando com os seus sapatos feios, que eu a teria seguido o dia todo, acho, mas após um tempo eu também a perdi. Em seguida escolhi um homem com uma enorme marca em forma de morango no rosto, depois uma mulherzinha minúscula guiando um cachorrinho minúsculo num carrinho de bebê, depois um rapazinho que marchava resoluto adiante, como se não conseguisse ver ninguém, com um olhar fixo de visionário, gingando os braços e resmungando consigo mesmo. Num azafamado passeio de pedestres fui subitamente cercado por uma gangue de ciganinhas, que minha mãe teria chamado de pivetes xexelentas, com cabelo ruivo e sardas e extraordinários olhos verde-vidro, que me puxaram em truculenta súplica, estirando a minha manga e lamuriando. Era como ser posto na frente de um bando de enormes aves selvagens importunas. Quando tentei afugentá-las, uma delas apanhou o meu chapéu, enquanto outra destramente arrancou da minha mão a sacola contendo a minha nova jaqueta. Elas fugiram, acotovelando-se umas às outras e rindo estridentemente, voando com os seus calcanhares escoriados, vermelhos. Eu ri também, e recolhi o chapéu da calçada, ignorando os olhares dos transeuntes, que pareciam julgar inconveniente o meu divertimento. Eu não me importava com a jaqueta — na verdade, a perda dela soava, de uma maneira misteriosamente apropriada, parecida àquela de sua predecessora descartada —, mas eu gostaria de ver aonde é que aquelas garotas iriam. Imaginei um telheiro feito de trapos e chapas de ferro galvanizado num poeirento trecho de terreno baldio, com um cão faminto e infantes ranhentos, e uma bruxa bêbada agachada diante uma panela fumegante. Ou talvez houvesse um Fagin esperando por elas em algum lugar, embrenhado nas sombras dentro de algum cortiço abandonado, onde a luz do verão dedilhava as persianas, e partículas de pó vagavam sob tetos elevados, e a pata do rato nos lambris arranhava no silêncio, arranhava, parava e arranhava de novo. Assim fui adiante alegremente por um tempinho, sonhando outras vidas, até avistar um gigante de rosto anêmico com pernas de borracha avançando à minha frente sobre dois paus, e saí atrás dele em ávida perseguição.

O que é que eu estava fazendo, por que é que eu estava seguindo essa gente — que tipo de esclarecimento eu procurava? Eu não sei, nem me importo em saber. Estava confuso e feliz, como uma criança a quem se permitiu participar da brincadeira dos adultos. Continuei nisso por horas, cruzando as ruas e as quadras com a obstinação estonteada de um bêbado, como se eu estivesse desenhando um sinal imenso, intrincado, na superfície da cidade para que alguém no céu o interpretasse. Descobri-me em lugares que eu não sabia que existiam, vielas tortuosas e espaços repentinos, amplos, desertos, e becos sem saída debaixo de pontes ferroviárias onde carros estacionados banhavam-se fartamente no sol vespertino, com os seus tetos cor de brinquedo acesos. Comi um hambúrguer numa cafeteria com paredes de vidro e cadeiras de plástico emboloradas e cinzeiros de folha de estanho, onde as pessoas se sentavam sozinhas e roíam sua comida feito crianças assustadas largadas pelos pais. A luz do dia morria lentamente, besuntando no céu um pôr do sol gradeado, vermelho e ouro, e conforme eu caminhava adiante era como se estivesse caminhando debaixo da tona de um rio amplo, abrasador. As multidões vespertinas estavam de saída, garotas em calças justas e saltos altos, e rapazes musculosos com cortes de cabelo ameaçadores. No crepúsculo quente e nevoento, as ruas pareciam maiores, achatadas, de certo modo, e os carros passavam em carreiras, lustrosos como focas sob a claridade de sódio. Voltei tarde para a casa do Charlie, os pés doendo, ardido e esgrouvinhado, com o chapéu torto, mas repleto de uma misteriosa sensação de realização. E naquela noite sonhei com o meu pai. Ele era uma versão miniaturizada de si, uma criança encarquilhada, com bigode, vestida num terno de marinheiro, o rostinho opresso asseado e o cabelo esmeradamente dividido, conduzindo pela mão uma grande e alta matrona de olhos escuros trajando uma túnica grega e uma coroa de murta, que me atirou um sorriso lascivo, clemente.

Eu tinha sofrido um choque. O meu advogado veio me ver hoje, trazendo uma extraordinária novidade. Geralmente eu aprecio nossas pequenas conferências, num sentido algo lúgubre. Nós nos sentamos a uma mesa quadrada numa saleta fechada sem janelas. As paredes são pintadas de um cinza de gabinete de arquivo. A luz de uma barra de neon acima de nossas cabeças instila-se sobre nós como uma bruma de alta granulação. A lâmpada produz um diminuto e contínuo zumbido. Maolseachlainn a princípio está cheio de energia, fuçando em sua pasta, revirando os seus papéis, murmurando. Ele é como um urso grande e preocupado. Seu procedimento é encontrar coisas sobre as quais conversar comigo, novos aspectos do caso, pontos obscuros da lei que ele pode aproveitar, as nossas chances de conseguir um juiz compassivo, esse tipo de coisa. Ele fala rápido demais, tropeçando nas próprias palavras, como se fossem inúmeras pedras. Gradualmente a atmosfera do lugar o impregna, como umidade, e ele fica em silêncio. Tira os óculos e, sentado, pisca para mim. Ele tem um jeito de apertar a ponte do nariz com dois dedos e um polegar que é particularmente comovente. Sinto pena dele. Acho que ele genuinamente gosta de mim. Isto o intriga e, suspeito, também o perturba. Ele crê que está me desapontando quando perde gás desse jeito, mas sinceramente, não há nada mais a dizer. Ambos sabemos que eu pegarei a perpétua. Ele não consegue compreender a minha equanimidade em face de meu destino. Eu lhe digo que adotei o budismo. Ele ri cuidadosamente, incerto de que seja uma piada. Distraio-o com relatos da vida na prisão, encarnando-os com imitações — faço o diretor de maneira muito convincente. Quando Maolseachlainn ri, não há som, apenas um lento meneio de ombros e uma risada esticada, brilhante.

A propósito, que estranha formulação, esta: pegar a perpétua. As palavras muito raramente significam o que pretendem.

Hoje, logo de cara eu vira que ele estava agitado por causa de algo. Ficava agarrando o colarinho da camisa e limpando a garganta, e tirando os seus oclinhos e tornando a pô-los. Também havia um quê de calúnia no seu olhar. Ele tergiversou e resmungou a respeito do conceito de justiça, e da discrição das cortes, e outros tro-lo-lós; eu mal o escutava. Ele estava tão pesaroso e incomodado, remexendo o seu grande traseiro na cadeira da prisão e olhando para tudo menos para mim, que eu mal conseguia segurar o riso. Agucei os ouvidos, no entanto, quando ele começou a murmurar algo a respeito da possibilidade de eu alegar culpa — e isto após todo o tempo e empenho que ele dispendeu no princípio para convencer-me de que eu deveria alegar inocência. Agora que eu o pegara no flagra, bastante rispidamente, confesso, ele desconversou imediatamente, com um olhar alarmado. Eu me pergunto: o que será que ele está aprontando? Eu deveria ter insistido e o feito falar. Como medida de despersuasão, ele mergulhou na sua valise e tirou uma cópia do testamento da minha mãe. Eu não tinha ainda ouvido o seu conteúdo e estava, desnecessário dizer, vivamente interessado. Maolseachlainn, pude perceber, não achou esta outra questão muito mais fácil do que a anterior. Tossiu bastante, e franziu o cenho, e leu em voz alta detalhes sobre doações e acordos e espólios menores, e levou longo tempo até chegar ao cerne. Eu ainda não consigo acreditar nisso. Aquela vaca deixou Coolgrange para a garota de estrebaria, qual é o mesmo o nome dela, Joanne. Algum dinheiro para Daphne e para os estudos do Van, mas para mim, nada. Suponho que não deveria estar surpreso, mas estou. Eu não fui um bom filho, mas eu fui o único que ela teve. Maolseachlainn observava-me com compaixão. Me desculpe, disse ele. Eu sorri e dei de ombros, embora não tivesse sido fácil. Eu desejava que ele fosse embora imediatamente. Oh, disse eu, é compreensível, afinal de contas, que ela fizesse um testamento novo. Ele não disse nada. Fez-se um silêncio peculiar. Então, quase ternamente, ele me entregou o documento, e eu verifiquei a data. Aquilo datava de sete, quase oito anos atrás. Ela me cortara havia muito tempo, antes mesmo que eu voltasse para desgraçar a ela e à reputação da família. Recordei, com chocante clareza, a maneira como ela me olhou naquele dia na cozinha em Coolgrange, e de novo ouvi aquele cacarejar de riso rouco. Bem, fico feliz de que ela tenha aproveitado a sua piada. Foi uma das boas. Descobri uma surpreendente ausência de amargura no meu coração. Eu estou sorrindo, embora provavelmente mais pareça que eu estou crispando o rosto. Esta é a contribuição dada por ela ao longo curso de lições que eu devo aprender.

Maolseachlainn levantou-se, assumindo sua postura mais cordial, como sempre, no intuito de disfarçar o seu alívio diante da ideia de ir embora. Observei-o lutar para conseguir vestir seu sobretudo azul-marinho e amarrar seu cachenê de lã vermelha em volta do pescoço. Às vezes, quando ele acaba de chegar, suas roupas trazem pequenas lufadas e cavacos do ar lá de fora; eu as farejo com prazer sub-reptício, como se se tratassem dos mais preciosos perfumes. Como está, lá fora?, disse eu agora. Ele se deteve e piscou para mim, um tanto alarmado. Deve ter pensado que eu lhe pedia um panorama geral, como se eu pudesse ter esquecido como é que o mundo parecia. O dia, disse eu, o tempo. Sua testa se desanuviou. Ele deu de ombros. Oh, disse ele, cinza, puro cinza, sabe. E de imediato pude ver, sentindo uma pontada, a tarde de novembro tardio, o insípido brilho nas ruas molhadas, e as crianças caminhando da escola para casa, e as gralhas sobrevoando e guinando muito alto contra nuvens esfarrapadas, e o embaciado brilho do céu atrás dos caducos galhos empretecidos. Eram essas as épocas que eu costumava amar, os momentos desconsiderados do tempo, quando a vasta empresa do mundo simplesmente prossegue silenciosamente por sua conta, como se não houvesse ninguém para perceber, ou para se importar. Vejo-me como um garoto lá fora, embromando pela rua molhada, chutando uma pedra à minha frente e sonhando o imenso sonho do futuro. Havia um atalho, me recordo, que atravessava o bosque de carvalhos a cerca de uma milha de distância de casa, que eu sabia que em algum momento por fim deveria conduzir a Coolgrange. Como eram verdes as sombras, e funda a trilha, como parecia inquieto o silêncio, naquele caminho! Toda vez que passava por lá, vindo do cruzamento, eu me dizia: Da próxima vez, da próxima vez. Mas sempre que a próxima vez chegava eu estava com pressa, ou a luz estava desvanecendo, ou eu simplesmente não estava no clima de desbravar novos domínios, e portanto atinha-me à rota ordinária, ao longo da estrada. No fim eu nunca trilhei aquele atalho secreto, e agora, é claro, já é tarde demais.

Ando fazendo cálculos na minha cabeça — isso afasta minha mente das outras coisas — e descubro, para minha surpresa, que ao todo eu passei não mais que dez dias na casa do Charlie, a contar do dia de solstício de verão, ou melhor, da noite, até o último e momentoso dia de junho. Isso dá *dez*, não dá? Trinta dias têm setembro, abril, junho — sim, dez. Ou são nove. São nove noites, com certeza. Mas onde é que acaba o dia e começa a noite, e vice-versa? E por que eu acho a noite uma entidade mais facilmente quantificável do que o dia? Eu nunca fui bom para esse tipo de coisa. Quanto mais simples os números, mais eles me ludibriam. Enfim. Dez dias, por aí, mais ou menos, foi o decurso de minha estada com Charlie French, cuja hospitalidade e ternura eu não pretendia trair. Parecia ter sido muito mais tempo que isso. Pareceram semanas e semanas. Eu não estava infeliz lá. Com o que quero dizer que lá eu não estava mais infeliz do que estaria em qualquer outro lugar. Infeliz! Que palavra! Conforme os dias se passavam, eu ficava cada vez mais inquieto. Os meus nervos ferviam, e havia um nó de dor permanente em minhas entranhas. Eu sofria repentinos e furiosos ataques de impaciência. Por que eles não vinham me buscar, o que é que estavam fazendo? Eu me ressentia particularmente do silêncio dos Behrens, estava convencido de que estavam jogando um jogo cruel comigo. Mas durante todo o tempo, por trás de todas essas agitações, havia aquela sensação perene, monótona, insípida. Eu me sentia decepcionado. Eu me sentia desenganado. O mínimo que eu esperara das enormidades das quais eu era o culpado era que elas mudassem a minha vida, que elas fizessem as coisas acontecer, por horríveis que fossem, que haveria uma constante sucessão de eventos de fazer parar o coração, de alarmes e súbitos sustos e fugas por um fio. Eu não sei como foi que suportei aqueles dias. Acordava a cada manhã com um sobressalto angustiado, como se uma gota pura, destilada, de dor houvesse pingado na minha testa. Aquela casona velha com os seus cheiros e teias de aranha era opressiva. Eu bebia um monte, é claro, mas não o bastante para me tornar insensível. Eu tentava alcançar o oblívio, Deus sabe disso, eu vertia a birita até que meus lábios se anestesiassem e meus joelhos mal conseguissem se dobrar, mas de nada adiantava, eu não conseguia fugir de mim mesmo. Esperava com a expectativa arrebatada de um amante pelas noites, que era quando eu punha o meu chapéu e as minhas roupas novas — minha nova máscara! — e andava precavidamente, um Dr. Jekyll bamboleante, dentro do qual aquela outra terrível criatura irritava-se e debatia--se, ambicionando experiências. Eu sentia que não tinha até agora observado o mundo ordinário à minha volta, as pessoas, os lugares, as coisas. Quão inocente tudo isso parecia, inocente e condenado. Como posso externar o emaranhado de emoções que se alvoroçavam dentro de mim conforme eu rondava as ruas da cidade, deixando o meu monstruoso coração saciar a sua fome nas visões e nos sons do trivial? A sensação de poder, por exemplo, como eu poderia exprimi-la? Brotara não em função do que eu havia feito, mas do fato de que eu o havia feito e *ninguém sabia disso*. Era o segredo, o segredo em si, foi *isso* o que me colocou acima dos palermas entre os quais eu me movia conforme morria o dia, e os postes se acendiam, e o tráfego rumava escorregando de volta a casa, deixando um nevoeiro azul suspenso como a fumaça de um disparo de fogo no ar escurecido. E havia também aquela excitação constante, ardente, feito uma febre no sangue, que era em parte o medo de ser desmascarado e parte o anseio de sê-lo. Eu sabia que, em algum lugar, em saletas e em deteriorados escritórios preenchidos de fumaça, homens anônimos estavam agora mesmo ajuntando minuciosamente as evidências contra mim. Eu pensava neles à noite, quando me deitava na grande cama empelotada da mãe de Charlie. Era estranho ser objeto de atenção tão meticulosa, estranho e não inteiramente desagradável. Isso soa perverso? Mas eu estava já em outro país agora, onde as velhas regras não vigoravam.

  Era difícil dormir, é claro. Suponho que eu não quisesse dormir, receoso do que eu encontraria nos meus sonhos. Na melhor das hipóteses eu conseguia uma ou duas horas intermitentes de sono nas trevas que antecediam a alvorada, e acordava exausto, com uma dor no peito e os olhos escaldantes. Charlie também estava insone, a toda hora eu ouvia seus passos a ranger na escada, o chocalhar do bule na cozinha, o tinido laborioso, espasmódico, de quando ele esvaziava aquela sua bexiga de velho no banheiro. Víamo-nos muito pouco. A casa era grande o bastante para que nós dois estivéssemos nela ao mesmo tempo e ainda assim sentíssemos que estávamos sozinhos. Desde aquela primeira noite alcoolizada ele estivera me evitando. Parecia não ter amigos. O telefone nunca tocava, ninguém vinha até a casa. Por isso fiquei surpreso e horrivelmente alarmado ao chegar cedo de uma de minhas perambulações vespertinas na cidade e encontrar três grandes carros pretos estacionados na rua e um guarda uniformizado vadiando no muro da enseada na companhia de dois homens circunspectos vestidos com anoraques. Tratei de passar por eles caminhando lentamente, feito um cidadão honesto em sua saída para um passeio ao fim do dia, embora meu coração estivesse martelando e as palmas das minhas mãos estivessem suadas, e depois escapuli contornando pelos fundos e entrei pela travessa. A meio caminho do jardim selvático eu tropecei e caí, e rasguei a minha mão esquerda numa roseira que crescera adoidado. Agachei-me na relva alta, à escuta. Cheiro de marga, cheiro de folhas, a espessa sensação de sangue na minha mão machucada. A luz amarela na janela da cozinha transformou o crepúsculo à minha volta no mais doce azul. Havia uma mulher estranha lá dentro, de avental branco, trabalhando no fogão. Quando abri a porta dos fundos ela se virou rapidamente e emitiu um gritinho. Santo Deus, disse ela, quem é você? Era uma pessoa velha com uma peruca de hena e dentaduras desajustadas e um ar disperso. O seu nome, como dentro em breve iremos descobrir, era Madge. Estão todos lá em cima, disse ela me dispensando, e voltou às suas caçarolas fumegantes.

Havia cinco pessoas, ou seis, incluindo Charlie, embora a princípio me parecesse haver o dobro. Estavam na grande e esquálida sala de estar no primeiro andar, de pé próximos às janelas com drinques nas mãos, vergando-se e esbarrando-se uns nos outros como cegonhas nervosas e papeando como se suas vidas dependessem disso. Atrás deles as luzes da enseada bruxuleavam, e no remoto céu uma massa de nuvens azul-ardósia se fechava como uma pálpebra na última e fumegante rajada de fogo do ocaso. Quando entrei, o bate-papo parou. Havia apenas uma mulher, alta, magra, com cabelo ruivo raposino e um rosto branco extraordinariamente exangue. Charlie, que estava de pé com as costas para mim, viu-me primeiro refletido nos olhares giratórios dos seus convidados. Ele se virou com um sorriso dorido. Ah, disse ele, aí está você. Seu cabelo alado cintilava como um capacete polido. Ele usava uma gravata-borboleta. Ora, eu me ouvi dizendo a ele, num tom de alegre truculência, ora, você podia ter me avisado! As minhas mãos estavam tremendo. Houve um momento de silêncio incerto, depois a conversa abruptamente começou de novo. A mulher continuava a me observar. Sua tez pálida, o cabelo vivaz e o pescoço comprido, esguio, conferiam-lhe uma aparência permanentemente sobressaltada, como se em algum momento de seu passado lhe tivessem contado algum segredo chocante e ela nunca o tivesse realmente assimilado. Charlie, resmungando desculpas, pusera uma mão velha e trêmula debaixo do meu cotovelo e me reconduzia suave mas firmemente para fora da sala. O medo que eu sentira mais cedo se transformou em aborrecimento. Tinha ganas de lhe dar um safanão e dizimar aquele ridículo elmo pretoriano que era o seu cabelo. Peça para a Madge, dizia ele, peça para a Madge te dar algo para comer, que eu desço já, já. Ele estava tão preocupado que eu pensei que ele ia chorar. Ele parou no primeiro degrau e me observou descer as escadas, como se temesse que eu voltasse corricando para cima caso tirasse os olhos de mim, e somente quando eu tinha seguramente alcançado a base e estava rumando à cozinha ele voltou à sala de estar e aos seus convidados.

A cozinha estava cheia de vapor, e Madge, com a peruca torta, parecia ainda mais calorenta e incomodada que antes. Este lugar, disse ela com azedume, francamente! Ela era, conforme formulou pitorescamente, a mulher ocasional do sr. French, e vinha sempre que se davam jantares, e isso e aquilo. Isso era interessante. Jantares, de fato! Ajudei-a a abrir o vinho e sentei-me à mesa com uma garrafa própria. Eu já havia bebido metade dela quando se ouviu uma batida alta na porta da frente que fez meu coração martelar de novo. Passei até o corredor, mas Charlie já estava trepidando apressadamente escadas abaixo. Quando ele abriu a porta, pude ver os dois anoraques lá fora, vigiando a passagem de um homem corpulento e uma mulher alta e lustrosa, conforme avançavam em passo régio vestíbulo adentro. Ah, Max, disse Charlie, e deu um passo adiante com desajeitado afã. A mulher, ele ignorou. Max cumprimentou-o brevemente, e depois recolheu sua mão e correu-a rapidamente sobre a testa baixa e truculenta. Cristo, disse ele, você mora muito longe, pensei que nunca conseguiríamos chegar até aqui. Moveram-se em direção às escadas, Charlie e Max na frente e a mulher atrás. Ela usava um feio vestido azul e um cordão triplo de pérolas. Ela relanceou o olhar pelo corredor e captou o meu olho, e nele o fixou até que eu desviasse o meu. Madge saíra da cozinha e pairava sobre o meu ombro. Aí vem o notável dele, sussurrou ela, e a senhora também.

Esperei um tempo depois que eles subiram, e quando Madge voltou a cozinhar eu os segui, e me esgueirei até a sala de estar novamente. Charlie e Max e a sra. Max estavam perto de uma das janelas admirando a vista, enquanto os outros se esbarravam e cacarejavam e tentavam não encarar tão abertamente na direção deles. Arrebatei uma batelada de garrafas de cima da lareira e me imiscuí no meio deles, enchendo-lhes as taças. Os homens tinham um ar asseado, ávido, ligeiramente ansioso, um ar de garotos de escola já crescidos e de terno azul quando saem à noite pela primeira vez na maturidade, excetuando um velho camarada que tinha um nariz parecido a uma laranja-vermelha e manchas correndo pela frente de seu colete, recolhido a um canto à sua própria sorte, absorto e abatido. Os outros cuidadosamente me fulminaram com o olhar, mas o camarada se avivou de imediato e prestou-se a conversar. O que você acha, afinal, disse ele em voz alta, nós vamos ganhar, não vamos? Compreendi ser uma pergunta retórica. Nós vamos, disse eu robustamente, e lhe dei uma grande piscadela. Ele arqueou as sobrancelhas e recuou um passo, no entanto, espreitando-me duvidosamente. Por Deus, disse ele, eu não sei, agora. Dei de ombros e segui impassivelmente. Charlie me avistara e sorria fixamente, alarmado. Eu estou bebendo vodca, disse a sra. Max friamente quando eu lhe ofereci gim. A minha atenção se concentrava no seu marido. Ele tinha uma aparência crua, friccionada, como se tivesse sido exposto durante um longo tempo a alguma forma de luz e a um clima muito brutais que os outros presentes na sala nunca tinham experienciado. Os seus movimentos, também, a maneira como ele se portava, a maneira leve e deliberada com que girava o olhar ou levava a mão à testa, tudo isso transmitia uma impressão singular e era agravada por uma espécie de consciência teatral. A sua voz era vagarosa e gutural, e sua maneira violenta de falar era impressionante e, de uma maneira estranha, até sedutora. Era a voz de um homem se movendo inexoravelmente adiante através de uma floresta de pequenos obstáculos. Imaginei-o despreocupadamente esmagando coisas debaixo dos pés, flores, ou caramujos, ou o peito do pé de seus inimigos. E aí, Charlie, dizia ele, você continua comprando barato e vendendo caro? Charlie corou e olhou para mim. Isso mesmo, disse a sra. Max, constranja todo mundo. Ela o disse em voz alta, com uma ênfase monótona, e não olhou para ele. Foi como se ela estivesse tecendo comentários, por cima do ombro dele, na direção de um aliado sardônico ali à escuta. Tampouco ele olhou para ela; bem podia ter sido uma voz desencarnada a falar. Ele riu asperamente. Você já arranjou aquele trabalho flamengo para mim?, disse ele. Charlie, sorrindo em angústia, balançou a cabeça, atônito. A pálpebra do seu olho esquerdo começou a palpitar, como se uma mariposa houvesse subitamente nascido debaixo dela. Eu estendi a garrafa de uísque, mas ele rapidamente pôs uma mão sobre o seu copo. Max também me dispensou. A mulher com o cabelo raposino viera por trás de mim. A sua mão, disse ela, você a cortou. Por um momento nós todos permanecemos em silêncio, Max e sua senhora, e Charlie e a Raposa e eu, contemplando o rasgo gotejante que havia entre os nós dos meus dedos. Sim, disse eu, tropecei numa roseira. Eu ri. Aquela metade da garrafa de vinho me subira com tudo à cabeça. Charlie trocava o apoio de pé para pé furtivamente, receando, suponho, que eu estivesse prestes a fazer algo ultrajante. Ocorreu-me, pela primeira vez, o quanto ele me temia. Pobre Charlie. Um iate iluminado planava silenciosamente através da enseada tingida. Bela vista, disse Max sombriamente.

Na sala de jantar a coruja empalhada dentro da sua redoma de vidro fitava a comitiva com uma expressão de surpresa e certa consternação. Patch, digo, Madge estava em estado de pânico a essa altura. Eu carregava pratos para ela, e travessas, e os estardalhava sobre a mesa com extravagantes floreios de garçom. Confesso que eu estava me divertindo. Estava tonto, transbordando de uma alegria maníaca, feito uma criança brincando de fantasiar-se. Eu parecia me movimentar como se sob um feitiço mágico, eu não sei como é que funcionava, mas por um tempo, por uma ou duas horas, bancando o faz-tudo de Charlie, eu fui liberto de mim mesmo e dos terrores que por dias vinham me perseguindo implacavelmente. Eu até inventei uma história para mim conforme eu prosseguia naquilo, quero dizer, eu — como poderia expressar-me — eu adotei determinado trejeito que não era o meu próprio mas que contudo parecia, até para mim, não menos autêntico, ou plausível, pelo menos, do que o meu eu real. (Meu eu real!) Eu me tornei Frederick, o Indispensável, o famoso serviçal do sr. French, sem o qual aquele velho solteirão ranzinza e endinheirado não seria capaz de sobreviver. Ele me havia resgatado de circunstâncias desfavoráveis quando eu era um garoto — eu cuidava do balcão do bar, digamos, em algum sórdido pub do centro da cidade — e agora eu lhe era devoto, e leal a ponto da ferocidade. Eu também o coagia, é claro, e podia armar o terror quando ele recebia visitas. ("Ciúmes?", especulavam-se às vezes os conhecidos, mas não, decidiram que Charlie não era suscetível a isso: lembram-se daquela mulher equina que morava no interior, o amor perdido da vida dele?) Realmente, éramos como pai e filho, exceto que filho nenhum seria tão inabalável, e pai nenhum, tão complacente com as minhas liberdades. Às vezes era difícil dizer quem era o senhor e quem era o serviçal. Esta noite, por exemplo, quando o rito principal terminou, sentei-me entre os convidados e servi-me uma taça de vinho como se fosse a coisa mais natural do mundo. Abateu-se um silêncio, e Charlie franziu o cenho e rolou uma migalha de pão sobre a toalha de mesa, fingindo estar pensando noutra coisa, e Max mirava perniciosamente através da janela as luzes da enseada enquanto os seus capangas à sua volta se inquietavam e olhavam nervosos uns para os outros, e por fim eu peguei a minha taça, levantei-me e disse: Bem! Acho que é hora de nós, meninas, nos recolhermos, e praticamente desabalei para fora da sala. No corredor, é claro, eu me recostei na parede e ri. Mesmo assim, as minhas mãos estavam tremendo. Medo dos palcos, suponho eu. Que ator o mundo perdeu!

    E agora, o que devo fazer?

    Subi as escadas até a sala de estar. Não, eu desci até a cozinha. Madge: peruca, dentes falsos, avental branco, eu já falei disso tudo. Para fora de novo. No corredor topei com a Raposa.

Ela havia perambulado para fora da sala de jantar. Debaixo das escadas era um lugar escuro, lá nos encontramos. Pude ver-lhe o rosto na penumbra, os seus olhos a me observar, tão solenes e assustados. Por que você está triste?, disse eu, e por um momento ela não soube o que fazer com as mãos, depois as levou atrás das costas e flexionou um joelho, e brevemente balançou os ombros e os quadris, como uma aluna de escola se fazendo de coquete. Quem foi que disse que estou triste?, disse ela. Não estou triste. E eu pensei que ela fosse chorar. Teria ela visto em mim o terror e a vergonha, teria ela os visto desde o começo? Pois ela havia me procurado, disso eu sabia. Passei às suas costas e abri uma porta, e pisamos subitamente nos assoalhos sem carpete de um quarto vazio. Sentia-se um cheiro, seco e acebolado, que era o cheiro de certo sótão que havia em Coolgrange. Um paralelogramo de luar estava escorado numa parede como se fosse um espelho quebrado. Eu ainda estou segurando esses malditos pratos. Eu os ponho no chão aos nossos pés, e enquanto ainda estava curvado ela tocou o meu ombro e disse algo que não captei. Ela riu suavemente, surpresa, até, como se o som da própria voz lhe fosse inesperado. Nada, disse ela, não foi nada. Ela estremeceu em meus braços. Era toda dentes, hálito, dedos apertados. Segurava a minha cabeça entre as mãos como se fosse esmagá-la. Ela chutara os sapatos para longe; trepidaram onde caíram. Ergueu um pé para trás e o encostou na porta, pressionou e pressionou. Suas coxas estavam frias. Chorou, suas lágrimas caíam nas minhas mãos. Eu mordi o seu pescoço. Éramos como dois — não sei. Éramos como dois mensageiros, encontrando-se no escuro para trocar terríveis notícias. Ai, meu Deus, dizia ela, ai, meu Deus. Ela pôs a testa contra o meu ombro. Nossas mãos estavam besuntadas umas nas outras. Regressaram o quarto, o luar, o cheiro acebolado. Nenhum pensamento exceto: o rosto branco, o cabelo. Me perdoe, disse eu. Eu não sei por que foi que eu ri. De todo modo, não foi realmente uma risada.

* * *

Como são pacatos os dias, agora, na linha de chegada do fim do ano. Sentado aqui dentro da consistência desta sala cinza, eu às vezes imagino que estou completamente sozinho, que não há ninguém a milhas e mais milhas à minha volta. É como estar no fundo do porão de carga de um grande navio cinza. O ar é pesado e parado, comprime os meus ouvidos, os meus olhos, a base do meu crânio. Finalmente a data do julgamento foi determinada. Sei que isso deveria fazer minha mente concentrar-se, dar-me um propósito e assim por diante, deixar-me animado, ou assustado, mas não é o que acontece. Algo ocorreu à minha noção de tempo; agora eu penso em termos de éons. Os dias, as semanas desse banal melodramazinho de tribunal não passarão de uma mera ferroada. Eu me tornei um perpetuado.

Hoje, de novo, Maolseachlainn levantou a questão do que eu deveria alegar. Deixei-o arengar por um tempo, depois me fartei daquilo e disse-lhe que eu dispensaria os seus serviços se ele não abrisse o jogo e dissesse o que tinha em mente. Dei uma de sonso, pois eu tinha percebido, é claro, a partir da sua última visita, que ele estava sugerindo a possibilidade de fazer um acordo — compreendo, pelas conversas que tive aqui dentro, que dificilmente uma sentença é expedida sem que tenha sido pré-combinada entre os advogados. Eu estava curioso para saber o que a corte poderia querer de mim. Agora, enquanto eu observava o pobre Mac retorcer-se e suar, pensei ter encontrado o motivo: Charlie, é claro, eles estavam tentando salvar o que pudessem da reputação de Charlie. (Como poderia imaginar que dariam a mínima para o Charlie ou para sua reputação?) Eu faria tudo o que pudesse por ele, isso é desnecessário frisar, embora agora já me parecesse um tanto tarde. Certo, Mac, disse eu, erguendo uma mão, vou me declarar culpado — e daí? Ele me deu um daqueles seus olhares por cima dos óculos. E daí que será um caso concludente, não?, disse ele. Após um instante eu percebi que ele pretendera que isso soasse espirituoso. Ele riu compungido. O que ele queria dizer era que o julgamento seria iniciado, eu negaria as acusações apresentadas, alegaria a minha culpa por homicídio ou algo assim, o juiz daria a sentença, com algum trecho extirpado em retribuição à minha cooperação, e depois, presto, tudo estaria terminado, a audiência terminaria, o caso seria fechado. Ele não podia garantir nada, disse ele, mas seu dever com o cliente era assegurar o melhor julgamento possível dentro da lei. Ele é muito charmoso quando fica pomposo assim. Qual o propósito, disse eu, qual o truque? Ele deu de ombros. O truque é que não farão nenhuma oitiva com você. Simples assim. Por um momento ficamos em silêncio. E isso vai funcionar, disse eu, isso vai salvá-lo? Ele franziu o cenho, confuso, e de imediato vi que eu estava errado, que Charlie e seu constrangimento não eram o assunto em questão. Eu ri. Eu já disse isso antes, às vezes eu penso que sou incorrigivelmente inocente. Maolseachlainn relanceou o olhar por cima do ombro — sim, ele realmente fez isso — e inclinou-se por cima da mesa, conspiratoriamente. Ninguém se importa com Charlie French, disse ele, ninguém se importa com *ele*.

Vossa Excelência, eu não gosto disso, não gosto nem um pouco disso. Vou alegar culpa, é claro — não é o que venho fazendo todo esse tempo? —, mas não gosto da ideia de ser impedido de uma oitiva, não, disso eu não gosto. Não é justo. Até um cão como eu deve ter o seu dia. Eu sempre me imaginei no banco do réu, fitando o vazio, bastante calmo, e trajando roupas casuais, conforme reportarão os jornais. E depois, aquela voz autoritária, contando a minha versão dos fatos, em minhas próprias palavras. Mas agora estou para ter negado o meu momento de drama, certamente o último que terei nesta vida. Não, isso não está certo.

Veja, o fato é que eu mal me lembro daquela noite na casa de Charlie French. Quero dizer, eu me lembro da noite, mas não das pessoas; não com clareza. Vejo muito mais vivamente as luzes na água lá fora, e o último fiapo do pôr do sol e a escura massa de nuvens, do que vejo os rostos daqueles entusiásticos rapazolas. Mesmo Max Molyneaux não passa, em minha recordação, de um terno caro e certa brutalidade polida. Que me importam ele e os da sua laia, pelo amor de Deus? Que fiquem com sua reputação, de nada me valem, de uma forma ou de outra, eu não tenho interesse em agitar escândalos. A ocasião passou diante de mim num borrão vítreo, tal como muitas outras coisas durante aqueles dez dias. Ora, durante a minha condição frenética, nem mesmo a pobre Raposa me foi de mais substancialidade do que uma coadjuvante num sonho molhado. Não, espere, eu retiro o que eu disse. Por mais que possam estrondear em risadas irreverentes, devo declarar que me recordo dela claramente, com ternura e compaixão. Ela é, e muito provavelmente continuará sendo, a última mulher com quem fiz amor. Amor? Poderia mesmo chamar assim? De que mais poderia chamá-lo. Ela confiou em mim. Ela farejou o sangue e o horror e não recuou, mas se abriu feito uma flor e deixou-me descansar nela por um momento, o meu coração tremendo, conforme trocávamos nosso mudo segredo. Sim, eu me recordo dela. Eu estava caindo, e ela me apanhou — a minha Gretchen.

Na verdade, o seu nome era Marian. Não que isso importe.

Ficaram até muito tarde, todos exceto a sra. Max, que foi embora imediatamente após o jantar. Observei-a ser conduzida, sentada muito empertigada no banco traseiro de uma das limusines negras, feito uma Nefertiti devastada. Max e os seus comparsas subiram as escadas de novo e farrearam até o dia raiar. Passei a noite na cozinha jogando baralho com Madge. Onde estaria Marian? Eu não sei — eu já estava mamado, como de hábito. De todo modo, o nosso momento já tinha se passado, se nos encontrássemos de novo agora apenas ficaríamos constrangidos. No entanto, eu devo ter ido atrás dela, pois me lembro de subir as escadas aos escorregos, passar aos quartos, e cair repetidamente no escuro. Eu me lembro, também, de ter ficado de pé defronte a uma janela escancarada, muito elevada, a ouvir trechos de música vindas pelo ar lá de fora, um misterioso retinir e retumbar, que parecia se mover, se desvanecer, como se uma clamorosa cavalgada partisse noite adentro. Suponho que viesse de algum salão de dança, ou de algum clube noturno na enseada. Considero-o, no entanto, como o ruído do deus e seu séquito me abandonando.

No dia seguinte o tempo se abriu. No meio da manhã, quando eu e minha ressaca nos levantamos, o sol brilhava tão alegre e tão impiedosamente quanto brilhara a semana toda, e as casas ao longo da orla tremeluziam numa neblina azul-pálida, como se o céu tivesse naquele ponto se esfacelado em aérea geometria. Parei de cuecas à janela, me coçando e bocejando. Ocorreu-me que eu estava quase me acostumando a esta estranha maneira de viver. Foi como se eu estivesse me adaptando a uma doença, passada a fase inicial de sustos e febres. Um sino de igreja badalava. Domingo. Os passeadores já se encontravam lá fora, com seus cães e crianças. Do outro lado da rua, no muro da enseada, um homem de capa de chuva estava parado com as mãos engatadas atrás das costas, fitando o mar. Pude ouvir vozes no andar de baixo. Madge estava na cozinha lavando a louça da noite passada. Ela me deu uma olhadela peculiar. Eu trajava o roupão de Charlie. Como é possível, eu me pergunto, que eu não tivesse captado naquele momento aquele tom novo, especulativo, na voz dela, o qual deveria ter me alertado? Tinha uma ajudante com ela esta manhã, sua sobrinha, uma criança opaca de seus doze anos com — com o que, que diferença faz o que ela tinha, qual era sua aparência. Todas essas testemunhas menores, agora nunca mais nenhuma delas será chamada. Sentei-me à mesa bebendo chá e observando-as a trabalhar. Pude sentir que a criança estava com medo de mim. Fe fi fo fum. Ele saiu, viu, disse Madge, os braços mergulhados em espuma, o sr. French saiu quando eu estava chegando. Sua entonação era inexplicavelmente acusativa, como se Charlie tivesse fugido de casa por minha causa. Mas, considerando bem, ele tinha fugido.

De tarde, uma enorme nuvem cresceu no horizonte, cinza e granulosa, como um depósito de sedimento, e o céu se enxameava, um azul enegrecido eivado de branco. Acompanhei uma ondulante cortina de chuva atacar do leste. O homem no muro da enseada abotoou a sua capa de chuva. A multidão da manhã de domingo há muito tinha partido, mas ele, *ele* ainda estava lá.

Era estranha a sensação, agora que por fim estava aqui. Eu esperara terror, pânico, suor frio, arrepios, mas não houve nada disso. Ao contrário, uma espécie de euforia pasmada tomou conta de mim. Eu passeei pela casa como o embriagado capitão de um navio arrastado pela tormenta. Toda sorte de ideias loucas passou pela minha cabeça. Faria uma barricada nas portas e janelas. Faria Madge e sua sobrinha de reféns, e as permutaria por um helicóptero para ter a minha liberdade. Esperaria Charlie voltar e o usaria como escudo humano, marchando com ele à minha frente com uma faca chegada ao seu pescoço — eu até mesmo desci à cozinha para encontrar uma lâmina para essa ocasião. Madge terminara a limpeza, e estava sentada à mesa com um bule de chá e um tabloide dominical. Ela me observou apreensiva conforme eu remexia na gaveta de talheres. Perguntou-me se eu gostaria de tomar o meu almoço, ou se eu esperaria pelo sr. French. Eu ri adoidado.

Almoço! A sobrinha riu também, um grasnidinho de papagaio, o lábio superior se recolhendo e revelando meia polegada de gengiva embranquecida, cintilante. Quando olhei para ela, fechou a boca abruptamente, foi como uma persiana caindo. Jacintha, disse-lhe, Madge rispidamente, já para casa. Fique onde está!, gritei eu. As duas vacilaram, e o queixo de Jacintha tremeu e os seus olhos se encheram de lágrimas. Abandonei a busca da faca e de novo emergi escadas acima. O homem com a gabardina havia sumido. Soltei um grande arquejo de alívio, como se eu estivesse todo esse tempo segurando a respiração, e me soltei sobre a moldura da vidraça. A chuva se alastrava, gordas gotas dançavam na rua e faziam a tona da água da enseada fervilhar. Ouvi a porta da frente abrir-se e fechar-se com um baque, e Madge e a garota aparecerem lá embaixo e corricarem rua acima com os casacos sobre a cabeça. Eu ri ao vê-las partir, a criança saltando as poças e Madge chafurdando em seu rastro. Então eu avistei o carro, estacionado pouco acima na estrada, do outro lado, com duas figuras opacas, grandes, imóveis, sentadas nos bancos fronteiros, os rostos borrados atrás do para-brisa aguado.

Sentei-me a uma cadeira na sala de estar, fitando à minha frente, as mãos prendendo os descansos de braço e os pés firmemente postados lado a lado no chão. Eu não sei por quanto tempo permaneci assim, naquele espaço reluzente, cinzento. Retenho uma impressão de horas decorrendo, mas certamente isso não é possível. Havia um cheiro de cigarros e bebidas estagnadas, abandonadas na noite anterior. A chuva produzia um ruído tranquilizante. Afundei numa espécie de transe, um sono desperto. Vi-me a mim mesmo, em criança, caminhando por uma colina arborizada perto de Coolgrange. Estávamos em março, acho, um daqueles tempestuosos dias flamengos com céu azul-porcelana e nuvens tombantes, cinzentas. As árvores acima de mim oscilavam e gemiam ao sabor do vento. Subitamente ouvi um grande e rápido ruído apressado, e o ar escureceu, e algo como a vasta asa de um pássaro caiu à minha volta, debatendo-se e açoitando. Era um galho que tinha caído. Eu não me feri, contudo não consegui me mover, e permaneci como que atordoado, arrepiado e trêmulo. A força e a velocidade da coisa me haviam espantado. Não foi pavor o que senti, mas uma profunda sensação de choque diante da pouca importância que a minha presença tinha. Eu bem podia ter sido uma falha no ar. Solo, galho, vento, céu, mundo, todos haviam sido coordenadas exatas e necessárias ao acontecimento. Somente eu estava deslocado, somente eu não tinha um papel a representar. E nada se importava comigo. Se eu tivesse sido morto, eu teria caído ali, com o rosto nas folhas mortas, e o dia teria passado como sempre, como se nada tivesse acontecido. Pois o que teria acontecido não representaria nada, ou nada extraordinário, de todo modo. Ajustes seriam feitos. Coisas teriam que sair de debaixo de mim se retorcendo. Uma formiga extraviada, quem sabe, exploraria a câmara ensanguentada do meu ouvido. Mas a luz teria sido a mesma, e o vento teria soprado como soprou, e a flecha do tempo não teria vacilado em nenhum momento de seu voo. Eu estava espantado. Eu nunca me esqueci daquele momento. E agora outro galho estava prestes a cair, pude ouvir aquele mesmo ruído apressado acima de mim e sentir aquela mesma asa negra descendo.

    O telefone tocou, com um som semelhante ao de vidro partindo. Havia um bafafá de estática na linha. Alguém parecia estar perguntando por Charlie. Não, gritei eu, ele não se encontra!, e bati o receptor. Quase que imediatamente a coisa começou a estridular de novo. Espere, espere, não desligue, disse a voz, aqui quem fala *é* o Charlie. Eu ri, é claro. Estou aqui na estrada, disse ele, aqui embaixo na estrada. Eu ainda estava rindo. Fez-se então um silêncio. Os guardas estão aqui, Freddie, disse ele, eles querem falar com você, houve alguma espécie de mal-entendido. Eu fechei os olhos. Parte de mim, percebi, estivera torcendo contra a esperança, quase incapaz de crer que a brincadeira acabara. O zumbido nos cabos parecia ser o próprio som da ansiedade e constrangimento de Charlie. Charlie, disse eu, Charlie, Charlie, por que você está se escondendo dentro de uma cabine telefônica, o que você achou que eu faria a você? Desliguei antes que ele pudesse responder.

Eu estava com fome. Desci à cozinha e fiz uma enorme omelete, e devorei metade de uma fatia de pão e bebi um quartilho de leite. Sentei encurvado à mesa com os cotovelos plantados de ambos os lados do prato e a minha cabeça pendendo, atochando a comida dentro de mim com uma indiferença animalesca. A luz chuvosa formava uma espécie de crepúsculo no aposento. Ouvi Charlie assim que ele adentrou na casa — ele nunca fora muito bom em abrir caminho em meio à mobília da vida. Ele meteu a cabeça na porta da cozinha e esboçou um sorriso, sem muito sucesso. Gesticulei para a cadeira oposta a mim e ele se sentou precavidamente. Eu começara a comer as sobras frias das batatas cozidas da noite anterior. Estava voraz, não conseguia comer o bastante. Charles, disse eu, você está um caco. Ele estava. Estava cinzento e enrugado, com reentrâncias lívidas debaixo dos olhos. O colarinho da camisa estava abotoado, embora não trajasse uma gravata. Correu uma mão sobre a mandíbula e eu ouvi o raspar dos pelos. Ele se levantara cedo, disse, pegaram-no e pediram-lhe que fosse à "estação". Por um segundo eu não compreendi, pensei que ele estivesse se referindo à estação de trem. Ele conservava os olhos no meu prato, naquela confusão de batatas. Algo ocorrera ao silêncio à nossa volta. Notei que a chuva havia parado. Santo Deus, Freddie, disse ele suavemente, o que foi que você fez? Ele parecia mais perplexo do que chocado. Peguei mais uma garrafa de leite pela metade do fundo da geladeira. Você recorda, Charlie, aqueles jantares que você costumava me pagar no Jammet's e no Paradiso? Ele encolheu os ombros. Não estava claro se ele me ouvia. O leite azedara. Bebi-o mesmo assim. Eu gostava, sabe, dessas noites, disse eu, ainda que eu não o demonstrasse sempre. Franzi o cenho. Havia algo errado ali, algo inadequado, assim como o leite. A mendacidade sempre faz a minha voz soar curiosamente monótona, um chocho retumbar no fundo da minha garganta. E por que ressuscitar agora uma mentira antiga, desimportante? Estaria eu apenas treinando, ganhando um pouco de prática para o grande torneio que viria a seguir? Não, isso é muito duro. Eu estava tentando pedir desculpas, digo, por tudo, e como poderia fazer isso sem mentir? Ele parecia tão velho, ali derreado com a cabeça caindo sobre o seu pescoço fibroso e a sua boca toda combalida para um lado e os seus olhos turvos fixos imprecisamente à frente dele. Ah, que se foda, Charlie, disse eu. Me desculpe.

Teria sido coincidência, eu me pergunto, o policial fazer a sua entrada justamente naquele momento, ou teria ele ficado à escuta do outro lado da porta? Nos filmes, noto, o sujeito com a arma sempre espera no corredor, as costas contra a parede, o branco dos olhos cintilando, até que as pessoas dentro do recinto terminem suas falas. E esse policial, suspeito eu, era um atilado estudioso do cinema. Tinha um rosto pontiagudo e cabelo preto esguio, e trajava uma espécie de jaqueta militar acolchoada. A submetralhadora que ele segurava, de um modelo quadrangular grosseiro com um tambor de apenas uma polegada, semelhava extraordinariamente um brinquedo. De nós três, ele parecia o mais surpreso. Não pude deixar de admirar a destreza do chute com que ele entrara pela porta dos fundos. Esta ficou estremecendo pendida em seus gonzos, o ferrolho quebrado balançando como a língua de um cão de caça. Charlie se levantou. Está tudo bem, oficial, disse ele. O policial avançou soleira adentro. Ele me fulminava com o olhar. Você está preso, caralho, você está preso, disse ele. Atrás dele, no pátio, o sol surgiu subitamente, e tudo o que havia brilhou e cintilou umidamente.

Mais policiais entraram pela porta da frente, parecia haver um grande grupo deles, embora perfizessem somente quatro. Um deles era o camarada que eu vira parado no muro da enseada naquela manhã, eu o reconheci pela capa de chuva. Todos carregavam armas, de diversos formatos e tamanhos. Fiquei impressionado. Eles se perfilaram rente às paredes, olhando para mim com um tipo de curiosidade refreada. A porta que dava para o corredor permaneceu aberta. Charlie fez menção de ir naquela direção, e um dos policiais disse num tom monótono: Espere. Havia silêncio, exceto pelo fraco chiado metálico dos rádios de polícia lá fora. Bem podíamos estar à espera da chegada de um soberano. Por fim, a pessoa que chegou foi uma surpresa. Ele era um homem franzino, ameninado, de seus trinta anos, com cabelo arenoso e olhos azuis transparentes. De imediato reparei em suas mãos e pés, que eram pequenos, quase delicados. Ele se aproximou de mim andando meio de lado, olhando para o chão com um sorrisinho peculiar. O seu nome, ele disse, era Haslet, inspetor-geral Haslet. (Ei, Gerry, espero que não se incomode de eu mencionar suas mãos delicadas — é verdade, você sabe disso, elas são mesmo.) A estranheza do seu comportamento — aquele sorriso, o olhar oblíquo — se devia, eu percebi, à sua timidez. Um policial tímido! Não era o que eu esperava. Ele olhou à sua volta. Houve um momento de embaraço. Ninguém parecia saber bem o que fazer em seguida. Ele voltou os seus olhos abatidos de novo para a minha direção. Bem, disse a ninguém especificamente, estamos certos? Então tudo se avivou subitamente. Aquele que segurava a metralhadora — vamos chamá-lo de sargento Hogg — deu um passo adiante e, pondo a arma sobre a mesa, destramente estalou um par de algemas nos meus pulsos. (A propósito, elas não são tão desconfortáveis quanto possam parecer — na verdade, ao ser maniatado senti algo quase tranquilizante, como se se tratasse de um estado mais natural do que o da liberdade desbragada.) Charlie franziu o cenho. Isso é realmente necessário, comissário?

disse ele. Era uma velha fala tão grandiosa, e foi dita tão esplendidamente, com a exata medida de empáfia solene, que por um segundo eu pensei que poderia originar uma pequena salva de palmas. Olhei para ele com renovada admiração. Ele abandonara aquele ar inseguro de um ou dois minutos atrás, e parecia, realmente, muito impressionante ali em seu terno escuro e as asas prateadas de seu cabelo. Até mesmo as suas bochechas barbeadas e o colarinho sem gravata serviam só para dar-lhe a aparência de um estadista retirado da cama para lidar com alguma grave crise nos interesses da nação. Creiam-me, sou sincero quando digo que admiro a sua perícia de artista transformista. Depositar toda a fé na máscara — isso agora me parece a verdadeira marca de uma humanidade refinada. Fui eu quem disse isso, ou outrem? Não importa. Captei-lhe o olhar, para mostrar-lhe meu apreço, e para pedir-lhe — oh, para pedir-lhe algum tipo de perdão, acho eu. Mais tarde eu temi que a minha mirada pudesse ter-lhe parecido antes uma zombaria que um pedido de desculpas, pois acho que devo ter ostentado um sorrisinho afetado no rosto durante toda aquela comédia grotesca na cozinha. A sua boca estava sombriamente contraída, e um nervo latejava em sua mandíbula — ele tinha todo o direito de estar furioso —, mas em seus olhos tudo o que eu podia ver era uma espécie de tristeza onírica. Então Hogg pressionou-me as costas, e me fez marchar rapidamente pelo corredor e sair em direção à ofuscante luz da tarde.

Houve um momento de confusão enquanto os policiais circulavam pela calçada, espichando os seus pescoços atarracados e espreitando a enseada penetrantemente para lá e para cá. O que será que esperavam, um grupo de resgate? Notei que todos eles calçavam tênis de corrida, exceto Haslet, o bom menino do campo, com os seus robustos brogues marrons. Um dos seus homens esbarrou nele. Policiais demais estragam a captura, disse eu energicamente. Ninguém riu, e Haslet fingiu não ter ouvido. Achei que tinha sido esplendidamente espirituoso, é claro. Eu permanecia naquele humor de louco enlevo, não consigo explicá-lo. Eu não parecia caminhar, mas sim saltitar, transbordante de uma energia tigrina. Tudo fagulhava no enxaguado ar marítimo. A luz do sol tinha um atributo bruxuleante, alucinatório, e eu sentia de alguma forma estar enxergando dentro do próprio processo de iluminação, captando mesmo os fótons a voar. Atravessamos a estrada. O carro que eu vira através da janela do andar de cima ainda estava lá, o para-brisa pontilhado com gotas da chuva. As duas figuras sentadas na frente nos observaram com cautelosa curiosidade à medida que passamos. Eu ri — não eram policiais, mas um homem grande e sua grande senhora, dando um giro dominical. A mulher, chupando lentamente uma guloseima, mirou as algemas, e eu levantei os meus pulsos para ela numa saudação amistosa. Hogg cutucou-me de novo entre as espáduas, e eu quase tropecei. Já podia ver que eu teria problemas com ele.

Havia dois carros, indistintos e indefiníveis, um azul e um preto. Depois, a comédia de portas de carro se abrindo, feito asas de besouros. Meteram-me no banco traseiro com o sargento Hogg de um lado e um brutal brutamontes imberbe de cabelo ruivo do outro. Haslet inclinou-se sobre a porta. Você leu os direitos dele?, indagou ele brandamente. Fez-se silêncio. Os dois investigadores nos bancos da frente permaneciam muito imóveis, como se temessem se mexer por medo de rir. Hogg fitou sombriamente adiante, a boca comprimida numa linha tênue. Haslet suspirou e foi embora. O motorista deu partida no carro cuidadosamente. Você tem o direito de ficar calado blá-blá-blá, disse Hogg venenosamente, sem olhar para mim. Obrigado, sargento, disse eu. Achei que esta foi mais uma esplêndida réplica de minha parte. Saímos do meio-fio com uma derrapada, deixando no ar uma lufada de fumaça de pneu em nosso rastro. Perguntei-me se Charlie estaria nos observando da janela. Eu não olhei para trás.

* * *

Faço uma pausa para registrar que Helmut Behrens morreu. Do coração. Valha-me Deus, isso aqui está se transformando no Livro dos Mortos.

Como me lembro bem daquela viagem. Eu nunca havia rodado tão rápido de carro. Praticamente voamos, cortando pelo moroso tráfego de domingo, bramindo pelas pistas internas, fazendo curvas sobre duas rodas. Estava muito quente, com todas aquelas janelas fechadas, e havia ali um fedor almiscarado, animal. A atmosfera se eriçava. Eu estava transido, invadido de terror e de uma espécie de júbilo, acelerando daquele jeito, abarrotado ali com aqueles homens enormes, a suar em silêncio, que permaneciam encarando a estrada à frente com os braços fortemente dobrados, abraçados à sua excitação e sua fúria malcontida. Pude senti-los respirar. A velocidade os tranquilizava: a velocidade era violência. O sol brilhava em nossos olhos, um grande e denso clarão. Eu sabia que à menor provocação eles se lançariam sobre mim e me espancariam quase até a morte, estavam apenas esperando por essa chance. Mesmo esse entendimento, no entanto, era estimulante. Eu nunca em minha vida estivera tanto no centro das atenções. De agora em diante eu seria observado, seria zelado e alimentado e ouvido, feito um bebezão perigoso. Chega de fugir, chega de esconder-se e esperar, chega de tomar decisões. Aninhei-me entre os meus captores, curtindo a calorosa fricção do metal nos meus pulsos. Todavia, durante todo aquele tempo, uma outra parte da minha mente registrava outra versão das coisas — ela estava pensando, por exemplo, em tudo o que eu estava perdendo. Eu olhei para as ruas, os prédios, as pessoas, como se fosse pela última vez. Eu, que sou um provinciano de coração — sim, sim, é verdade — e nunca realmente conheci ou me importei com a cidade, nem mesmo quando morei aqui, calhei de amá-la, agora. Amar? Não é uma palavra que uso com muita frequência. Talvez eu queira dizer uma outra coisa. Era a perda, sim, a perda iminente de — do que, eu não sei. Eu ia dizer, *da comunidade dos homens*, algo solene e imponente como isso, mas quando é que cheguei mesmo a ser parte dessa comunhão? Contudo, conforme rodávamos adiante, alguma profunda cavidade do meu coração se preenchia com o pesar da renúncia e da abdicação. Recordo-me especificamente de um ponto, perto do rio, onde por um minuto ficamos retidos por uma luz defeituosa de semáforo. Era uma rua de casinhas atochadas entre incaracterísticos prédios cinza, armazéns e quejandos. Um velho estava sentado num peitoril, um infante brincava na sarjeta com um filhotinho encardido. Varais de roupa lavada brilhante se estendiam como bandeirolas por um beco. Tudo era calma. O semáforo ficou vermelho. E então, como se em algum lugar uma alavanca tivesse sido pressionada, toda a cenazinha ruidosa voltou à vida lentamente, timidamente. Primeiro um trem verde passou sobre uma ponte de metal vermelha. Depois duas portas de duas casas abriram-se simultaneamente, e duas garotas arrumadas em esplendor domingueiro saíram à luz do sol. O infante exultou, o filhotinho ganiu. Um avião sobrevoou rasteiro, e num instante depois sua sombra roçou a rua. O velho desmontou do peitoril com surpreendente pujança. Houve uma pausa, como se para causar certo efeito, e então, com um eletrizante estampido de apito, eis que vem planando até a vista, sobre os telhados, a ponte branca e a chaminé preta de um imenso e majestoso navio. Foi tudo tão pitoresco, tão inocente e ávido, como a ilustração de capa de um livro infantil de geografia, que eu quis rir em alto e bom som, embora, tivesse-o feito, acho que o que teria saído soaria mais como um soluço. O motorista, então, xingou e passou no farol vermelho, e eu virei a cabeça rapidamente e vi a coisa toda redemoinhar para longe, as garotas esplendorosas e o navio, a criança e o cão, o velho, aquela ponte vermelha, redemoinhando para longe, rumo ao passado.

A estação de polícia era uma espécie de arremedo de palácio renascentista com uma fachada alta, cinza, cheia de janelas e uma arcada que conduzia a um patiozinho sombrio onde certamente já houvera antes uma forca. Fui rebocado bruscamente do carro e levado através de soleiras baixas e ao longo de corredores obscuros. Havia um quê de letargia de tarde de domingo no lugar, e um cheiro de internato. Confesso que eu esperava que o edifício estivesse afoito com a minha chegada, que haveria funcionários e secretárias e policiais de suspensórios se aglomerando nos corredores para dar uma olhadela em mim, mas mal havia uma alma ao redor, e as poucas que passaram por mim mal me olharam, e eu não pude deixar de me sentir um pouco ofendido. Paramos numa sala esquálida, desagradável, e tivemos que esperar alguns minutos para que o inspetor Haslet chegasse. Duas janelas altas, extremamente encardidas, com as vidraças inferiores reforçadas com telas metálicas, davam para o pátio. Havia uma mesa riscada e umas quantas cadeiras de madeira. Ninguém se sentou. Remexemos os pés e olhamos para o teto. Alguém limpou a garganta. Um guarda idoso em mangas de camisa entrou. Era careca e tinha um sorriso doce, quase infantil. Notei que ele calçava um par de grossas botas pretas, amarradas muito justas e polidas com grande brilho. Eram uma visão confortante, aquelas botas. Nos dias vindouros eu viria a medir os meus captores pelo seu calçado. Em brogues e botas eu sentia poder confiar; tênis de corrida eram sinistros. O carro do inspetor Haslet chegou ao pátio. Mais uma vez permanecemos à espera de sua entrada. Ele adentrou como antes, com o mesmo meio sorriso desconfiado. Fiquei de pé defronte à mesa enquanto ele lia as acusações. Foi uma cerimoniazinha esquisitamente formal. Lembraram-me da ocasião do meu casamento, e tive que suprimir um sorriso. O velho guarda careca datilografava a ficha de acusações numa antiquada máquina preta vertical, como se estivesse laboriosamente extraindo a afinação de um piano, a ponta da língua atochada num canto da boca. Quando o inspetor Haslet perguntou se eu tinha algo a dizer, eu balancei a cabeça. Eu não saberia por onde começar. Então o ritual terminou. Houve uma espécie de relaxamento geral, e os outros detetives, exceto Hogg, foram embora arrastando os pés. Foi como o fim de uma missa. Hogg tirou seus cigarros e ofereceu o maço arreganhado a Haslet e ao guarda na máquina de escrever, e até mesmo, após breve hesitação, a mim. Senti que não podia recusar. Tentei não tossir. Diga-me, disse a Haslet, como foi que me achou? Ele deu de ombros. Tinha o ar de um aluno de escola que tirara uma nota constrangedoramente alta em suas provas. Pela garota da banca de jornal, disse ele. Você nunca lia senão uma das reportagens, todos os dias. Ah, disse eu, sim, é claro. Pareceu-me, no entanto, não totalmente convincente. Estaria ele abafando a história para Binkie Behrens, ou até para Anna? (Ele não estava. Eles mantiveram silêncio, até o fim.) Fumamos por um tempo, fazendo-nos companhia. Fachos gêmeos de luz solar obliquavam pelas janelas. Em algum lugar, um rádio grasnia. Eu fiquei subitamente, profundamente entediado.

Ouça, disse Hogg, me conte, por que você fez isso?

Eu o encarei, sobressaltado e mudo. Era a única coisa que eu jamais tinha me perguntado, não com uma força tão simples e inevitável. Sabe, sargento, disse eu, boa pergunta. Seu semblante não se alterou, de fato ele não parecia se mover em absoluto, exceto pelo seu topete esguio que se levantava e caía, e por um instante pensei que tinha sofrido um derrame, que algo dentro de mim, o meu fígado ou um rim, tivesse explodido de vontade própria. Mais do que tudo eu senti um maravilhamento — isso e uma satisfação curiosa, perversa. Tombei de joelhos numa bruma quente. Não conseguia respirar. O idoso guarda veio por trás da mesa e me içou de pé — teria ele dito: Upa!, ou decerto é minha imaginação? — e me conduziu, aos tropeços, por uma porta e por um corredor e me atirou dentro de um banheiro pestilento, apertado. Ajoelhei-me sobre o vaso e vomitei pelotas de ovos e batatas gordurentas e um fio de leite coalhado. A dor que sentia nas minhas entranhas era extraordinária, eu não podia acreditar, eu, que devia saber tudo sobre esse tipo de coisa. Quando não restava mais nada a vomitar eu me deitei com os braços enganchados ao redor dos joelhos. Ah, sim, pensei eu, isto está mais condizente, isto chega mais perto do que eu tinha imaginado, contorcer no chão num toalete com as tripas em chamas. O guarda bateu na porta e queria saber se eu tinha acabado. Ajudou-me a ficar de pé de novo e me conduziu lentamente de volta pelo corredor. É sempre assim, disse ele, num tom conversador, aparecem umas coisas que você achava que nunca tinha comido.

Hogg estava à janela com as mãos nos bolsos, olhando para o pátio. Ele relanceou o olhar para mim por cima do ombro. Está melhor?, disse ele. O inspetor Haslet sentou-se defronte à mesa, ostentando um esgar alheado e tamborilando os dedos numa barafunda de papéis. Indicou a cadeira ao lado dele. Eu me sentei precavidamente. Quando ele se virou para me encarar, os nossos joelhos estavam quase se tocando. Ele estudou um longínquo canto do teto. Bem, disse ele, você quer falar comigo? Oh, eu queria, eu queria, eu queria falar e falar, segredar a ele, despejar todos os meus pobres segredos. Mas o que eu poderia dizer? Que segredos? O guarda careca retornara à sua máquina de escrever, os dedos embotados assentados sobre as teclas, os olhos fixos nos meus lábios em animada expectativa. Hogg também estava à espera, parado na janela e tilintando as moedas no bolso da calça. Não me importava com o que eu dissesse a eles, eles nada significavam para mim. Já o inspetor era outra questão. Ele me fazia lembrar continuamente de alguém que eu talvez tivesse conhecido na escola, um daqueles modestos, inarticulados heróis que se saíam bem não apenas nos esportes mas também em matemática, e mesmo assim davam de ombros aos elogios, acanhavam-se ante o próprio sucesso e a popularidade. Eu não tinha peito para confessar-lhe que não havia nada que confessar, que não houvera nenhum plano digno de ser chamado assim, que eu agira quase sem pensar desde o princípio. Então inventei um aranzel sobre ter pretendido fazer o roubo parecer o trabalho de terroristas, e um monte de outras coisas que eu tenho vergonha de repetir aqui. E então agora, disse eu, a mulher — por um segundo eu não consegui lembrar o seu nome! — e então *Josie*, disse, arruinara tudo ao tentar me impedir de levar o quadro, ao me atacar, ao me ameaçar a... a... a... — as palavras me faltaram, e sentado eu o espreitei desamparadamente, torcendo as mãos. Eu queria tanto que ele acreditasse em mim. Naquele momento a sua crença me parecia quase tão desejável quanto o perdão. Seguiu-se um silêncio. Ele ainda considerava o canto do teto. Ele bem podia não ter me ouvido em absoluto. Jesus, disse Hogg tranquilamente, sem ênfase específica, e o guarda atrás da mesa limpou a garganta. Então Haslet se levantou, crispando um pouco o rosto e flexionando um joelho, e saiu da sala a passo lento, fechando a porta suavemente. Pude ouvi-lo seguir caminhando pelo corredor com o mesmo passo vagaroso. Ouviam-se vozes vagas, dele e de outros. Hogg estava olhando para mim por sobre o ombro, com nojo. Você é um belo de um picareta, não é, disse ele. Pensei em respondê-lo, mas optei pela prudência. O tempo passou. Alguém riu numa sala próxima. Uma motocicleta deu a partida no pátio. Estudei um comunicado amarelado pendurado na parede que advertia sobre a epidemia de raiva. Eu ri: por fim, fora capturado o Cachorro Louco Montgomery.

O inspetor Haslet voltou então, e segurou a porta aberta para introduzir um homem grande, afogueado, suado, de camisa listrada, e um outro sujeito, mais novo e de aparência ameaçadora, mais da raça do Hogg. Reuniram-se à minha volta e olharam para mim, inclinando-se para a frente com atenção, respirando, as mãos espalmadas sobre a mesa. Contei minha história novamente, tentando me lembrar dos detalhes de modo a não me contradizer. Desta vez tudo soou ainda mais improvável. Quando dei por fim, seguiu-se outro silêncio. Eu já estava ficando acostumado a essas pausas interrogativas e, assim me pareciam, profundamente céticas. O homem afogueado, pessoa de grande autoridade, pressupus, aparentava dominado por uma fúria que ele controlava senão com grande dificuldade. O nome dele vai ser... Barker. Ele olhou duro para mim por um longo momento. Vamos lá, Freddie, disse ele, por que você a matou? Eu o encarei de volta. Eu não gostei daquele seu tom desdenhosamente familiar — "*Freddie*", francamente! —, mas decidi deixar para lá. Nele eu reconheci um de minha espécie, uma das pessoas grandes, de pavio curto e respiração pesada que há neste mundo. E de todo modo, eu estava ficando cansado de tudo isso. Eu a matei porque eu pude matá-la, disse eu, o que mais eu posso dizer? Ficamos todos sobressaltados com aquilo, eu tanto quanto eles. O mais jovem, Hickey — não, Kickham —, soltou uma espécie de risada. Ele tinha uma voz fina, aflautada, quase musical que era especialmente desconforme com o seu olhar ameaçador e seu trejeito. Como-é-mesmo-o-nome-dele, disse ele, ele é veado, não é? Olhei para ele desconsoladamente. Eu não sabia do que é que ele estava falando. Perdão? disse eu. French, disse ele impacientemente, ele é boiola? Eu ri, não pude evitar. Eu não sabia se era mais cômica ou absurda a ideia de ver Charlie entrar saracoteando no Wally's e beliscar os traseiros de seus bofes. (Parece que a cria do Wally, Sonny dos tons esmeralda, andou contando mentiras indecentes sobre as predileções do pobre Charlie. Sério, em que mundo perverso vivemos?) Ah não, disse eu, não — ele tem uma mulher ocasional. Foi apenas o nervoso e a surpresa o que me fizeram dizer aquilo, eu não intentara um gracejo. Ninguém riu. Todos eles apenas continuaram olhando para mim, enquanto o silêncio se estreitava mais e mais, feito algo sendo fechado hermeticamente, e depois, como se após um gesto, eles volveram sob os calcanhares e marcharam porta afora batendo-a atrás deles, e eu fui deixado sozinho com o guarda ancião, que me sorriu seu doce sorriso e encolheu os ombros. Eu lhe disse que estava sentindo náusea de novo, e ele foi e voltou com uma caneca de chá melado e adoçado e um naco de pão. Por que será que o chá, só de olhá-lo, sempre me faz me sentir miserável, como um espoliado largado? E quão perdido e solitário tudo parecia, essa sala bolorenta, e os ruídos imprecisos de pessoas em outros lugares vivendo as suas vidas, e a luz do sol no pátio, aquela mesma luz espessa e firme que brilha ao longo dos anos desde a mais tenra infância. Toda a euforia que eu sentira mais cedo desaparecera agora.

Haslet retornou, desta vez sozinho, e sentou-se ao meu lado na mesa, como antes. Ele tirara a sua jaqueta e gravata e arregaçara as mangas. O cabelo estava desgrenhado. Ele parecia mais ameninado do que nunca. Também tinha uma caneca de chá, que parecia enorme naquela mãozinha branca. Tive uma visão dele quando criança, nalgum brejo baldio na região das Midlands, empilhando turfa com o seu papai: o tremor na água ao escavá-las, o cheiro de fumaça e batatas assadas, e as extensões das planícies da cor de pele de lebre, e depois o enorme céu vertical amontoado de luminosos feixes de nuvem.

Agora, disse ele, vamos começar de novo.

Prosseguimos durante horas. Eu estava quase feliz ali, sentado com ele, despejando a minha história de vida, conforme os fachos de luz nas janelas se estiravam e o dia fenecia. Ele era infinitamente paciente. Parecia não haver nada, nenhum detalhe, por mais miúdo ou enigmático que fosse, que não o interessasse. Não, não é bem assim. Era como se ele não estivesse realmente interessado em nada. Ele acolhia tudo, cada fio e cada nó de minha história, com o mesmo ar passivo de tolerância e aquele mesmo sorrisinho ligeiro e perplexo. Contei-lhe que eu conhecia Anna Behrens e o pai dela, e sobre suas minas de diamantes e suas empresas e sua inestimável coleção de arte. Observei-o cuidadosamente, tentando avaliar quanto disso era novo para ele, mas de nada adiantou, ele nada transpareceu. Contudo, ele devia ter falado com eles, devia ter colhido depoimentos e tudo o mais. Certamente teriam lhe contado sobre mim, certamente não mais estariam me protegendo. Ele esfregou a bochecha e fitou novamente o canto do teto. Começou de baixo, não é, esse tal de Behrens? Oh, inspetor, disse eu, e não começamos todos? Após o que ele me deu uma olhada peculiar e levantou-se. Percebi novamente aquela breve careta de dor. Joelho ruim. Jogador de futebol. Tardes de domingo, os gritos abafados pelo ar cinzento, o baque surdo do couro no couro. E agora, disse eu, o que acontece agora? Eu não queria que ele me deixasse já. O que eu faria quando a escuridão se abatesse? Ele disse que eu deveria fornecer ao guarda o nome do meu advogado, para que ficasse sabendo que eu estava aqui. Eu assenti. Eu não tinha advogado nenhum, é claro, mas senti que não poderia dizer isso — tudo estava tão relaxado e amigável, eu não queria criar nenhum embaraço. De todo modo, eu estava de todo convencido a conduzir a minha própria defesa, e já me via na mesa fazendo discursos brilhantes e exaltados. Tem algo mais que eu deva fazer, disse eu, semicerrando os olhos seriamente para ele, tem mais alguém que eu deva avisar? (Oh, eu era tão bom naquilo, tão complacente; que caloroso frêmito de anuência eu senti ao deferir dessa maneira àquele bom camarada!) Ele me lançou aquele olhar peculiar de novo, em que havia irritação e impaciência, mas também certo divertimento irônico, e até mesmo uma sugestão de cumplicidade. O que você tem que fazer, disse ele, é ordenar a sua história, sem as firulas e as partes fantasiosas. O que você quer dizer, disse eu, o que você quer dizer? Eu estava consternado. Bob Cherry subitamente se tornara rude, por pouco tempo se tornara o sr. Quelch.* Você sabe muito bem o que quero dizer, disse ele. Então saiu, e Hogg voltou, e ele e o guarda ancião — oh, dê-lhe o nome que for, pelo amor de Deus — Cuningham, o velho Cunningham, o escrevente, me fizeram descer até as celas.

Ainda estou algemado?

Eu não sei por que foi que eu disse que eles me fizeram descer (bem, é claro que eu sei), pois simplesmente andamos um pouquinho por um corredor, passamos o banheiro e atravessamos um portão de aço. Confesso que senti um receio medroso, mas que foi rapidamente substituído pela surpresa: era tudo como eu esperava! Realmente há grades, realmente há um balde e um estrado com um colchão listrado e empelotado, e pichações nas paredes riscadas. Havia até mesmo um veterano barbado, espaventado, de pé à porta de sua cela, que me espreitou em escárnio mudo, raivoso. Deram-me uma barra de sabão e uma toalhinha e três pedaços de papel-higiênico brilhante. Em troca entreguei meu cinto e meus cadarços. Logo vi a importância desse ritual. Arriado ali, com a língua dos sapatos saltando para fora, numa mão agarrando o cós das calças e noutra, à vista de todos, os fundamentais colaboradores das minhas funções mais privadas, eu não era mais totalmente humano. Apresso-me a dizer que isto me pareceu bastante apropriado, me pareceu de fato uma espécie de retificação de erros, uma definição oficial e visível do que acontecera no caso — no meu caso — do começo ao fim. Eu alcançara a minha apoteose. Mesmo o velho Cunningham, mesmo o sargento Hogg,

---

* Personagens constantes dos folhetins escritos por Frank Richards, pseudônimo do escritor Charles Hamilton (1876-1961), sobre o fictício internato de moços de Greyfriars, em Kent, na Inglaterra, entre os quais também se encontra o vaidoso gordinho Billy Bunter, o mais célebre dos protagonistas.

pareciam reconhecer isso, pois agora, bruscamente, me tratavam com uma espécie de consideração truculenta, abstraída, como se não fossem os meus carcereiros, mas os meus tutores. Eu bem podia ser um velho leão banguela e adoecido. Hogg pôs as mãos nos bolsos e seguiu assobiando. Sentei-me na beirada do catre. O tempo passou. Tudo estava muito calmo. O velhusco na outra cela perguntou meu nome. Não respondi. Vá se foder então, disse ele. O crepúsculo caiu. Eu sempre amei essa hora do dia, quando aquela luz suave, de musselina, infiltra-se rumo aos céus, como se saída da própria terra, e tudo parece ficar meditativo e dar-nos as costas. Já estava quase escuro quando o sargento Hogg voltou e me entregou uma folha de papel-ofício emporcalhada. Ele estava comendo batatinhas; eu podia intuir pelo seu hálito. Semicerrei os olhos desconcertado para a página mal datilografada. É a sua confissão, disse Hogg. Faria o favor de assiná-la? O prisioneiro da porta ao lado cacarejou sombriamente. Do que é que você está falando?, disse eu. Essas não são as minhas palavras. Ele deu de ombros e arrotou no punho. Fique à vontade, disse ele, seja como for, você vai acabar pegando a perpétua. Então ele saiu de novo. Sentei-me e examinei este estranho documento. Oh, Cunningham, astucioso como o nome que lhe escolhi!* Por trás da máscara de velho babão careca, estivera em atuação um artista diabólico, o tipo de artista que eu jamais conseguiria ser, direto porém sutil, um mestre do estilo econômico, da arte que dissimula a arte. Maravilhei-me com a forma como ele transformara tudo a seu intento, erros ortográficos, sintaxe tosca, até mesmo a digitação atroz. Tanta humildade, tanta deferência, tamanha supressão impiedosa do ego em prol do texto. Ele pegara a minha história, com todas as suas — como é que Haslet dissera mesmo? — com todas as suas firulas e partes

---

* *Cunning*, em inglês, pode significar astucioso, habilidoso etc.

fantasiosas e a desbastara até os seus mais crus fundamentos. Era um relato do meu crime que eu mal reconhecia, mas no qual ainda assim acreditava. Ele me transformara num assassino. Eu teria assinado ali mesmo, mas eu não tinha nada com que escrever. Até procurei nas minhas roupas por algo afiado, um pino ou algo assim, com que pudesse me furar e rabiscar minha assinatura com sangue. Mas que me importa, aquilo não exigia o meu endosso. Reverentemente eu dobrei a página em quatro e a pus debaixo do colchão na extremidade onde ficaria a minha cabeça. Então me despi e deitei nu nas sombras e cruzei minhas mãos sobre o peito, como um cavaleiro de mármore num mausoléu, e fechei os olhos. Eu não era mais eu mesmo. Não consigo explicar, mas é verdade. Eu não era mais eu mesmo.

Aquela primeira noite de clausura foi turbulenta. Dormi intermitentemente, não foi realmente um sono, mas um desamparado agitar e deslizar na superfície de um mar negro. Eu podia sentir as profundezas debaixo de mim, as negras, as ilimitadas profundezas. A hora que antecedia a alvorada foi, como sempre, a pior de todas. Eu me masturbei repetidamente — perdoem esses detalhes sórdidos — não por prazer, mesmo, mas para me exaurir. Que amalgamado bando de humanoides eu conjurei a juntar-se a mim nessas melancólicas bronhas! Daphne estava lá, é claro, e Anna Behrens, divertida e levemente chocada com as coisas que eu a estava fazendo fazer, bem como a pobre Raposa, que de novo chorou em meus braços, enquanto eu, silencioso e furtivo acerca do meu trabalho de criminoso, pressionava-a mais e mais contra aquela porta dentro da vazia e enluarada sala de minha imaginação. Mas havia outras, também, as quais eu não esperava ver: a sobrinha de Madge, por exemplo — lembram-se da sobrinha de Madge? — e a garota grande com pescoço vermelho que eu segui através das ruas da cidade — e *dela*, lembram-se? — e até mesmo, Deus me perdoe, a minha mãe e a garota de estrebaria. E ao fim, quando haviam todas vindo e partido, e eu jazia esvaziado em minha cama de prisão, eis que ascendeu de mim novamente, como o espectro de uma tarefa onerosa e inelutável, a imagem daquela soleira misteriosa e escura, e a invisível presença que havia nela, ansiando aparecer, ansiando estar lá. Ansiando viver.

MANHÃ DE SEGUNDA-FEIRA. Ah, manhã de segunda. A luz acinzentada, o ruído, a percepção da inútil porém compulsória pressa. Acho que será segunda-feira de manhã quando eu for recebido no Inferno. Fui acordado cedo por um policial trazendo outra caneca de chá e um naco de pão. Eu estivera dormitando, era como se estivesse sendo mantido firmemente preso no abraço de um animal grande, quente, de cheiro rançoso. De imediato eu soube exatamente onde estava, não havia como confundir o lugar. O policial era jovem, um menino enorme com uma cabeça minúscula; quando primeiro abri os olhos e ergui o olhar até ele, parecia assomar sobre mim quase chegando ao teto. Ele disse algo incompreensível e foi embora. Sentei-me na beirada do catre e segurei a cabeça com as mãos. A minha boca estava azeda, e sentia uma dor atrás dos olhos e uma sensação bamba na região do diafragma. Perguntei-me se esta náusea me acompanharia pelo resto da minha vida. Uma luz solar fenecida caía oblíqua através das grades da minha jaula. Eu sentia frio. Joguei uma coberta em volta dos ombros e agachei-me sobre o balde, com os joelhos tremendo. Não teria me surpreendido caso uma multidão houvesse se reunido no corredor para rir de mim. Eu fiquei pensando: sim, é isso, é assim que será de agora em diante. Era quase gratificante, de um jeito horrível.

O sargento Cunningham veio me buscar para o primeiro interrogatório daquele dia. Eu me lavei o melhor que pude na pia imunda que havia num dos cantos. Perguntei-lhe se podia tomar emprestada uma gilete. Ele riu, balançando a cabeça diante daquela ideia, da opulência dela. Ele pensou que eu de fato era uma figura. Admirei o seu bom humor: ele passara toda a noite aqui, o seu turno estava terminando só agora. Arrastei os pés atrás dele pelo corredor, agarrando as minhas calças para evitar que caíssem. A saleta se enchia de um tipo de pandemônio ríspido. Máquinas de escrever retiniam, e rádios de ondas curtas choramingavam em estouros adenoidais, e as pessoas entravam e saíam pelas soleiras, falando por cima dos ombros ou debruçados sobre mesas, e berravam em telefones. Sobreveio uma quietude quando eu entrei — não, não uma quietude exatamente, mas uma modulação descendente no ruído. Os boatos, obviamente, haviam se espalhado. Eles não me encararam, suponho que isso não teria sido profissional, mas me examinaram, mesmo assim. Vi-me nos seus olhos, uma criatura enorme, confusa, como um urso a dançar, bamboleando atrás dos calcanhares das amistosas botas de bico de aço de Cunningham. Ele abriu uma porta e me introduziu numa sala quadrada, cinza. Havia uma mesa de tampo de plástico e duas cadeiras. Bem, disse ele, nos veremos de novo, e piscou e retirou a cabeça e fechou a porta. Sentei-me cuidadosamente, espalmando bem as mãos diante de mim sobre a mesa. O tempo passou. Fiquei surpreso de ver quão calmamente eu permanecia sentado, apenas a esperar. Foi como se não estivesse inteiramente lá, como se eu de algum modo tivesse me apartado do meu eu físico. A sala era como o interior de um crânio. O bafafá da saleta bem podia estar me chegando a partir de outro planeta.

Barker e Kickham foram os primeiros a chegar. Hoje Barker trajava um terno azul que fora talhado em grandes bandas amplas, como se tivesse sido feito não para ser vestir, mas para abrigar uma coleção de coisas, caixas, talvez. Estava com o rosto afogueado e já num suador. Kickham estava com a mesma jaqueta de couro e camisa escura que trajava ontem — ele não me pareceu um homem muito afeito a trocar de roupas. Eles queriam saber por que eu não assinara a confissão. Eu me esquecera de fazê-lo e a deixara debaixo do colchão, mas disse: Eu não sei por que, disse que a havia rasgado. Seguiu-se outro daqueles breves e estentóreos silêncios, enquanto eles permaneciam em cima de mim, cerrando os punhos e inspirando pesadamente pelas narinas. O ar se encrespara de violência sufocada. Então eles saíram em marcha e eu fui deixado sozinho novamente. Os próximos a surgir foram um camarada ancião vestindo calças de montaria de sarja e um estiloso chapeuzinho e um rapaz musculoso, de olhos estreitos, que aparentava ser o descontente filho do primeiro. Pararam logo após passarem a porta e estudaram-me cuidadosamente durante um longo momento, como se me medissem para alguma coisa. Então o detetive Sarja avançou e sentou-se defronte a mim, e cruzou as pernas, e tirou o chapéu, revelando uma careca achatada, encerada e singularmente esburacada, feito a de um bebê doente. Ele tirou um cachimbo e acendeu-o com grave deliberação, depois recruzou as pernas e acomodou-se mais confortavelmente, e principiou a perguntar-me uma série de perguntas crípticas, que após um tempo percebi almejarem descobrir o que eu sabia sobre Charlie French e seus conhecidos. Respondi tão circunspectamente quanto pude, sem saber o que é que buscavam saber — suspeito que tampouco eles sabiam. Fiquei sorrindo a ambos, para mostrar como eu era solícito, como eu era complacente. O mais jovem, ainda parado à porta, tomava notas. Ou no mínimo desempenhava os movimentos de quem escreve num bloco de anotações, pois eu tinha uma estranha sensação de que a coisa toda não passava de uma fraude, destinada a me distrair ou intimidar. Tudo o que aconteceu, no entanto, foi que fiquei entediado — eu não tinha como os levar a sério — e fiquei embaralhado, e comecei a me contradizer. Após um instante eles também pareceram ficar dissuadidos, e por fim saíram. Então o meu amigo inspetor Haslet entrou abeirando-se, com o seu sorriso tímido e o olhar desviado. Meu Deus, disse eu, quem eram aqueles? Da sucursal, disse ele. Ele se sentou, olhou para o chão, tamborilou os dedos na mesa. Ouça, disse eu, estou preocupado, a minha mulher, eu... Ele não estava ouvindo, não estava interessado. Trouxe a questão da minha confissão à baila. Por que eu não a assinara? Ele falou calmamente, bem podia estar falando sobre o tempo. Poupa um grande tormento, sabia, disse ele. Subitamente eu fervi de raiva, eu não sei o que foi que me deu, esmurrei o punho na mesa e pulei e gritei dizendo que não iria fazer nada, não iria assinar nada, até que eu tivesse algumas respostas. Eu realmente disse isso: *até que eu tenha algumas respostas!* De imediato, é claro, a raiva evaporou-se, e eu me sentei encabulado, mordendo o nó de um dedo. O ar ouriçado baixou. A sua mulher, disse Haslet brandamente, está pegando um avião — ele consultou o relógio — agora mesmo. Eu o encarei. Oh, disse eu. Eu estava aliviado, é claro, mas não realmente surpreso. Eu sempre soubera que o Señor Qual-É-Mesmo-O-Nome-Dele era cavalheiro demais para impedi-la de partir.

Era meio-dia quando Maolseachlainn chegou, embora tivesse o ar amarrotado de quem acabara de sair da cama. Ele sempre está com essa aparência; é outra de suas características comoventes. A primeira coisa que me impressionou foi a parecença de nossas compleições, dois homens grandes e macios, amplos; pesados. A mesa gemeu entre nós quando ele se debruçou sobre ela, as cadeiras emitiram chiadinhos alarmados sob nossos ponderosos traseiros. Gostei dele logo de cara. Ele disse que eu devia estar me perguntando quem é que o contratara para me ajudar. Assenti vigorosamente, embora na verdade tal pensamento não houvesse passado pela minha cabeça. Ele então ficou finório, e balbuciou algo sobre a minha mãe e sobre um serviço que alegava ter feito a ela em um período indeterminado do passado. Eu levaria um longo tempo até descobrir, para a minha surpresa e não pouca consternação, que de fato fora Charlie French quem arranjara tudo aquilo, quem telefonara à minha mãe naquela noite de domingo e lhe dera a notícia de minha detenção, e lhe pedira para contatar imediatamente o seu bom amigo Maolseachlainn Mac Giolla Gunna, o famoso advogado. Foi Charles também quem pagou, e ainda paga, os honorários nem um pouco desprezíveis de Mac. Ele transfere o dinheiro pelo banco, e minha mãe, ou agora será aquela garota de estrebaria, suponho, remete-o como se viesse de Coolgrange. (Desculpe-me por ter ocultado essa informação de você, Mac, mas é conforme Charlie queria.) Você fez uma espécie de confissão, estava dizendo Maolseachlainn, é verdade? Eu lhe contei sobre o maravilhoso documento de Cunningham. Devo ter ficado animado ao contar, pois a testa dele se anuviou, e ele fechou os olhos por trás de seus oclinhos como se estivesse com dor e levantou uma mão para me fazer calar. Você não vai assinar nada, disse ele, nada — você está louco? Eu deixei cair a minha cabeça. Mas eu sou culpado, disse eu calmamente, eu *sou* culpado. Ele fingiu não ter ouvido. Ouça-me, disse ele, ouça. Você não vai assinar nada, dizer nada, fazer nada. Você vai entrar com uma alegação de inocência. Eu abri a boca para protestar, mas ele não se deixaria interromper. Você vai alegar inocência, disse ele, e quando eu julgar oportuno você vai mudar o pedido e se alegar culpado de homicídio. Você entendeu? Ele estava olhando para mim friamente por cima dos óculos. (Estávamos ainda nos primeiros dias, antes de ele se tornar meu amigo.) Balancei a cabeça. Não parece direito, disse eu. Ele deu uma espécie de risada. Direito! disse ele, mas não acrescentou: curioso, vindo de você... Ficamos em silêncio por um momento. Meu estômago fez um som de sibilo. Eu me senti enjoado e faminto ao mesmo tempo. Aliás, disse eu, você falou com a minha mãe, ela vem me ver? Ele fingiu não ouvir. Afastou os seus papéis, tirou os óculos e apertou a ponte do nariz. Havia algo que eu queria? Agora foi a minha vez de rir abafado. Quero dizer, há alguma coisa que eu possa pedir para eles te arranjarem?, disse ele, num tom formal desaprovador. Uma gilete, disse eu, e eles podiam me devolver o cinto, eu não vou me enforcar. Ele se levantou para partir. Subitamente eu quis detê-lo. Obrigado, disse eu, tão ardentemente que ele pausou e encarou-me feito uma coruja. Eu tive intenção de matá-la, sabe, disse eu, não tenho explicação nem justificativa. Ele apenas suspirou.

Fui levado ao tribunal pela tarde. O inspetor Haslet e dois guardas uniformizados me acompanharam. A mão que eu arranhara na roseira ficou infeccionada. Ó Frederick, tu estás doente. Tenho uma lembrança estranhamente enevoada daquela primeira aparição. Eu imaginara que a sala de tribunal fosse deveras imponente, algo como uma igrejinha, com bancos de carvalho e teto esculpido e um ar de pompa e seriedade, e fiquei decepcionado quando ela se revelou pouco mais que um escritório deteriorado, o tipo de lugar onde licenças obscuras são emitidas por escrivães incompetentes. Quando me introduziram, havia uma espécie de irritável conturbação de atividade, que tomei por uma preparação geral, mas que era, conforme descobri surpreso, a audiência mesma. Não deve ter durado mais que um ou dois minutos. O juiz, que trajava um terno ordinário de negócios, era um velhinho jovial com costeletas e um nariz vermelho. Devia ter reputação de chistoso, pois quando ele me mirou com um olhar folgazão e disse: Ah, sr. Montgomery, o lugar todo praticamente sacudiu de divertimento. Eu sorri educadamente, para mostrar-lhe que eu sabia receber uma piada, mesmo que eu não a tivesse entendido. Um guarda me cutucou as costas, eu me levantei, me sentei, me levantei de novo, depois acabou. Olhei surpreso ao meu redor. Senti que eu devia ter perdido algo. Maolseachlainn estava pedindo fiança. O juiz Fielding balançou suavemente a cabeça, como se estivesse reprovando uma criança atrevida. Ah, não, disse ele, creio que não, senhor. O que acabou provocando outro tremor de galhofa na corte. Ora, fiquei contente por estarem todos se divertindo tanto. O guarda atrás de mim estava dizendo alguma coisa, mas eu não consegui me concentrar, pois havia uma horrível, uma cavernosa sensação no meu peito, e eu percebi que eu estava prestes a chorar. Senti-me como uma criança, ou um homem muito velho. Maolseachlainn tocou o meu braço. Virei-me desconsolado. Venha agora, disse o guarda, não sem certa gentileza, e eu fui escorregando em seu encalço. Tudo flutuava. Haslet estava atrás de mim, a essa altura eu já conhecia o seu passo. Na rua, uma pequena multidão se havia reunido. Como é que sabiam quem eu era, a que tribunal eu seria levado, a hora em que eu chegaria? Quando me avistaram, deram um grito, uma espécie de ululante lamento de assombro e execração que fez a minha pele formigar. Eu estava tão confuso e assustado que me esqueci de mim e acenei — eu acenei para eles! Sabe Deus o que é que eu pensava estar fazendo. Suponho que pretendera um gesto conciliador, um sinal animal de submissão e rendição. O que apenas os deixou mais furiosos, é claro. Sacudiram os punhos, uivaram. Um ou dois pareceram prestes a separar-se dos outros e investir contra mim. Uma mulher cuspiu e me chamou de maldito filho da puta. Eu apenas continuei lá de pé, assentindo e acenando feito um homem de dar corda, com um sorriso aterrorizado cravado no rosto. Foi quando percebi, pela primeira vez, que quem eu matara fora *um dos seus*. Chovera enquanto eu estivera lá dentro, e agora o sol estava brilhando de novo. Lembro-me da claridade da rua molhada, e de uma nuvem desaparecendo furtivamente por sobre os telhados, e de um cão margeando a multidão furiosa com um olhar preocupado. Sempre as coisas incidentais, percebem, as pequenas coisas. Então a coberta foi atirada em cima de mim e fui empurrado de cabeça dentro da viatura de polícia e nós aceleramos, com os pneus assobiando. Irra! Irra! Na escuridão quente e lanosa eu chorei tudo o que me cabia chorar.

Prisão. Este lugar. Eu já o descrevi.

A primeira visita foi uma surpresa. Quando me disseram que era uma mulher, esperava que fosse Daphne, vindo direto do aeroporto, ou quem sabe minha mãe, e a princípio, quando cheguei à sala de visitas, não a reconheci. Ela parecia mais nova do que nunca, naquele seu pulôver disforme e na saia xadrez e nos sapatos comportados. Tinha a aparência malformada, palidamente sardenta de uma estudante, a imbecil da classe, que grita de noite no dormitório e é louca por pôneis. Apenas o seu maravilhoso cabelo cor de labareda anunciava que ela era mulher. Jenny!, disse eu, e ela ruborizou. Tomei-lhe as mãos nas minhas. Eu estava absurdamente satisfeito de vê-la. Eu não sabia então que ela em breve se provaria a minha usurpadora. É Joanne, na verdade, murmurou ela, e mordeu o lábio. Eu ri constrangido. Joanne, disse eu, é claro, me perdoe, eu estou tão confuso agora. Nós nos sentamos. Eu irradiava mais e mais alegria. Sentia-me despreocupado, quase assustadiço. Podia ter sido eu o visitante, um velho solteirão amigo da família vindo ver a pobre patinha no primeiro dia de escola. Ela trouxera minha mochila de Coolgrange. Parecia-me estranha, familiar contudo alienígena, como se tivesse passado por uma viagem imensa, transfiguradora, até outro planeta, outra galáxia, desde a última vez que a vira. Perguntei de minha mãe. Tive tato o bastante para não perguntar por que é que ela não viera. Diga a ela que eu sinto muito, disse eu. Soou ridículo, como se eu estivesse pedindo desculpas por ter adiado um compromisso, e desviamos o olhar um do outro furtivamente e ficamos em silêncio por um longo e embaraçoso momento. Eu já ganhei um apelido aqui dentro, disse eu, eles me chamam de Monty, é claro. Ela sorriu, e eu fiquei contente. Quando sorri, mordendo o lábio desse jeito, ela é, mais do que nunca, uma criança. Não consigo crer que ela é uma trapaceira. Suspeito que ela ficou tão surpresa quanto eu quando leram o testamento. Acho difícil vê-la como a patroa de Coolgrange. Talvez tenha sido essa a intenção de minha mãe — depois *dela*, a dilapidação. Ah, isso é indigno de mim, de minha nova seriedade. Eu não odeio a minha mãe por ter me deserdado. Acredito que à sua maneira ela estava tentando me ensinar alguma coisa, me fazer olhar mais detidamente as coisas, talvez, prestar mais atenção às pessoas, tais quais esta pobre garota desajeitada, com suas sardas e seu sorriso tímido e suas sobrancelhas quase invisíveis. Estou me lembrando do que Daphne me disse ontem mesmo, através de lágrimas, e que se alojou em minha mente feito um espinho: *Você não sabia nada sobre nós, nada!* Ela está certa, é claro. Ela estava falando sobre a América, sobre ela e Anna Behrens e tudo aquilo, mas no geral é a verdade — eu não sei nada. Todavia, estou tentando. Eu observo, e ouço, e medito. Uma vez por outra me é dado um vislumbre do que parece ser um novo mundo, mas o qual percebo ter estado lá o tempo todo, sem que eu me apercebesse. Nestas explorações o meu amigo Billy é um valioso guia. Não mencionei Billy antes, mencionei? Ele se apegou a mim desde o começo, acho que ele está um pouco apaixonado por mim. Tem dezenove anos — é todo músculos, cabelo preto oleoso, mãos de assassino bem-proporcionadas, feito as minhas. Os nossos julgamentos estão previstos para abrir no mesmo dia, ele encara isso como um bom augúrio. Ele é acusado de assassinato e estupro múltiplo. Insiste em sua inocência, mas não consegue suprimir um sorrisinho culpado. Creio que secretamente é vaidoso de seus crimes. Todavia uma espécie de inocência irradia dele, como se houvesse algo lá dentro, alguma parte minúscula, preciosa, que nada possa conspurcar. Quando tenho Billy em mente eu quase consigo acreditar na existência da alma. Ele entra e sai de custódia desde que é criança, e é um cabedal das usanças carcerárias. Ele me narra os vários métodos engenhosos para fazer entrar drogas. Por exemplo, antes de construírem as telas de vidro, as esposas e namoradas costumavam esconder na boca papelotes de heroína, que eram passados adiante durante beijos vagarosos, engolidos e regurgitados depois, nas latrinas. Fiquei bastante sensibilizado com essa ideia, afetou-me imensamente. Tanta ânsia, tanta paixão, tanta caridade e ousadia — quando foi que eu vivenciei algo similar?

O que é mesmo que eu estava dizendo? Estou me tornando tão vago. Acontece a todos nós aqui dentro. É uma espécie de defesa, esse alheamento; esse torpor que nos permite tirar instantaneamente, em qualquer lugar, a qualquer hora, modorrentos cochilos.

Joanne. Ela veio me ver, trouxe minha mochila. Fique contente de tê-la de volta. As autoridades da prisão confiscaram quase tudo o que havia nela, mas havia algumas camisas, um sabonete — o aroma perfumado atingiu-me como um golpe —, um par de sapatos, meus livros. Apertei essas coisas, esses ícones, contra o meu coração e lamentei pelo passado morto.

Mas esse lamento, esse tipo de lamento é o maior perigo, aqui dentro. Ele mina a vontade. Aqueles que cedem a ele ficam desamparados, uma letargia assoladora lhes sobrevém. São como enlutados para quem o período de luto nunca acaba. Eu pressenti esse perigo e resolvi-me a evitá-lo. Eu trabalharia, eu estudaria.

O tema estava lá, pronto para ser usado. Fiz Daphne trazer grossos livros sobre pintura flamenga, não apenas os de história mas também os de técnica, os dos segredos dos mestres. Estudei relatos de métodos de triturar cores, do comércio de óleo e tintura, da indústria de linho em Flandres. Li a vida dos pintores e seus mecenas. Tornei-me um modesto especialista na república holandesa do século dezessete. Mas no fim, de nada adiantou: todo esse aprendizado, essa informação, meramente se avolumou e se petrificou, feito corais incrustando um navio naufragado. Como poderiam meros fatos se comparar com o incrível conhecimento que havia fulgurado diante de mim conforme eu me quedava e encarava o quadro que jazia apoiado em sua moldura na vala onde eu o jogara daquela última vez? Aquele conhecimento, aquela consciência — com ela eu não poderia ter vivido. Olho para a reprodução, pregada na parede aqui acima de mim, mas algo nela está morto. Algo está morto.

Foi com esse mesmo espírito de atarefada exploração que eu me lancei por longas horas nos arquivos de jornais da biblioteca da prisão. Eu li cada palavra dedicada ao meu caso, li e as reli, mastiguei-as até que se tornassem uma papa insípida em minha mente. Tomei conhecimento da infância de Josie Bell, dos seus tempos de escola — lamentavelmente breves —, de sua família e de seus amigos. Os vizinhos falavam bem dela. Era uma garota quieta. Quase se casara uma vez, mas algo dera errado, o seu noivo foi para a Inglaterra e não regressou. Primeiro ela trabalhou na própria aldeia, como balconista. Depois, antes de ir para Whitewater, fez uma passagem por Dublin, onde foi camareira no Southern Star Hotel. O Southern Star! — meu Deus, eu poderia ter ido para lá quando fiquei na casa do Charlie, poderia ter alugado um quarto, poderia ter dormido numa cama que uma vez já tinha sido feita por ela! Eu ri de mim mesmo. O que eu teria aprendido? Não haveria mais nada dela lá, para mim, do que havia nas reportagens dos jornais, do que houvera naquele dia quando eu me virei e a vi pela primeira vez, parada em frente à janela francesa aberta, com o azulado e o dourado do verão às costas, do que houvera quando ela se agachara no carro e eu a atingira mais e mais uma vez e o seu sangue borrifou a janela. Isso é o pior, o pecado essencial, eu acho, aquele para o qual não haverá perdão: eu nunca tê-la imaginado vívida o bastante, eu nunca tê-la feito estar lá suficientemente, eu não tê-la feito viver. Sim, essa falha de imaginação é o meu verdadeiro crime, aquele que tornou possíveis os outros. O que contei àquele policial é verdade — eu a matei porque eu pude matá-la, e eu pude matá-la porque, para mim, ela não estava viva. E portanto a minha tarefa agora é trazê-la de volta à vida. Eu não tenho certeza do que é que isso significa, mas me abala com a força de um imperativo inevitável. Como irei levar a cabo este ato de parturição? Devo eu imaginá-la a partir do princípio, da infância? Eu estou confuso, e nem um pouco temeroso, e contudo há algo se agitando em mim, e estou estranhamente animado. Pareço ter assumido novo peso e nova densidade. Sinto-me alegre e ao mesmo tempo incrivelmente sério. Estou prenhe de possibilidades. Estou vivendo por dois.

Eu decidi: não serei demovido: vou me alegar culpado de assassinato em primeiro grau. Penso que é a coisa certa a fazer. Daphne, quando lhe contei, prorrompeu em lágrimas imediatamente. Fiquei aturdido; aturdido e espantado. E eu, gritou ela, e a criança? Eu disse, tão brandamente quanto consegui, que eu pensava já ter destruído a vida deles e que a melhor coisa que eu podia fazer era afastar-me pelo maior tempo possível — para sempre, até —, de modo que ela pudesse ter a chance de começar do zero. Isto, parece, não foi muito diplomático. Ela apenas chorou e chorou, sentada ali atrás do vidro, apertando um lenço encharcado com o punho, os ombros a sacudir. Então tudo saiu, a fúria e a vergonha, eu não consegui entender metade do que ela disse entre soluços. Ela remontou aos anos. Ao que eu havia feito, e ao que não havia feito. Ao quão pouco eu sabia, quão pouco entendia. Eu permanecia sentado a fitá-la, arrepiado, boquiaberto. Não conseguia falar. Como era possível que eu pudesse estar tão enganado a respeito dela durante todo esse tempo? Como era possível eu não ter visto que por trás da sua reticência havia toda essa paixão, essa dor? Eu estava pensando num pub por que havia passado tarde da noite numa de minhas perambulações pela cidade naquela semana anterior à minha captura. Ficava em, não sei bem, Stoney Batter, nalgum lugar assim, um pub da classe operária com uma proteção de malha de aço cobrindo as janelas e com velhas manchas de vômito em volta da soleira. Ao passar pela porta, um bêbado saiu aos tropeços, e por um segundo, antes que a porta voltasse a se fechar, tive um vislumbre do interior. Prossegui caminhando sem pausa, levando a cena em minha cabeça. Era algo que semelhava um quadro de Jan Steen: a luz esfumaçada, a aglomeração de beberrões afogueados, os velhuscos escorados no bar, a mulher gorda cantando, exibindo uma bocarra de dentes quebrados. Uma espécie de lento assombro me sobreveio, uma espécie de desconcerto e de pesar, ante a firmeza com que eu me sentia excluído daquele mundo simples, feio, estrepitoso. Era assim que eu parecia ter vivido a minha vida, passando diante de soleiras ruidosas, e seguindo em frente, escuridão adentro. — E contudo há também momentos que me permitem pensar que não estou de todo perdido. Outro dia, por exemplo, a caminho de mais uma audiência de prisão preventiva, dividi a viatura de polícia com um bebum idoso que tinha sido preso na noite anterior, conforme me disse, por ter matado um seu amigo. Eu não consegui imaginá-lo tendo um amigo, que dirá matando um. Ele conversou comigo com demora conforme rodávamos, embora a maior parte do que ele dissesse fosse besteira. Tinha um olho ensanguentado e um machucado enorme e ressumante na boca. Através da janela gradeada eu observava as ruas da cidade ficando para trás, fazendo o meu melhor para ignorá-lo. Então, quando estávamos contornando uma curva fechada, ele escorregou do seu assento em cima de mim, e eu me achei segurando o velho bruto em meus braços. O seu odor era espantoso, é claro, e os andrajos que usava tinham um quê escorregadio ao toque que me fez cerrar os dentes, mas contudo eu o segurei, e não o deixei cair ao chão, e até — é certo que estou embelezando — penso até que eu possa tê-lo abraçado por um momento, num gesto de, não sei, de simpatia, de camaradagem, de solidariedade, algo assim. Sim, um explorador, é o que sou, vislumbrando um novo continente postado na proa de um navio que afunda. E não me levem a mal, nem por um segundo eu imagino que incidentes como esse, que tais incursões ao novo mundo, aplacarão em nada a minha culpa. Mas talvez tenham alguma importância no futuro.

 Devo destruir este último parágrafo? Não, que diferença faz, deixe ficar.

 Daphne trouxe-me um dos desenhos do Van. Preguei-o aqui na parede acima. É um retrato meu, diz ela. Um enorme pé torto, dedos de salsicha, um olho ciclópico estranhamente calmo. De uma parecença bastante boa, mesmo, quando paro para pensar sobre isso. Ela também me trouxe uma surpreendente notícia. Joanne convidou a ela e à criança para irem morar em Coolgrange. Irão tocar a casa juntas, a minha mulher e a garota de estrebaria. (É pitoresco como as coisas conspiram para chegar ao que parece ser um desfecho!) Não estou descontente, o que me surpreende. Aparentemente irei viver lá também, quando eu sair. Oh, já posso me imaginar, de galochas e chapéu, estrumando os estábulos. Mas eu não disse nada. Pobre Daphne, se apenas — ah, sim, se apenas.

Maolseachlainn também ficou horrorizado quando eu lhe comuniquei minha decisão. Não se preocupe, disse eu, vou me alegar culpado, mas não quero nenhuma concessão. Ele não conseguia entender, e eu não tinha energia para explicar. É o que eu quero, e basta. É o que eu preciso fazer. A barca de Apolo içou vela rumo a Delos, com a popa coroada de louros, e eu devo cumprir minha pena. Aliás, Mac, disse eu, também devo um prato para o Charlie French. Ele não pegou a piada, mas sorriu, de todo modo. Ela não estava morta, sabia, quando eu a abandonei, disse eu. Não fui homem o bastante para dar cabo dela. É o que eu teria feito por um cão. (É verdade — haverá fim para as coisas que eu devo confessar?) Ele assentiu, tentando não mostrar seu nojo, ou talvez fosse choque o que ele estivesse escondendo. É uma gente aguerrida, disse ele, não morre fácil. Então ele ajuntou os papéis e virou-se para sair. Apertamo-nos as mãos. A ocasião pareceu exigir essa simples formalidade.

Oh, a propósito, a trama: quase me fugiu à cabeça. Charlie French comprou barato os quadros da minha mãe e vendeu-os caro a Binkie Behrens, depois os comprou barato de Binkie e vendeu-os a Max Molyneaux. Algo assim. E importa? Atos funestos, atos funestos. Chega.

O tempo passa. Eu me alimento de tempo. Imagino-me como uma espécie de larva, tranquilamente e metodicamente consumindo o futuro, o que o mundo lá de fora chama de futuro. Devo cuidar para não ceder ao desespero, àquela abulia que sempre foi uma ameaça a tudo o que eu tentei fazer. Por tanto tempo olhei dentro do abismo que às vezes sinto que é o abismo que olha dentro de mim. Tenho os meus dias bons e os meus dias ruins. Penso nos monstros a cujo lado o meu crime me pôs, os assassinos, os torturadores, os monstrengos perversos que se achegam e veem acontecer, e me pergunto se não seria melhor simplesmente parar. Mas eu tenho o meu afazer, o meu termo. Hoje, na oficina, pude sentir o cheiro da mulher, fraco, agudo, metálico, inconfundível. É o cheiro do polimento de metal — ela devia estar polindo a prataria naquele dia. Fiquei tão feliz por tê-lo identificado! Tudo me pareceu possível. Até mesmo pareceu que algum dia eu poderia acordar e ver, avançando adiante na sala escurecida rumo à moldura daquela soleira que hoje está sempre em minha mente, uma criança, uma menina, a qual reconhecerei de imediato, sem nenhuma sombra de dúvida.

É primavera. Até mesmo aqui dentro podemos senti-la, com esse revigoramento do ar. Tenho algumas plantas na minha janela, gosto de observá-las, a alimentar-se de luz. O julgamento será realizado mês que vem. Será coisa rápida. Os jornais ficarão decepcionados. Pensei em tentar publicar isto aqui, o meu depoimento. Mas não. Pedi ao inspetor Haslet que o incluísse no meu arquivo, com as outras ficções oficiais. Ele veio me ver hoje, aqui em minha cela. Pegou as páginas, pesou-as com a mão. Era para ser a minha defesa, disse eu. Ele me lançou um olhar sarcástico. Você escreveu que é cientista, disse ele, e que conhecia a mulher do Behrens, e que devia dinheiro, essas coisas todas? Eu sorri. É a minha história, disse eu, e eu persisto nela. Ao que ele deu uma risada. Vamos lá, Freddie, disse ele, o que há de verdade nisto aqui? Era a primeira vez que ele me chamava pelo meu nome. De verdade, inspetor? Tudo é verdade. Nada é verdade. Só a vergonha é.

Este livro, composto na fonte Fairfield,
foi impresso em papel Avena 70 g/m², na Edigráfica.
Rio de Janeiro, Brasil, março de 2018.